东　西 / 主编

广西当代作家丛书（第五辑）

冯艳冰　著

在目光的尽头

广西人民出版社

图书在版编目（CIP）数据

在目光的尽头 / 冯艳冰著 . — 南宁：广西人民出版社，2024.4
（广西当代作家丛书 / 东西主编 . 第五辑）
ISBN 978-7-219-11689-0

Ⅰ . ①在… Ⅱ . ①冯… Ⅲ . ①散文集—中国—当代
Ⅳ . ① I267

中国国家版本馆 CIP 数据核字（2024）第 008281 号

GUANGXI DANGDAI ZUOJIA CONGSHU（DI-WU JI） ZAI MUGUANG DE JINTOU
广西当代作家丛书（第五辑） 在目光的尽头
东　西　主编
冯艳冰　著

出 版 人　韦鸿学
策　　划　罗敏超
统　　筹　覃萃萍
责任编辑　庞　睿
责任校对　覃丽婷
封面设计　翁襄媛

出版发行　广西人民出版社
社　　址　广西南宁市桂春路 6 号
邮　　编　530021
印　　刷　广西民族印刷包装集团有限公司
开　　本　787mm×1092mm　1 / 16
印　　张　16.5
字　　数　200 千字
版　　次　2024 年 4 月　第 1 版
印　　次　2024 年 4 月　第 1 次印刷
书　　号　ISBN 978-7-219-11689-0
定　　价　45.00 元

版权所有　翻印必究

"广西当代作家丛书（第五辑）"
编委会

主　任　严　霜　东　西
副主任　钟桂发　牙韩彰　石才夫　韦苏文　张燕玲
委　员　朱山坡　严凤华　凡一平　蒋锦璐　潘红日
　　　　　田　耳　李约热　盘文波　王勇英　田　湘
　　　　　盘妙彬　丘晓兰　房永明

主　编　东　西
副主编　石才夫
编辑部主任　房永明

总 序

从2012年党的十八大召开到2022年党的二十大召开，这段历史，在党的二十大报告中，被称为"新时代十年的伟大变革"。这十年，以习近平同志为核心的党中央团结带领全党全国各族人民，迎来中国共产党成立一百周年，中国特色社会主义进入新时代，完成脱贫攻坚、全面建成小康社会的历史任务，实现第一个百年奋斗目标。历史性的胜利，彪炳史册。

这十年，也是中国文学界牢记习近平总书记嘱托，坚持以人民为中心的创作导向，从"高原"持续向"高峰"攀登的十年，是"文学桂军"锐意进取，不断夯实基础、壮大实力、提升影响的十年。

2001年至2012年，广西作家协会在自治区党委宣传部的大力支持下，精心组织，陆续编辑出版了"广西当代作家丛书"一至四辑共80卷本，80位有成就、有影响的广西当代作家入选该丛书，成为中华人民共和国成立以来广西文学界规模最大的文化积累工程，备受国内文坛瞩目。可谓功在当代，利在千秋。

从2012年至今，刚好十年过去。"文学桂军"在小说、报告文学、诗歌、散文、儿童文学等体裁创作上，又涌现出一批具有全国影响力的代表性作家，少数民族作家队伍的创作实力在全国处于领先地位。国运昌盛，文运必兴。编辑出版"广西当代作家丛书（第五辑）"，推出新一代广西作家，成为文学界共同的期待。

十年来，得益于自治区党委、政府的关心支持，得益于自治区党委宣传部的正确领导和大力扶持，"文学桂军"呈现良好生态和健康发展势头，一批作家频频在全国重要文学刊物亮相，一批有分量的作品在全国各知名出版社出版。陶丽群获第十一届全国少数民族文学创作骏马奖，红日、李约热、莫景春获第十二届全国少数民族文学创作骏马奖，朱山坡、李约热分别获第七、第八届鲁迅文学奖提名，东西的长篇小说进入第十届茅盾文学奖前20名。十年来，据不完全统计，广西作家出版长篇小说、中短篇小说、散文、诗歌、儿童文学、报告文学等专集选集共600多部。一批作品获广西文艺创作铜鼓奖，《人民文学》《小说选刊》《民族文学》等刊物年度优秀作品奖，以及《小说月报》百花奖、花城文学奖杰出作家奖、郁达夫小说奖、茅盾新人奖、《雨花》文学奖、华语青年作家奖、《钟山》文学奖、《儿童文学》金近奖、"小十月文学奖"佳作奖、华文青年诗歌奖、三毛散文奖、冰心散文奖等，入选各类文学排行榜。"文学桂军"已然成为家喻户晓、有全国影响力的响亮品牌。

为进一步繁荣广西文学事业，全面展示党的十八大以来广西文学创作的丰硕成果及新时代广西作家的精神风貌，广西作家协会决定组织出版"广西当代作家丛书（第五辑）"。

该丛书的入选作者须具备三个条件：一是作者须为广西作家协会会员，中国作家协会会员优先；二是近年来创作成绩突出,曾经获得全国性文学奖或自治区级文学奖;三是个人创作成绩显著,作品在全国重要刊物发表。在广泛征求意见基础上,经各团体会员推荐、广西作家协会主席团会议酝酿讨论,实行无记名投票推选,共评出入选作家20名。田耳、田湘、王勇英等作家,由于作品版权原因,遗憾无法纳入本次选编。一批作家近十年创作成果丰硕,由于已经入选前四辑丛书,本次不再选入。

2021年12月14日,习近平总书记在中国文联十一大、中国作协十大开幕式上的讲话指出:"文化兴则国家兴,文化强则民族强。当代中国,江山壮丽,人民豪迈,前程远大。时代为我国文艺繁荣发展提供了前所未有的广阔舞台。"2014年10月15日,习近平总书记在文艺工作座谈会上的讲话指出:"'文章合为时而著,歌诗合为事而作。'衡量一个时代的文艺成就最终要看作品。推动文艺繁荣发展,最根本的是要创作生产出无愧于我们这个伟大民族、伟大时代的优秀作品。没有优秀作品,其他事情搞得再热闹、再花哨,那也只是表面文章,是不能真正深入人民精神世界的,是不能触及人的灵魂、引起人民思想共鸣的。"习近平总书记关于文艺工作的重要论述,已经成为广大文艺家的自觉遵循,内化于心,外化于行。收入本辑丛书的作品,内容丰富、题材广泛、风格多样,在记录伟大时代、反映现实生活、讴歌人民创造等方面,用心、用情、用力,很好地体现了以人民为中心的创作导向,集中展示了祖国南疆新时代蓬勃多姿的文学景象。

习近平总书记在党的二十大报告中指出:"推进文化自信自强,铸就社会主义文化新辉煌。全面建设社会主义现代化国家，必须坚持中国特色社会主义文化发展道路，增强文化自信。""坚持以人民为中心的创作导向，推出更多增强人民精神力量的优秀作品，培育造就大批德艺双馨的文学艺术家和规模宏大的文化文艺人才队伍。"这为新时代新征程的文化建设和文艺创作指出了正确方向，提供了根本遵循。

当前，全党全国各族人民正在深入学习宣传贯彻党的二十大精神，满怀信心向第二个百年奋斗目标迈进。编辑出版"广西当代作家丛书（第五辑）"，可谓正当其时，也是贯彻落实《中共中央关于繁荣发展社会主义文艺的意见》和《中共广西壮族自治区委员会关于繁荣发展社会主义文艺的实施意见》，用文学助力建设新时代壮美广西的最新成果。

伟大时代必将激励伟大的作家和孕育伟大的作品。希望广西的作家和文学工作者，坚定文化自信，做到文化自强，坚守艺术理想，追求德艺双馨，不断增强脚力、眼力、脑力、笔力，以刚健、厚重、先进、质朴的创造抵达伟大时代的艺术高度。诚如中国文学艺术界联合会主席、中国作家协会主席铁凝所寄语的那样：广西文脉深厚、绵长，在新时代新征程上，相信广西作家能以耀眼的才华编织崭新"百鸟衣"，描绘气象万千的"美丽的南方"。这是时代赋予我们的责任，唯有俯下身子，深入到火热生活中去，深入到人民中去，不断学习，不断攀登，以作品立身，以美德铸魂，方能不负时代，不负人民。

是为序。

石才夫

2022年10月31日

CONTENTS 目　录

仿佛心债 /

- 003　在目光的尽头
- 020　一只前世的小蚂蚁
- 040　圭江北流
- 058　上岭，谁的心爱之物
- 072　一枚两千年前落下的树叶
- 078　果壳里的故乡炉火正旺
- 091　芭蕉、稻穗和鱼的翅膀
- 105　花神到我家
- 125　芦花在飞
- 129　灵渠上河图
- 151　我父我亲
- 156　宾阳书生
- 160　哎呀，我的口红丢了

逐风随云 /

- 169　宿州一宿
- 176　天上的草乡
- 185　到天峨去摘星星
- 190　过犹不及的愧疚
- 201　你是谁的执意安排
- 205　给你一张傩面
- 210　一个旧旧的州

213　扬美，扬美
217　奔赴一次豪华的旅行
222　水边的孩子

妆镜台随笔

229　重返故乡——广西文化的精神地图
235　劳动的奖赏
239　生度鬼门关
243　站在散文这一边

251　后　记

仿佛心债

在目光的尽头

尽头。

何时是尽头？何处是尽头？

大学刚毕业那会儿，学校发送的一纸分配报到单把我送到了文学的门口。此前，我真的没敢想也不曾奢望，这辈子的职业会是跟文学打交道。分配报到单犹如我命运的一张纸牌，在从业的一开始，就已将我押在了文学的牌局上。

1

那是20世纪80年代的中后期，拿到这张纸牌之前，我已拐过了无数命运的关口。越过出生、家庭、报考专业及个人努力忽略不计的话，单是毕业报到前一星期，我的人生走向戏剧性地来了个一百八十度的大转弯——分配报到单被电影制片厂退了回来，

没人知道我有多热爱电影艺术，我是在八个样板

戏滋养下成长起来的一代，父母都是教师，我的童年与少年都是在校园里度过的。我们最快乐的时光是，每年全市校园艺术展演前的选拔赛。各年级的节目内容大同小异，无非是《沙家浜》里的《智斗》《红灯记》《智取威虎山》《白毛女》里铁梅、小常宝和喜儿的唱段。吃过晚饭，我们来到大礼堂的后台，咽着口水看大孩子涂胭脂抹口红。大幕拉开前，我们被允许从舞台的左侧跑到右侧，再从右侧跑回左侧。平日里攒下的零花钱，大部分用于购买零食，小部分用于购买戏票以反复观摩样板戏。"文化大革命"后我和几位闺蜜凑在一起，对重新上映的《野火春风斗古城》《永不消逝的电波》《红岩》《苦菜花》津津乐道。1982年张艺谋大学毕业被分配到广西电影制片厂，组建了全国第一个"青年摄制组"。1984年我还在上大学，广西电影制片厂出品的由中国第五代导演拍摄的第一部电影《一个和八个》，在中国电影史上具有划时代的意义，广西电影制片厂火得一塌糊涂。遗憾的是，我热爱的电影艺术却与我擦肩而过，永远搁浅在那个多雨而燠热的夏天。

学校考虑到广西文联的工作性质与我的特长比较接近，于是我和我的班长互换了单位。如今回头看去，我俩多像两枚棋子，被命运之手轻轻一捏，人生就互换了方向，还来不及打探缘由，便懵懂地领命而去。从此，我们在各自的领域奔波扑腾沉浮，日复一日。

那天，站在南宁市建政路28号——广西文联我命运的始发地，从大门往里望去，所谓的文学艺术大院，并没有让人敬仰的高楼，只是两纵列低矮的楼房。第一纵列临街，是一栋四层高的职工宿舍楼和一栋两层砖木结构的旧式招待所（招待所1990年拆除，在原地建起一栋带电梯的八层高的办公楼）；第二纵列是一字排开的三栋五层以下的楼房（两栋宿舍楼和一栋办公楼），后面紧贴着的居然就是院子的围墙。从大门到围墙不到三十米，肉眼可见的宽度！巴掌大的地方，所谓的办公大院只有一棵乔木——临近大门传达室旁的荔枝树，它年年都开花结果。大门乃出入之地，行人大多脚步匆匆，估计没多少人会注意它。就花草树木而言，几十年下来再无增减，文人荟萃之地，却无半点鸟语花香的诗意。这一打量，顿时觉得文联大院并没有传说中的那么深不可测，我不由得狐疑，这浅浅的小院和稍觉破旧的四层高的办公楼，怎么会容得下一个省（区）文学艺术浩大的身躯？

　　四层楼房在我毕业那时算是高楼了，在它的顶部就可以望得很远，甚至可以看到天边太阳落山的那个山头。记得报到那天，我和同年级隔壁班的韦俊英从广西民族学院（今广西民族大学）出发，由4路转1路公交车到达建政思贤路口站下车，公车站离文联大门不到十米远。俊英要去的广西外事办则在文联的正后侧，与文联只一条民主路之隔。后来俊英抱怨说，他单位的四周全是水塘和菜地。我说我单位的情况跟他差不多。其实文联不止跟外事办相连的后侧有菜地，它北面和南面到处可见看不到头的零散村落和农田。外事办四周的水塘里长满了西洋菜，文联的南面是麻村，可想而知这里遍地都是被叫作麻村雍的空心菜，文联实打实的就是个村中"城"。可这并不影响它成为整个广西文学艺术家们的朝圣之地，或者称它为文艺界的一个大客厅，在这个狭小的大客厅里，它的常客也都是些国内外、本省（区）著名的作家、艺术家和著名的学者，还有到这会友拜师、打探文学艺术动向的怀揣着文学梦、艺术梦的新锐后生们。

　　报到的第三天，被我称为黄阿姨的人事处处长领我去办公费医疗证的录入时，在楼梯的拐角处遇到了一位书生模样的中年男子。他满脸的笑意，一位蔼然仁者。大概从楼上往下走时先看到了我们，还没到跟前便打起了招呼：

"金莲,这是谁家的孩子呀?"

黄处长答道:"新入职的小冯,是你的部下,不是哪家的孩子。咦,上个月不刚过了党组会吗,《南方文坛》下半年创刊,他们在招兵买马呢,我把她放那儿了。"

黄处长转过身来对我说:"老武,我们文联的党组书记、主席,有两部长篇小说出版了。"

老武——第四届广西文联主席武剑青,伸出手说:"欢迎欢迎!"

从这一刻起,我知道文联不是靠这几栋旧楼房撑门面的,是旧楼房里的大牛们,拿自己的作品在发声。

这是20世纪80年代末的社团机关,上下级、同事间都不称官职,就是我们这样的文化单位,连老师的称谓都掐头去尾的。对上了年纪的男士直接老李老张地打招呼,对女士则叫阿姨,对年轻一些的同事甚至比我们年长个十岁八岁的,干脆直呼其名。那时每一层楼走廊的中段处只有一部电话,上班的第二天,一位比我早到一年的师兄对我说:"电话一响你就去接,大声喊接电话的人的名字,用不了几天,这儿的人你就能认全了。"我照办,果然如他所说,几天工夫,我跟大伙便混熟了。两个星期后我很快就理出了头绪:在单位是长幼有序,文联有十多个文艺协会,迎面走来的每一位都有可能是秘书长或驻会主席;同事在一起都不必拘礼,江湖上以创作的成绩奠定人生地位。后来一位前辈提醒,在这个小院,属于你的路大约有几条:首先是编辑,其次是在小说、诗歌、散文、文学评论这几个领域进行创作或研究,你在哪条路上走下去呢?路的尽头总有一样在那儿等着你。

入职一个月后,同事约我登上办公楼楼顶。极目远眺,时值夕阳西沉,城市的剪影像被放大了一般,远处有不少厂房的烟囱,烟雾和云层绕成了一片；文联周边的建政路、民主路和思贤路挤满了骑自行车回家的人们。黑幕降临，街灯初亮，点燃了这座城市的夜晚，整座南宁的步履突然又加快了起来。没有谁不朝一个目标奔去，不论这个目标有多平凡，也不论这个目标有多远。

2

我毕业的前一年刚开过第四届广西文代会，20世纪80年代，一个大活动下来，总有些杯子、电子钟诸如此类的纪念品。那次会议，工作人员给每位参会者发了两张红色金丝绒布折叠椅。之前，大部分人家都清一色地坐矮板凳，即便有椅子，也是笨重的老式木头椅。这两把折叠椅，在当时也算是比较有分量的家具呢。广西文代会后，有一个计划被坊间传得厉害，说会上有一个宏伟得不得了的蓝图——要在当时的博物馆（现在的新梦之岛、离文联不到两公里）楼顶建一个直升飞机停机坪，用于国际文化交流。据说这个停机坪是因广西老篆刻艺术家帅立志而起的。帅老时任广西书法家协会秘书长，曾给二战后推动中日邦交正常化的日本首相大平正芳刻过一枚印。帅老的篆刻书法技艺在日本——上至首相下至平民很有知名度。广西文代会后好长一段时间，所有人都为这一计划所鼓舞，它犹如让人亢奋不已又强劲有力的鼓风机，把大半个文艺界同道们的心悬在空中，久久不能落地。整个20世纪80年代，是文学艺术被置顶的高光时刻。据说《广西文学》曾有过几十万册不可思议的销量，新刊一出，就有读者上门求购，购书的队伍排到大院以外。我是晚到者，没能见证这一辉煌时刻，但我加入文学队伍时，文学艺术之汤仍然火热沸腾。文化人三五成群地聚在一起，不是商量着拍电影，就是共谋出书之大计。在这样的文学氛围下的各协会艺术家们，可以因得到两把金丝绒布的折叠椅有小小的欢喜，亦可为还只是计划中的一个用于国际文化交流的直升飞机停机坪而欢欣鼓舞。

上班不久在楼道见到了帅老，他黑脸膛，戴着黑色宽边眼镜，一身苎麻月白便装。迈着方步时，不管春夏秋冬，手上总摇着把折叠扇，扇面上自然是他自个儿的题字。迎面碰上了或是擦肩而过，感觉帅老摇扇送过来的凉风都有墨香味、儒雅味。多少人跟他在一起聊天时，目光不由自主地聚焦到他手上的扇子上，不可克制地想拥有一幅帅老书法作品的欲望全写在了脸上。当然也就只能眼巴巴地盯着而已，大师的作品、国礼级别的物件，不是随便什么人都能获得赐予的。再后来偶尔遇见他，我的脑海便会浮现帅老登上直升机时，旋转着的螺旋桨带来的大风将他的月白便装吹得猎猎作响的画面。这给了我极大的抚慰，尤其到了20世纪90年代，商业、金融渐渐强劲起来。跟我一起毕业的同学，有进入公检法系统的，有奔赴银行、烟草公司、电力系统的，总之各得其所。年轻人私底下偶有前后左右地打量比较，但文学的那抹亮光仍能召唤我温暖我，即将建立的国际停机坪多少也满足了年轻梦想里的那份虚荣。

三十多年过去，停机坪没有建成，但我的文学梦想一直健在，且壮硕无比。

跟我同年或比我早一两年进入文联的，多半是中山大学、武汉大学、复旦大学这些说出名号就能砸人脑袋的名牌大学的毕业生。如此看来进入文联的都是精英，唯独我是糊里糊涂就混进龙窝凤巢里的那一个。在这样的环境里难免生出自卑的情绪，常常地，我就用英雄不问来路来激励自己。我如一粒种子，被命运之神衔到了文学的森林，成长起来的我就是一棵能行走的树，在不老的光阴里布下我繁茂的根系。也是在这片森林，我遇到了那么多令人敬仰的参天大树。

3

午饭时同事们聊到了陆地。他是老武的前任，1980年至1986年任第三届广西文联主席、作协主席。他的《美丽的南方》是广西也是壮族第一部长篇小说开山之作，可谓广西当代文学史精彩的第一页。我们谈到这部小说，都不得不感叹书名的精妙，简直是对南方的人文地理、山川风貌最直接最完美的概括与诠释。拿起小说光看"美丽的南方"这一书名，就觉得南方明媚且万物可亲，更别提文本的恒久价值。在广西文坛，陆地如神一般地存在。让我有些小小遗憾的是，在我进入文联的前一年，陆地刚刚从广西文联主席的位置上卸任，不住文联大院，把家安在了干休所。即便如此，文联仍到处都有他的影子。

1986年，陆地曾到我们学校调研。活动结束，负责接待和宣传的林老师看着还有时间，便招呼十多位平日热爱创作的同学与陆地见面，末了交代大伙最好都穿上白衬衣。我有幸被邀请，同桌梅花也在其中。印象里应该是五月，花木葱茏，虽是暮春时节，南宁的雨热已同时到来，比别的城市更早有了初夏的气象。我们青春正盛，都穿着白衬衣，小松林的石桌边和学校的大礼堂前，都有我们与陆地的合影。三十多年过去，我们各自珍藏着当年的照片，它们常常成为我们回忆的谈资。时间久远，具体细节已记不太清晰，他大概说了些鼓励大家创作的话。一个短暂又愉快的下午被珍藏的是照片，念念不忘的是与文学的相遇。那次会面，有如儿时走路总喜欢低头寻宝，忽然捡到一颗漂亮的石头或者一块形状好看的玻璃的兴奋。漂亮的石头有什么用？好看的玻璃有什么用？与陆地相遇有什么用？我不知道，很多事情很多时候我说不出也看不到它们的用处，包括文学。不曾料到一年之后，我来到陆地原来领导的领域工作，一干就是几十年。倒是愿意理解为，是天机的一种暗示、一种征兆，是冥冥之中精心布局的杰作，是我命运齿轮转动之前的一次预演。所幸，参加那次见面的同学还有五六位保持文学创作至今。

在老武之前，文联主席基本身兼两职。第一任文联主席是广西罗城人周钢鸣，同时也是当时广西文化局的局长。这样的老同志我跟他没有任何的交集，我还在念高中时他已去世。看看眼下这几栋不算高的楼房，都是他在任时建造的。1954年广西文联正式成立，他任期四年结束后调任广东省文联副主席，创办《作品》并任主编。在办刊编稿之余，他的诗文也频频发表。这样算下来，在文化的血缘上似乎我们又一脉相承，他是前辈是上级，也是编辑同行。他十六岁参加北伐，后加入左翼作家联盟，投身抗日救亡运动。在革命斗争中他逐渐从一位俊雅清逸的少年成长为齿德俱尊、才学并茂的名儒。20世纪80年代初看1959年出品的电影《青春之歌》，仍被那个战火纷飞又激情昂扬的年代深深震撼。电影插曲正是周钢鸣1936年创作的《救亡进行曲》。据说当年《青春之歌》公映场场爆满，电影的影响力极大，算是一个时代的精神符号，它整整影响了几代人。抗战爆发，《救亡进行曲》与聂耳的《义勇军进行曲》齐名，激励了万千民众保家卫国的决心与意志。这首曲子也为周钢鸣在文艺界奠定了地位。高中时观影，不知道电影插曲是我未来单位原来当家人的作品。我入职文联时，那栋周钢鸣在任时建造的苏式两层砖木结构招待所，可视为文联的"祖屋"了吧。20世纪80年代以及之前，它曾经是许多外地文学培训班学员下榻的旅馆。

4

说到20世纪80年代，这真是一个长满了文学花朵的年代，文学的芬芳四处弥漫大步疾走，空气里有看不见的工蜂以文学为媒，忙碌地为年轻人的理想和爱情搭桥授粉。校园里的文学氛围更是姹紫嫣红、千娇百媚，关于文学的各种聚会、讲座、沙龙，把大家的业余时间填得盆满钵满。记忆深刻的是1985年3月，著名作家丁玲与她的先生陈明到我们学院作专题讲座。丁玲是延安时期的文艺女神、当代文坛的文学大神，我们多么期待她的到来！

  主持老师介绍道：我们讲坛请来丁玲、陈明文学伉俪，这将是一个精彩的讲座……"文学伉俪"，一个有着玫瑰花香的称谓！丁玲当时虽已八十岁高龄，但仍亲和睿智，挺括的风衣与柔美的丝巾，显出她洒脱干练又不失精致的风采；身穿牛仔裤夹克衣的陈明也七十有余，但仍保有少年的风趣、幽默和激情。丁玲为主讲，与陈明又彼此唱和。他们的爱情从延安出发，因理想与文学，携手走过了半个世纪。看着两位坛主，我不由得赞叹，这是文学最美好的样子。丁玲是中国现代文学史上一位重要的女作家，她早年入选我们大学课本的《莎菲女士的日记》《太阳照在桑干河上》，成了许多同学用于完成作业的评论文本。丁玲是文学艺术家中的革命者，也是革命者当中的文学艺术家，重叠的身份带来的特殊气质，弥漫在她的作品里。或者说，从革命年代、延安时期走过来的文学艺术家们，一生都带着浓重的激情燃烧岁月留下的时代风貌和历史印记。这样的革命艺术家，他们经受革命的洗礼，经受社会的淬炼，即使来到和平时期，超拔的艺术特质和豪迈的激情仍弥漫在嘴角、眉梢。当现实主义和浪漫主义冠上了"革命"的定语时，他们的作品中所显现出来的主题倾向似乎也更为鲜明。批判与歌颂，爱恨分明，色调反差强烈，情感单纯真挚。广西的周钢鸣、郭铭（1958年至1980年任第二届广西文联主席）、陆地、苗延秀、涂克、蓝鸿恩、黄福林等，这些从第一次国内革命战争时期、抗战时期、延安时期、解放战争时期走过来的老一辈革命文艺家，是否可称为广西文联第一代？他们当中的许多人，有的甚至在县长的任上要求到文联当一名普通的作家。

诗人黄老师便是。他曾经任中共地下党领导的抗日义勇队青年队、解放军滇桂黔边纵队以及解放后的百色军分区独立团、凌云县委等领导职务。1939年他就开始发表诗歌作品，即使是在动荡的革命时代和新中国初建的繁忙岁月，他的文学之心一直滚烫，创作之笔从未停歇，文学始终萦绕于其心从未被忘怀。可喜的是他最终如愿以偿，到广西作家协会任了秘书长，实际上是专业创作。他也不负众望，操着一口地道的壮族口音普通话，常年长时间地深入基层，穿梭于山寨乡村之间，年年有佳作。按通常的逻辑思维，他足以在从政道路上一帆风顺地一路走下去，但他偏偏选择了文学。

还有一位履历相近的散文家黄福林。抗日战争时期他就参加革命，曾任游击队、解放军滇黔桂边区纵队及百色专署的领导。最后，他还是弃政从文，走上心之向往的文坛，在广西文联、作协成为佳作迭出的专业作家。

与以上二黄同时代的还有一位闯进文坛的乡村教师。据说他小时候跟着父亲烧炭谋生，由于母亲是当地民间一位有名的歌手，耳濡目染之下，一颗文学的种子便在他内心发芽。他原名叫黄玉琛，为了考百色高中，借用了本村人的初中毕业证书，并在"利"字上加了一笔，把"利"改成了"刹"。从此黄勇刹笔耕不辍，在广西文坛横空出世。后来他参加彩调剧《刘三姐》和歌舞剧《刘三姐》创编，成为全国有影响的著名诗人。从"利"到"刹"，一字之差，可以说，他用文学篡改了自己的命运，成全的是文坛的一段佳话。

广西文联著名的"三黄",他们都没有受过专业训练,文学的幼芽都是从他们坎坷、艰苦的生命中自发地萌生而来,并野蛮地生长成质地坚硬的大树。尽管命运之神从一开始就让他们绕道而行,而文学都成了他们最终的选择。哪怕生命的尽头,他们目光都一致地朝向文学的圣殿。如果广西文联要有一面名家浮雕墙,这"三黄"是可以并列成行的。

除了前两任主席我未曾谋面,大部分的前辈虽已退休离职,但在文联大院里我仍能与他们偶遇。而如今,他们都已成了故事和传说。

第一代文联人完成了自己的使命,但他们所投身的革命事业以及追逐的文艺梦想,早已越过他们的百年诞辰,目光的尽头一定是抵达甚至超越无尽的未来。

记得一位战功赫赫、戎马一生的将军,在烽火连天的行军途中,曾与身边的随从有过交谈:我们这么拼命究竟是为了什么?不就是为了让我们的儿辈可以安安静静地去研究哲学,我们的孙辈可以平平安安地去从事文学艺术创作吗?!

我以为这是人间正道,是国泰民安之后人间最理想的命运设计。

5

在老一辈革命文艺家之后,第二代文联人应该也在八十岁以上的高龄了。他们生于动荡的年代,长于百废待兴又生机勃勃的新中国成立初期,尔后在新中国建功立业。广西文联的第四至第七任主席便是其中的典型代表。他们大多是经历了专业培养的大学生和军人,或者是从基层一步步走来的文化工作者。

我所在的《广西文学》杂志社的编辑前辈们,基本属于这一代人。他们都有大学背景,相对其他领域,这样的学历高度是时代进步带来的也是行业技术所必需的,他们对当时广西小说界、散文界、诗歌界影响深远。对于文学一片赤诚的他们,为文学爱好者四处讲学,又从各地选拔培养文学青年的优秀之作给予刊发。编辑之余他们也进行文学创作,身体力行地现身文学现场,佳作巨篇可以说是四季都有,年年都有。

在许多人眼里,这些作家和艺术家都是神龛上的人物,头顶光环,值得人们顶礼膜拜。常有文学追梦者找《广西文学》的编辑前辈们切磋技艺拜师会友。在他们的影响及带领下,新人辈出、佳作频发。一位基层作家的小说在《广西文学》发表后,他也因此光荣地加入了广西作家协会,成为一名作协会员。当他把消息告诉乡下的父亲时,父亲开口只问了一句话:我们县有几个?他答:一个。于是,他父亲就把这当成了吹牛的话:我们县只有一个书记、一个县长和一个作家,这里头就有我的仔。后来,因为他的一个中篇小说获奖,他被中国作家协会吸纳为会员,从此他的头上就多了一道中国作家的光环并因此从县里调到了地区文联。当他把消息告诉乡下的父亲时,他父亲开口也只问了一句话:我们地区有几个?他答:一个。于是,他父亲就又能吹更大的牛:我们地区只有一个地委书记一个地委专员和一个中国作协会员,这里头就有我的仔。这位父亲,因此更看重当作家的儿子。每次当作家的儿子回家,晚上他都要扛着木棍巡逻。儿子不解,父亲直言相告:为了保护你这个当作家的儿子。儿子哑然一笑说,自己膀大腰圆,一个可以打十个坏人。父亲是这样回答儿子的:"也不抵咯!"此话的意思是:也不合算啊,我儿子的命哪止顶得上十个人呢!

如果说江山代有人才出,各领风骚几十年,那么新中国成立后至20世纪末,是两代文学艺术家佳作频出的黄金时段,是他们激扬文字指点江山的时代。而省级以上的文联正是他们聚集的大本营,似乎是所有有文学梦和艺术梦的人都要奔赴的目的地。也因此，文联成就了文艺最富理想的色泽之地。在这里，汇聚着一批八桂顶尖的文学艺术人才、名家、大家。

那时办公室很小，每个不超过30平米的办公室，都要坐三到五人。他们都是天生的劳模，是没日没夜追逐梦想的工作着的人。也因此，他们影响着一方热土的文学潮流和艺术潮流，用他们的梦想感染着别人，也将他们的梦想传递给别人。

他们大多是些从笔尖上走过来的人，是曾经努力地耕耘过且还在努力地耕耘着的艺术锋线上的闯荡者。文学的尊贵在他们身上显现无遗，不容得我们这些后辈和后来者不毕恭毕敬不自惭形秽。

随着时间的流逝，看着他们一个个辉煌的同时，又看着他们一个个地消失在工作的尽头，以至生命的尽头，消失在曾经追梦的目光尽头。

让人不禁悲从中来，怎一个愁字了得?!

6

岁月匆匆，当我们也成为别人的前辈，我们是否也被归类了呢？到了20世纪最后的二十年，"50后""60后"逐步走到了文坛前台，我便是其中的一员。对文学艺术的执着、带着理想主义和时代使命的印迹，与中国新时期文学艺术一起成长的我们，历经了20世纪80年代中期开始至21世纪初叶近四十年的文艺复兴、变革与繁荣，迷茫、徘徊与振兴。

我们的杂志曾有过近两年的小品文内容的改版，2002年，在广西金嗓子有限责任公司的大力支持下，文学杂志又回归到纯文学道路，《广西文学》又一次成为文学桂军的集结地，并开启一年一度的文学评奖活动。

评奖虽不是促进文学繁荣的灵丹妙药，但肯定是一杯壮行酒。喝了这碗酒，也会滋阴壮阳上下通气不咳嗽。金嗓子十一年一首文学之歌，应该说唱得让人荡气回肠。

作为文学人，我的黄金二十年也就是从新世纪初开始的。不由分说地，由于工作需要，我一下就扎入了诗歌艺术的腹地。"非典"刚刚开始，我策划了"以生命的名义"诗歌专辑；2006年，我又策划了持续至今、在中国诗坛也仅广西所有的"诗歌双年展"，以及"名编访谈""重返故乡"等栏目，这些立足本土、外向扩彩的开疆拓土和跨域的文学设计与主持，应该是我文学生命历程最重要的坐标。

而一代代的早来后到的新锐，又成了我的同事和邻居。这些弄潮儿并没有重复前辈们的路数，但却是更让人侧目和敬佩的文学艺术追梦人。

7

在所有的梦中，文学梦肯定是最具感染力的。因为从本质上说，文学总是潜藏在离灵魂最近的地方，甚至可以说，文学是灵魂的一顶帽子或一件披肩，灵魂是需要文学来修饰的。梦是可以感染的，之前从电影梦转到文学的场域，除了被命运选择之外，我的梦很大程度就是受到文学前辈感染的。前辈站在我面前，我目光里有他们的剪影，透过这些剪影，我不知道沿着他们的目光，我会看得更远吗？

在日新月异的大时代，四周的楼房如雨后春笋般涌现着，要想看日出，只有到更高的楼房去。后来，更高的楼房也不行了，我只能到更更高的楼房去。只有在最高的地方，你才可能看到太阳升起和落下的天边。高处不胜叹，因为在高处，你才会看到更多的道路和道路上的车水马龙，也才感受到现实生活里隐藏着远比文学更多的诱惑。

如果大学毕业分配报到的那一天，我走进的是另一座办公大楼，我面对的是霓虹闪烁、灯红酒绿的世界，而其中又穿梭着数十条数百条道路，我还会选择文学吗？

但是，文学真真切切地以主流和主旋律的名义贯穿了我的职业生涯，同样贯穿了我大部分的生活故事，占据了我大部分的时间。我又用文学滋养了一个学医的女儿，至今为止，她仍是我最骄傲的作品。

于我，不管怎么绕，条条大路通文学，这也许就成了一种宿命。文学的奇妙处就在于，每天从你起床的那一刻它就开始了，并且紧紧围绕在你身边。每次旅行，出发的时候我就预感，有一篇署着我名字的散文在那里等着我，只要在书桌前弯腰，就能捡起来。我的很多游记就是这样来的。

这种奇妙的感觉在读一本好书的时候也常有。你读第一页的时候这种预感就出现了，读着读着，不由自主地，你就会写起来，用笔与作者交谈，以心换心、以情还情。当我被作者代入其中的时候，或者，我需要向写书人致敬的时候，一篇散文自然就完成了。

文学职业的电话也有这种奇妙。因为工作，我常常要以电话的方式与很多认识的不认识的作者交流。有线或无线，听筒的两端也无边无涯。十里之外有之，百里之外有之，千万里之外也时常有之。那个尽头，从爱好者到名家大家，各色人等不尽相同。每回，我总能感觉到来自天边的那一方给我带来的能量，甚至是足以让我昏眩的巨大能量。通完电话，我常有的一个习惯就是提起笔来，记下那些触动和感觉，留住别人传递过来的气息。久而久之，一篇散文就出来了。在这部散文集中，诸如《圭江北流》《上岭，谁的心爱之物》等文坛轶事和散文篇什的创作念头就是这样来的。

8

广西文联大门为出入之地,大多脚步匆匆,大院门口处的那棵荔枝树在文联也算一位老人了吧。也不知道是什么时候谁种了它,半个世纪过去,它已长成了庇荫一处的大树。它若有灵,也目睹了几十年来文联的风风雨雨和来来往往的匆匆过客。我替它惋惜,它活得并不比山寨村野里的荔枝树好,在这里算是屈才了。我估计至今没有多少人真正跟它打过招呼,倘若目光不经意间从它身上划过,也多为视而不见。没人给它浇水施肥,每年见它仍按照适时的季节开花结果,心中不免泛起难以言表的心意——它把根扎在这巴掌大的土地上了,正如我把根扎在文学的大地一样。我在这儿进出三十多年,由一个毛头女孩渐渐地为人妻为人母,不久还可为人姥姥,它可曾看见我认识我?站在树荫下我有时会想,如果我来报到的那天给这棵树植入一枚芯片,等我退休那日取出回放,那该是多让人感叹的时刻呀。

如果,再度挖掘文联还有什么宝贝的话,那口井应该算得上。它借了广西摄影家协会的办公楼而隐身其下,让自己活成了一道谜语——办公楼像是谜面,它是有趣的谜底。这口井以木料为井壁,且其木经年不腐,故而得名曰"木井",是南宁四大名井之一,可谓当地名流,可惜后来者知道的不多。关于这口名井还真有它的奇崛之处,说是即使发大水时建政路水漫金山,木井里的水也从来没有浑浊过,清澈非常。以我的理解,从属相上看文化属木也属水,木井原来与文学艺术竟有着如此深刻的契合和渊源。和文联院子里的那棵荔枝树一样,它们就一直在这里和那里,它们独特的目光和护佑,一直穿透着我们的过去、现在和未来。

转眼几十年,除了出差和外出学习,我从没离开过这座大院。在这栋楼上的杂志社里，看着文坛潮起潮落、冬去春来。熙熙攘攘的文人墨客、爱好者、名家、大家；方阵，流派，研讨，论争；当年的红人、迭代的新人、断代的名流；下海了，上岸了，下去了，上来了；总怕落伍，总怕掉队，总怕出局，感觉文坛内总有那么多的沉沉浮浮；人生易老，文学艺术亦如此。但每当我登高极目远眺，总觉得那文学的理想一直矗立在最远最远的天边，在神圣的殿堂里从未缺席。

文学有尽头吗？艺术有尽头吗？正如目光也是可以连接的，也许，一代代的文学艺术家们的目光的尽头，就连接在我们今天目光的起点上；我们这代人目光的尽头，也会连接在新生代人目光的起点上。

只要目光生生不息，尽头也就生生不息。

蝉鸣此起彼伏的时候正是毕业季，那天，我刚摁了电梯欲上办公楼，一位面容明亮、目光清澈的姑娘迎上前来问我："老师好！请问，文联人事处怎么走？"

我还没来得及搭话，她又补充道："我是来文联应聘的。"

我知道，今年的《南方文坛》、我的第一个工作站在招募新人。她站在逆光处，一束朝阳正打在她身上，给这位新人镀上了一层闪亮的轮廓。二十来岁的样子，一身的学生气，跟我当初刚刚来文联报到的神情和问路的情景几乎是一模一样的。

我一阵欣喜，甚至拉了她一把说，"请跟我来。"

（2023年8月写于双子凼）

一只前世的小蚂蚁

> 你怎么来的？
> 爬来的呗。
> 这么远的路，辛苦不辛苦？
> 不辛苦，我一爬就爬到了你的家。

我是上小学前过继给现在的母亲的，她没有孩子，却等到四十六岁的时候才去办的领养手续。从她当新娘到领养我这二十多年的空档里，她一定觉得时间过得飞快，转眼就到了无望收获的季节，在这之前的每一天，母亲是怎样怀着热情和毅力来等待的，等待奇迹从天而降，让她成为一个完整的女人。

然而光阴就像那漂泊的白云，赶也赶不回头地消失在遥无痕迹的天边，并且一寸一寸地吞噬母亲的耐性和信心。母亲一生美丽，年轻时更是惊为天人，父亲曾不止一次地对我说起他跟母亲去看戏的情景，人都到齐了戏没开场，无所事事的观众就回过头来看母亲。每每说到这样的情景母亲多少有些不好意思，但也都点头称是，说："就是那样的，我都羞得不敢抬头，你爸不管我，只顾自己得意。"我想，要是允许的话，爱孩子的母亲是愿意用她的美丽换取一个自己的孩子的，然而上苍没有应允。

因为母亲不能生育，我结婚并计划着要孩子的时候，心里竟莫名其妙地有些踌躇。不想这淡若游丝的担心半年后成了甩也甩不掉的包袱，我竟然没有怀上孩子。我开始心里发毛、手脚冰凉，甚至恐惧地想到了命运二字。我是过继的孩子，对生育的概念自然有更多敏感的触觉，对传宗接代有一种本能的担心和恐惧——那看不见的神祇常常稍一疏忽，就设置出一些人类不可承受的悲剧来。我有时居然莫名其妙地感到，上苍那偶尔为之的一瞬，是如何洞穿我的心肺并将我淹没的。

我的恐惧和担心似乎由来已久。

母亲不孕的沉重是以老外婆无可言说的悲戚为背景的。外公娶了两房妻子，不仅是因为有钱，最最主要的是大房只生了个女儿，虽是如花似玉的，可之后十年都过去了，大房却再没有生育。外公从牌桌上赢了钱回来，躺在床上抽水烟筒的时候就想，自己的这些田地，还有那个经营得不错的"寿昌号"由谁来继承？街坊邻居早就开始议论了，外公一直没放在心上。而今自己也年近四十了，总得有个着落才能给祖上交代得过去。外公很心疼自己的原配夫人，这也是他一直不再娶的原因。可即便外公再怎样的顾惜和怜爱，也不能抵挡没有子嗣的阴霾。外公为此决定再添一房。据母亲的回忆，老外婆当时也是赞成外公纳妾的，打点媒人的费用都是老外婆给张罗的。当时已有十岁的母亲还清晰地记得，老外婆是怎样殷切地叮嘱来人：长相自然是要考究的，身体一定得壮实，骨盆最好是大号的那种，人若来了还要算过她的生辰八字，得是旺夫益子的命才好。在纳妾的事情上，老外婆似乎比外公还要积极了十倍。

　　小时候放学回家，和母亲一起剥菜时母亲就总爱回忆老外婆。说老外婆长得漂亮，命却不好。外公知书达理，也疼爱夫人，无奈夫妻的挚爱也得排在伦理纲常的后面。外公就兄弟二人，兄长比他大十二岁，而且供他读书成人。可外公有了出息，兄长却英年早逝，丢下了年轻的嫂嫂和四个小侄儿。等外公也成家立业了，理所当然地把兄长的担子接过来，把两家合成一个大家，就再也没有分开过。嫂嫂虽年纪轻轻的就守了寡，但之前却是一口气生了四个儿子，人前人后不会低眉顺眼，反倒总有当家做主的气派，在老外婆跟前尤其如此。老外婆没有儿子，自然还不是人生没有建树这样简单。都说人生"不孝有三，无后为大"，就因为没有儿子，老外婆虽一直本本分分地守着妇道，但日子却过得晦暗如磐，罪孽深重。同住在一家大宅院里，常常能听到嫂嫂抱着小儿子扯着嗓子喊，大哥二哥三哥起床了，你们这几个懒鬼还要睡到什么时候。嫂嫂死了丈夫却有四个儿子撑门面，儿子是她的生活来源，是她的生产力，是她还在夫家可以大呼小叫的理由。这时候的阳光肯定早就透过窗棂暖洋洋地照进每一个房间，老外婆却独自坐在阳光里垂泪，看着自己如花似玉的女儿她居然愧疚万分，她的厚道善良却不能让她如愿以偿地生个儿子，来摆脱这多舛的苦难。

　　我对母亲说，老外婆的命不是不好，要是时间推移到今天，老外婆会是一个幸福的人。她永远都不可能知道现在人们的生活，生一个小棉袄样贴心的女儿是可以怎样地当作宝贝。我的一位朋友，他的同事怀孕了，居然就放出这样的话来，若是儿子，红包给五百，倘若是女儿就给一千，而且争取当上干爹。可老外婆却没有这么幸运，她被命运的桎梏日夜地困扰着，被当作天经地义的伦理纲常就这样不容分说地统治了老外婆整整一生，它们囚禁她的幸福和快乐，直至最后让她分崩离析。老外婆这辈子没能躲过任何一个恐怖的细节，不生儿子似乎成了她的过错，倘若嫂嫂迎面而来，她除了得有晚辈的谦恭和礼让，更多的是负罪的内疚与自卑。她得站过一旁，让出更阔绰的通道，双手叠在腹前，目光垂到脚尖。是的，嫂嫂在，嫂嫂的声音在，悲剧就会时时地被提醒。时推月移，老外婆的惆怅不再声张，她不得不用呜咽的泪吞没那些有声的悲苦，再大的疼痛也得按捺下去。每逢节日，老外婆总是在劫难逃。当地有这样的风俗，村子里每当有重大的盛事晚宴，一般只派家里的男丁出席，女流之辈是不许抛头露面的。做客回来，男宾客每人有一份打包的菜，第二天晚上用餐的时候，嫂嫂会夸张地宣布，这份是大哥的，这份是二哥的，这份是三哥的。在昏暗的灯光下，嫂嫂飞扬的神采笼罩着整个夫家，坐在餐桌前的老外婆，这样的场合是不许流泪的，她只好让自己变得呆滞，呆成一个木头人。

　　母亲注视着这一切，悲戚和黑夜一起将她吞没。

　　在我要孩子的计划落空半年后，我眼前常常闪过母亲悲戚的面孔。但我不相信命运就这样轻易地将我击中，何况母亲曾有过美好的祝愿。我婚礼的某些细节母亲是精心安排了的。母亲说："你的新床得由命好的人来铺。"她毫不犹豫地定下了她同父异母的妹妹我的生母。母亲说她最合适不过了，生的孩子都健康，而且争气。婚礼那天，我不过请同事好友们坐坐，吃吃喜糖，母亲却考究得不行，有些环节交代了又交代。比如，等新床铺好了，就撒上花生和红枣，那些结了婚还没要孩子的就不让他们坐到床上。撒在床上的花生和红枣也是由她一粒粒地挑选过的，查看是否新鲜饱满。我知道母亲过于细致的讲究自有她的道理——自然是希望我能顺利地生养孩子，千万不要节外生枝。她的一位同事，书教得极好，就是脾气古怪些。结婚的时候就有些好事的朋友想开开这位平日里古板且有些沉默的女孩子的玩笑，不想这玩笑开大了。一位促狭鬼在送出的喜礼里，居然掺了些空的花生壳，这样的预兆日后都一一应验。这位沉默的姑娘没有生育，"文革"时她丈夫上吊自杀了。母亲很为这事感叹，说玩笑不能开在这样的地方，害了别人一辈子。母亲熟稔并相信民间的民俗礼仪，幸好我的婚事办得还顺利，在母亲看来还不乏可圈可点之处。记得新婚后的一段时间母亲常常津津乐道于某个细节的完美，说那天娃娃（母亲邻居家的一位小男孩）表现很好，平日里他皮得很，那天他怎么就乖乖地坐在你的新床上自个儿剥花生吃？我知道母亲以为这是一个好兆头，我当时倒不太往心里去，等我开始一边口干舌燥地等待着期盼着孩子的时候，我才回过头去检视那些跟命运有关的细节。一边又胡乱地猜测自己不孕的种种缘由，然后买回相关的书籍，按照书上的图示精心制作了一份表格。常常总是欣喜地看着体温一天天地攀升，又绝望地看它跌进谷底（医生说如果受孕了，体温就会一直保持一个比较高的平均值）。我的心情糟到了极点，甚至羡慕起那些随便的偶然也能结出人类硕果的妇女。我不敢把自己的心事告诉父母同事，甚至闺中密友。受母亲的影响，我被她那无后的自卑深深地灼得痛不堪言，我知道没有孩子的生活我这辈子都会狼狈不堪。

晚上睡觉时母亲端详我的时候总爱说："瞧，你人中的窝槽这么深，所以姐妹多。我的人中平平的，几乎没什么印痕，所以我妈就生我一个女儿。老人说，这个窝槽叫姐妹槽，还真有道理的。"母亲是相信这种面相术的，为此还举了她远房表妹的例子。母亲说，她表妹的五官跟她挺像，人中也是浅浅的，年纪倒是比她还小一圈，她姑姑也只生了她表妹这么一个女儿。她表妹原先是嫁给教育学院的一位老师，对方是个独子。

结婚不到一年，没有孩子，就被丈夫休回了娘家。她表妹羞得不敢出门，从天亮哭到天黑。幸亏后来嫁给街上卖豆腐的老王，好好地就生下了三个孩子。母亲举这个例子表面看来只为说明"姐妹槽"的普遍意义，我私下却揣摩出两层意思来，一则，历来都把无后的账算在女人的头上，这也是天大的冤枉，这一点不知道母亲有没有推己及人的意思；另一则，人生的密码和底数都写在了脸上，懂行的人一看就能看出来。

  这是一个再普通不过的道理——五官的位置和尺寸用什么心机也是涂改不了的，在岁月的额头上老外婆别过脸去，她只好逃逸，而且一生都在逃逸的路上。但命运却没有为她打开一扇侧窗，来缓解人生不堪重负的日夜。为了夫家的人丁兴旺，老外婆不得不放弃夫妻的恩爱，她异想天开地用纳妾来拯救自己的过错。老外婆这时候一定会这样想，自己如此地顺从命运很多年了，还不如借助一种近似自虐的方式让阳光照进人生黑暗的旅途，来摆脱苦难的腹地，让停顿的生活流畅起来。老外婆如愿以偿了，但从迎娶我外婆的那一天起，老外婆的人生便如不断添加清水的老汤，渐渐地淡而寡味，了无生趣。外婆生了我的两个舅舅和我的生母，一直和我的外公住在一起，老外婆却搬到了乡下的老房子，五十多岁便因乳腺癌去世。

  老外婆去世的时候母亲没能陪在身边，她已经为人妻为人媳，糟糕的是她居然没有生育，比之老外婆的有女无儿更令人叹惋。而父亲是十世单传的独子。可怜的奶奶也是命运多舛，前半辈子似乎只在做一件事——受孕。遗憾的是，她生一个死一个，到了父亲，前面已经埋葬了六个死婴。把我父亲养大不容易，却娶了这样的媳妇，奶奶自然是要有许多的抱怨许多的不满。偶尔还会对邻居嘀咕几句，回到家里看着如花似玉的媳妇，左不顺眼右也不顺眼。奶奶平日里也是吃斋念佛的，却无法通过佛家前世今生的因果来排遣心中忧虑，反而因儿子的无后耿耿于心。每天早起，奶奶总有祷告的功课，她自己也只是许愿磕头，至于给供奉的菩萨上香进供都得母亲操劳。渐渐地，奶奶就有诸多的不满意，说母亲上的香不规范，说香灰怎么撒了，牌位怎么偏了，供品怎么就这老三样。因为母亲没有生育，奶奶便对母亲的美貌失去兴趣，甚至生了些莫名的怪念头，认为花一样的容貌没什么用处，反倒累了生育大计。幸好父亲深爱着母亲，一切的怨言郁闷都有父亲温和的大手抚慰，而且父亲有这样的能力，站在自己母亲和妻子的中间，以他能给予的尊重和爱来调和一切的矛盾和不快。

后来八十岁的母亲那双曾经顾盼生辉的明眸，除了慈祥，就只剩下宁静和恬淡了。看她一头蓬松的银发，你再也寻不到任何欲求的痕迹。然而，有一个怎样的人生遗憾埋藏在她那悲而无痕的岁月里。

在母亲看来，不孕是一个女人的最大失败，一生没有生育的母亲常常无意识地把这个悲剧的概念传达给我。小时候母亲带我上街，碰上有熟悉的朋友说，你的女儿啊？长得挺像你的，眼睛最像。母亲就为这句话高兴得不行，回家了她会仔细地说给父亲听。父亲就跟母亲一样高兴。我知道母亲在外深刻的自卑，只能通过这样的方式来补偿。等我长大了一些，知道生育是怎么一回事的时候，我发现母亲居然也在我面前自卑起来。她总能找到一些好的机会，有意无意地提起1950年的那场大火。她说她那时候才二十五岁，像花一样，就是瘦了一些。那次住院是因为肠炎。她说那天早上就发现有些不对劲儿，腹部总有下坠的感觉，原先还不太在意，以为吃了什么不洁净的东西，把肚子又给吃坏了，所以才向医生请了假，回家吃的晚饭。父亲当晚曾劝过她，说就住家里吧，应该不会有什么大碍的。可母亲还是坚持回医院，不料当晚就出事了。按照母亲的描述说，晚上医院是按时熄灯的，她刚躺下，就看见冲天的火光，还来不及穿鞋，糊里糊涂地抱着个大枕头就往外跑。幸亏火势不大，火情很快得到了控制，可母亲穿着的那条白色的睡裤已被染得通红，母亲流产了。母亲每每提起此事，总是懊恼得不行，到了后来的叙述，似乎还带了些自豪在里头，言外之意是，她是怀过孕的。可我注意到母亲描述的情景，在这件事上她从不张扬，甚至于还有些小心翼翼的。我开始怀疑它的真实性，包括那场大火和那条被染红的睡裤。但我决不去深究它的原委，我要在自己的内心和母亲的面前毫不犹豫地维护母亲叙述的真实性，因为我爱她，并且能领会作为一个女人的难处。每当这个时候，我会自觉地避开母亲的视线，尽量不去碰触她那犹豫不定的眼神，让她自然些，放松些。到了后来，我甚至情不自禁地和母亲一起陶醉，分享她曾经孕育的幸福。可母亲不是特别完美的人生一如早晨的露水，在我开始懂事的当口就溽湿了我的整个人生——我对孕育有一种本能的担心，并且轻而易举地被它俘虏。

在自我拯救无望的情形下，我万般无奈地选择了医院。

妇产科门庭若市，候诊的女同胞大多眉头紧锁，表情呆滞，诊室里叮当作响的器械总传来刀光剑影的声音。最叫我坐立不安的是那些围着医生焦急等待的面孔，我极不情愿地从上面读出没有修养的耐心和窥视的欲望来（都是我盼子心切的心理在作祟）。我决不加入她们的行列。我坐在诊室外的长凳上想，实在不行我可以要一个试管婴儿，反正我得有自己的孩子。

这时候我看见时间披着长长的黑袍蹒跚地从我面前走过，它像当年嘲笑我母亲一样地嘲笑我。那个候诊的下午漫长得足以让人立刻老去几岁，二十几号病人，我居然从上班等到下班。这自然不能怪医生，她一切按程序办。只是这个诊室太特殊了，患者述说病情，然后医生几乎是机械地说，上床我看看，然后放下笔去戴手套拿钳子。绝大部分患者对这张床既陌生又恐惧，她们在屏风后面胆战心惊地磨蹭半天，其间还有医生不耐烦的催促。最让我胆怯的还不是这些，我不知道十几位患者站在背后，我怎么向医生述说我的病情。她们每一道没有任何用意的眼光，都会像榔头一样把我的自信心打到最底层。我真想立刻就逃离这个令人生畏的地方，我不想让先生以外的任何一个人知道我怀不上孩子。但是那个我曾盼望过不止一千遍一万遍的孩子在黑暗的尽头等我，我决定坚持下来。这时候我还不能目不斜视、旁若无人，我担心会出现这样的意外，一位老同学旧邻居好朋友，或是现在的同事跟我打招呼说："嘿，你在这干吗？"回答这样的问题我一定会被憋得大汗淋漓、口吃呆滞。我正紧张苦恼寻求对策的时候医生叫了我的名字。

医生看都没看我一眼，打开病历问："哪儿不舒服？"我顿时感觉一股热流冲上脑门，我说不出话来，但我告诫自己，必须控制内心的恐惧和难以启齿的沮丧，否则只能重蹈母亲命运的覆辙。当医生再次抬眼等我答话的时候，我成功地开了口，我说我想要个孩子，但一直怀不上。医生表情平和，对我笑了笑。这笑容很平常，平常得不把压在我心中的块垒当回事。我得到她这么气定神闲的鼓励，原先重似泰山的绝望立刻减轻了许多。她问："有多长时间了。"我说："半年。"她再问："到别的地方看过吗？"我说："没有。"这时医生倒不忙着写病历，摘下眼镜很慈祥地看着我说：

"你有些紧张。"

"我想要个孩子。"

"你可以有一个自己的孩子。"

"可我母亲没有生育，她会不会遗传给我？"

医生惊诧地看着我，她收起脸上的笑容。

她盼咐我到床上去，然后用比先前更柔和的一种近于母性的语调跟我聊天。她说："医学上有这样的界定，两年不孕才算不孕症呢，你才半年，急什么。来，我们放松些。"她说"我们"。

我一直紧绷着的身子终于成功地放松了下来，只有我自己知道，半年来，我阴霾一样暗淡的日子被眼前的这一科学界定解放了出来，我知道，我不是不孕症！

检查总算开始进行。

这位充满母性的医生继续安慰我："现在十对夫妇就有一对是不孕的，这样的情况很普遍。"

我说："我不想例外。"

医生脱下手套摘下眼镜冲着我笑，"谁说你例外了，你所有的生育附件都漂亮得很！要是允许，你要十个孩子都没有问题。"

医生走到床前，摸了摸我的脸颊说："谁告诉你不孕有遗传的？你什么问题也没有，就是太紧张了（后来我才知道，求子心切也是不孕的原因之一）。起来吧。"

我眼睛一热，怎么也用不上劲，躺在那张我曾经无限恐惧的检查床上，感激得泪眼婆娑。后来我对先生说，不知道"漂亮"还可以这么形容，我爱漂亮这个词，我爱这位妇产科医生。她是怎样优秀的一位大夫，舍得用这么奢侈华丽的辞藻来安慰我暗淡无光的心灵，把我坠入深渊的幸福，唤回了人间。

而这样的幸福又是被多少代人关注和祝福着的。

奶奶后来是接受了母亲的，而且接受了独子过继养子以弥补无后的遗憾。在这件事情上奶奶是积极的参与者。按理，过继在选择上应以男方的堂兄旁支为首选，父亲有两位堂弟，也都分别生了两个儿子，要是抚养成人也算是夫家的后裔。在择后的定夺上奶奶特别上心，她可是考虑了很长时间的。奶奶胖，喜欢睡凉席，夏天午饭后的午觉都在那里消遣。母亲说，那一年的暑气还没消尽呢，奶奶睡完午觉坐在凉席上摇着大葵扇，把母亲叫到跟前说，你妹妹不是有两个女儿吗，长得蛮可爱的嘛，你跟她商量商量，可不可以把一个孩子给我们。

母亲有好一阵子没能反应过来。

奶奶用扇子拍了拍母亲说："我可是认真的，我观察好长时间了，他们那些男孩子太皮，小时候父母没管教好，都说三岁看老，现在再接手有点难，何况他们的面相都不太好，长大娶了媳妇未必懂得你呢。"

母亲一向是喜欢女孩的，可在择后的事情上却不好提想法，何况选择的范围也一直圈定在那几个侄儿身上。奶奶这一提正对了她的心思，但还是不太有把握，便说："女孩好不好接过来？"

奶奶从凉席上站起来，用扇子拍拍自己的屁股说："这你就不懂了，男孩怎么样，女孩又怎么样？从现在开始往后数三代，要问起爷爷的名字他们都未必答得出呢。等我闭了眼我是什么都不知道的，对你们好才叫好，男女是不论的。"

年轻时奶奶放弃一切乐趣，以不停顿的生育希望留住离家纳妾的丈夫，同时证明自己的存在。在与爷爷的人性较量中，奶奶以她的坚韧包容以及作为那个年代女子不可多得的独立成为胜出者。曾经风流倜傥、腰缠万贯的爷爷在暮年时居然哽咽着向奶奶道歉，在他的人生长剧谢幕之后永远地陪伴在了奶奶的身边。每年的清明节来到爷爷奶奶的墓前，我以不同宗族不同姓氏不同血缘但却是他们唯一传承的孙辈来祭奠。上香的时候我就想着年轻时爷爷的模样，高鼻大眼，玉树临风，生意做什么赚什么，纳了四房妾却没有一个生育。奶奶以她与命运对视的坚韧才把父亲养育成人。可按传统的说法，到了父亲这一辈，雷家便断了血脉停了香火，可雷家的奶奶以大半个世纪坎坷苦难的人生，积攒下朴素的生活哲学以及对沧桑世事的了然于心，她大度而智慧地不计较我的女儿身份，在我还少未更事的时候我便成了雷家的传承后裔。奶奶平静地接受命运的安排，这位从民俗的深层走来的八十岁老太太，居然如此坦然坚定地面对强大的传统民俗呵。

我对奶奶的印象多半是不连贯的碎片，最温情的记忆是她长得胖，脸色红润，穿一身黑得发亮的荔枝绸。冬天我穿着厚厚的衣裤，夕阳正暖暖地照进天井里，我站在天井的楼梯旁说，我要尿尿。奶奶一边脱下我的裤子，一边说啰啰嗦嗦，啰啰嗦嗦。这样一个日常的细节对于别人来说也许没有多大意义，但于我却是唯一的具体的，永远是夺目的。在一字排开的雷家墓地里，唯有奶奶没有墓碑，只在一块极寻常的红色砖块上刻着"雷母"二字，但这丝毫不影响我对她的记忆和怀念。我对奶奶的尊敬和感激不仅因为我能成为雷家的孙辈而获得更大的物质优越，我想奶奶留下的遗产更重要的部分应该是她的勇气、智慧以及对别人——她的儿媳妇我的母亲的怜惜和爱护。不能想象，倘若奶奶是迂腐传统的教条的维护者，倘若也如老外婆的嫂嫂那样霸道自私，或者有通过上苍赐给的恩惠比压别人，从别人的痛苦中产生愉悦的嗜好，母亲肯定不是今天这样的人生。

做孕检的时候是先生陪我去的医院，检验结果是阳性。我们拿了结果兴奋得连家都没回，直奔市场，买了一大袋的虾皮和一斤蚝蛎，准备回家好好地煨汤。

我高兴得有些得寸进尺了，对着正在洗碗的先生说："要是我们得一对双胞胎就好了。"先生说："我也是这么想来着，连名字都有了，大的叫万万，小的就叫千千。"

对这么爱孩子的先生我满意得不行，他一面洗碗，我一面用脚背蹭他的小腿。

胎儿到了二十周的时候，我穿上先生的夹克居然还不显山不露水，心里就挺美的。除了不化妆，平时我都注意修饰自己，我知道有一个幼小的生命正在为我绽放，我怎么能辜负她呢。随着胎儿一天天地长大，一种不可名状的幸福总是不可阻挡地要表达。我不知道要积累多少爱，才迎来这个生命。

上苍是那样地眷顾我——孩子足月，顺产，是一位一生下来就睁开双眼的可爱女婴。

我把她抱在怀里，怎么看她都不够。

女儿长到了一岁多，还不能说太多的话，但她却可以清晰地告诉我，说她以前住在西班牙，是蚂蚁国里的一只蚂蚁，她跑到很高的天上往下看，知道文联有一个妈妈，她就来了。

"你怎么来的？"

"爬来的呗。"

"这么远的路，辛苦不辛苦？"

"不辛苦，我一爬就爬到了你的家。"

不知道女儿是否受了神祇的旨意，把她的来路告诉我。我把脸贴过去，说谢谢她，也谢谢神祇。

我把女儿带回她的外婆家，母亲看着睡熟了的女儿，对父亲说，瞧，我们也有自己的外孙女了。

女儿也是母亲的等待啊，她把头发都熬白了。在这浩瀚的宇宙里，看着熟睡的女儿，我以为自己是幸运的，女儿也是——"你不光自古以来一直非常走运，属于一个受到优待的进化过程，而且在自己的祖宗方面，你还极其——可以说是奇迹般的——好运气。想一想啊，在38亿年的时间里，在这段比地球上的山脉、河流和海洋还要久远的时间里，你父母双方的哪个祖先都很有魅力，都能找到配偶，都健康得能生儿育女，都运气好得能活到生儿育女的年龄。这些跟你有关的祖先，一个都没被压死，被吃掉，被淹死，被饿死，被卡住，早年就受了伤，或者无法在其生命过程中在恰当的时刻把一小泡遗传物质释放给恰当的伴侣，以使这唯一可能的遗传组合过程持续下去，最终在极短暂的时间里令人吃惊地——产生了你。"这是比尔·布莱森在《万物简史》引言中的一段感言，当然，作为著名科学家的他自然是站在科学的立场去解释生命的进程，而我在自己有限的生命中却更多地感受到人性的温暖。老外婆、奶奶还有母亲，她们在我生命的孕育与成长中似乎不起决定作用，在我的基因里没有她们留存的符号和信息，但在我长长的祖宗谱系里肯定有她们温暖的名字，有她们触摸可及的面容和温润可感的背影，有她们暗淡泣血的故事，也有她们在漫长的苦难中转身偷闲的记忆，她们真实具体，被我很实在地记住并常常地想念。"在我的体内／埋藏着几千年的姓氏／埋藏着要用一生中途或可更改或可被别人重复的名字。"每每读起瘦西鸿的《埋藏》，总被他的诗句轻轻地撩拨、深深地触动。我一直很想对自己的姓氏作一番考究，虽不是很艰难的事情，但至今没有实现。一位也姓冯的朋友说，我们是姬姓，祖上曾经是贵族呢。我笑起来说即便是眼前，我对贵族都没什么感觉，更不用说祖上了。近日看到中国科学院遗传与发育生物学研究所研究员袁义达关于姓氏的一份调查分析报告，他认为，中华姓氏内其实暗藏着三大玄机。玄机一：姓氏暗藏"遗传密码"，姓氏是连接文化遗传和生物遗传的一个桥梁。玄机二：同姓不一定同家，因为一个大姓可能有上百个来源。玄机三：中国姓氏最有内涵。实际上不仅在中国，在世界上，姓氏也是一个重要的文化传承符号，但世界上没有一个国家的姓氏传承得像中国这样完整而且有内涵。我以为袁先生用"玄机"二字来解释姓氏的传承，是再精妙不过的，哪一个延绵了几千年的姓氏没有自己的秘密、自己的故事呢？

命运就是这样的，它的途程布满了偶然的果实，一个偶然的下坠，命运的方向立刻改变。

我过继的时候没更改姓名，父亲说不改了，这名字挺好，留着也好让她知道自己从哪来。我就这样很随意地生活在养父母的身边，连称谓也是按原先的亲戚辈分叫姨妈姨爹。不想十二年前的一个夏天，父亲离开了爱他的我们，走之前一点征兆都没有，也不过感冒了两三天，前一天的晚上我还带着刚满周岁的女儿回家吃晚饭。我发现他的气色不大好，就约好了第二天下午带他去看医生。临别时我让女儿和外公外婆说再见，说我们明天还来。女儿还不会说话，但会飞吻，父母很为女儿得意的样子高兴。出门的时候我们还回头说了一次再见，父亲笑得很欣慰。这最后的笑容我至今都还能清晰地回想起来，后来都不知道自己用心疼和遗憾端详过多少次抚摸过多少次，我真想把脸贴过去，叫他一声父亲啊。我是他的女儿，他却一次也不曾拥有过父亲的称谓。当我幸福地生活在他们身边的时候，我不知道这样的日子会有尽头，那些曾经被我用姨爹的称呼忽略了的挥霍过的光阴，我只能用怀念采集下来，储存在他的照片里。想必父亲是知道的，"父亲"这一概念于我，他是唯一的，我在人前人后所说的父亲只有他也只能是他的，我在所有的履历"父亲"一栏表上，很自然地写上"雷道一"的字样。我与他异族异姓，没有任何血统的关联，但我是他的女儿。我那只从西班牙爬过来的小蚂蚁是他的外孙女。这便是雷家与冯家的姓氏玄机。

父亲走后，我把母亲接过来，迫切地希望把对父亲所有的遗憾补偿在母亲身上。我知道我必须把一切深深浅浅的爱都给予表达，否则不可弥补的缺憾将会把所有的夜晚蜇得支离破碎。我出门的时候和母亲道别，我说我上班去了。我把"姨妈"的"姨"字潦草地浅浅地滑过去，然后平静地上班。我记得母亲正要套上那件蓝色的马甲，她抬头看了我一眼，很平静。

父亲走后的那个夏天，燠闷的空气带走了一个被叫了二十多年的称谓，我和先生在极短的时间内很自然地叫"姨妈"作"妈"。母亲和生母在一起的时候，她们习惯并且能准确地分辨出我在音调上对她们的不同唤声。在平仄上生母是平声，拼音的声调上是第一声；母亲是仄声，声调是第四声，就是南宁白话叫法。

生活似乎顺理成章但却明快了起来。夏天快过去的时候，失去父亲的凝重被初秋的凉意冲淡成一幅水墨画，挂在了生活的背面。母亲是个一生都爱美的女人，出门买菜的时候、晨练的时候都会轻扫蛾眉点绛唇，把自己收拾得干干净净的。到了冬天，母亲居然开始关心起文胸来，后来女儿像发现什么秘密似的过来告诉我说：

"外婆穿的小衣服跟你的不一样。"

"怎么不一样？"

"她先穿了内衣才穿小文胸。"

一向内敛害羞的母亲听到女儿告密不仅不恼，反而显得比平日还要坦然。对女儿说："你现在还小，等你长大了你的咪咪也长大了，你就知道什么叫美了。我现在老了，咪咪变小了，才请小文胸来帮忙的呀。"

对于母亲一路"追美"不断的人生我一直都是心存敬意和赞叹的。

我赶忙对小小的女儿说:"以后你不要叫她外婆,叫苏小姐得了。"女儿赶忙端来母亲那大大的口杯说:"苏小姐,请用茶。"

就像风吹稻浪一样的自然,日子一天一天地过去;就像童话里那位永不衰老的叙述者所说的那样,过了一年又一年,再怎样光鲜丰满的日子都会暗淡衰败下去,母亲就真的老了。她和女儿一起看电视,嚣张的女儿频频换台,母亲却戴着老花镜一脸无辜地问,刚才那位王子怎么还不出来?这时候看着母亲一头的银发,还有些凌乱,她的苍老就让人心酸得直想掉泪。我知道,怎样的愿望都不能阻挡生命的脚步。那年白露过后,八十四岁的母亲经过一年不太流畅的日子之后陷入了末途的泥淖,曾经雀跃凌空的生命慢慢沉寂了下来。她似乎明白生命到了什么阶段,要求洗发,烫发。医生没有准许,说这么虚弱的老太太经不起折腾,等缓过这阵子再说。我只好劝慰她,等过一两天好了我们再洗也不迟。"你现在的样子也还过得去的,你很能干,都八十多了,眼睛这么好,耳朵这么好,牙也这么好,医生说了,你是这个病区最漂亮的老太太呢。"母亲很受用地别过脸去,闭目养神。

母亲没能好过来。

这是周末,是长长的燠热的夏天难得的一场夜雨之后的清凉的早晨。母亲已经在昏迷中艰难地抽气,我的其他姐妹都围在她的床边。我那读初中三年级的女儿,原是打算到图书馆复习功课的,在没有得到任何信息的情况下,却被一种挂念和不安不断地牵扯着,于是徒步走了半小时的路程,到医院探望她亲爱的外婆。女儿还不懂生死,但看着昏迷得不能再跟她做这样的问答——"花的使命是什么?""美丽。""不对,花来到这个世界的使命是,结果"——的外婆,女儿失声痛哭。

母亲对自己的大限有一种与生俱来的恐惧,认为医院的病床脏,上面有多少人睡了过去不再醒来。

我握住母亲不再温热的手,抚摸她还未来得及整理的头发。我一遍又一遍地对她说:

"我是艳冰,是你的女儿呀。你把我养育成人了,我都做母亲了。你的外孙女我那只小蚂蚁刚刚还看你来着。在你床边我其他的姐妹都是你的孩子。我们都爱你,都感激你。今天是周末呢,大家都有空,我们会一直陪在这里。不用怕,妈……"

我一遍又一遍地安慰母亲。一位眉目清秀的小护士说:"她还听得见的。"

直到医生请我们暂时出去,说要做最后的抢救。问我:

"还要不要输血浆?"

我说:"要。"

"还要不要输白蛋白?"

我说:"要。"

最后问:"还要不要做电击心脏?"

"要!"

只认识不到一个月的看过多少生死的专业陪护走过来搂着我的肩膀说:"让妈妈安静了,好不好?"

…………

我再进到病房,给母亲擦澡。

这是我第一次看到母亲的胴体。母亲最后时刻是弥漫性出血,也只是皮下一块一块紫红色的瘀血而已,大部分完好的皮肤仍然白皙而细腻。她那对不曾喂养过孩子的已经干瘪了的乳房,安静地垂在胸前,仍保持曾经丰满温润时精致好看的形状。它们曾经储存了父亲的多少爱恋啊。护士一直陪着我,拧毛巾那一下她看着母亲情不自禁地说:"婆婆真的很美。"听她这样说,我鼻子就有点发酸,这时候想起父亲搂着母亲的肩膀的情景,父亲说:"你要是我俩生的,你就比现在漂亮多了。"我当时是怎样的反应,是挠挠头发还是扭扭屁股,记不得了。

有了父亲,再沉重的日子都变得欢快起来;想起父亲,再悲痛的时刻也能承受和面对。当时我就想,没关系,母亲到了那边还有父亲呢。都说七十三、八十四,阎王不叫自己去。母亲这一辈子是再自然不过的一生了。

先生的姑姑今年也八十四岁了,欣慰的是她还属于那种牙好胃口就好吃麻麻香的健康老太太,只是偶尔脑子有些糊涂。姑姑早年毕业于中山医学院,从医五十年,在眼科教授的位置上退下来。因为职业的关系,姑姑的生活极其讲究,也是我们这一大家子的生活指导。谁有个头疼脑热的,第一个想到的是姑姑,而不是医院。可年前大表哥来的时候却沮丧地说,姑姑越发难伺候了,常常让人哭笑不得。说她糊涂的时候就跑到自己医院的门诊部,很忧郁地问同行的晚辈:"你看我是不是又怀孕了?好像宝宝这段时间发育得特别快呢。"姑姑温柔地摸着自己胖胖的肚子。表哥很惆怅,我却眼眶一热,泪水差点没掉下来。原来这么优雅的姑姑,这么有才气的姑姑,在医学上这么卓有建树的姑姑,就老了。姑父去世十多年,她自己也是八十四岁高龄的老太太了,可她还是那么像小女子地生活着,怀揣着女子的心思过着日子,不管晨昏白昼,不管星斗转移。姑姑常常是回到了自己的少女时代,她不会去考虑自己百年之后的事宜,而是做生儿育女的计划。所以糊涂时候的姑姑总有一种很贤淑的宁静,一种很母性的温柔。

令人尊敬的可爱的老姑。

女人都这样的吧。

点香的时候,我为母亲祈求,让她在天国也能有自己的孩子,让她成为一位母亲吧，她会是一位好母亲的。

可以吗？

看过广西宾阳县炮龙节吧，场面很火爆的，每年的正月十一，这天在老街劲舞的群龙被视为新年神物。舞龙汉子吆喝着赤膊挥动巨龙，沿街游舞。临街商铺、住户家家炮仗充盈，单等炮龙靠前，一串串往龙身上砸，以祈求来年风调雨顺，富贵平安。当炮龙游舞时，人们纷纷从龙肚下穿行祈求吉祥如意，情侣期盼永结良缘……据说若捋下龙须系于畜栏上能得家畜兴旺，龙皮保五谷丰登，龙珠能招财进宝、添丁生子。于是人们奋不顾身"抢龙珠"。

临近炮龙节的时候，四五位朋友聚在我家里商量为小杨抢龙珠添丁生子的事呢。身高一米七五的曾子健说："等炮龙的游行队伍走到街的拐角的时候，你们掩护我，我从侧面插过去，肯定能把那龙珠抢到手。"完了曾子健拍拍小杨的肩膀说："这事包在我身上了，包你明年生个大胖小子。陆庆东那儿子不就是我这样给抢回来的，那一年我打了赤膊，脱下衣服包着脑袋便冲进炮海里……"

等他们商量停当，我就跟他们说我女儿的故事。

再隔一两代，这个故事将会变得很古老了。谁能说得清楚这个中缘由，女儿又凭什么说她是西班牙的一只小蚂蚁，我问她是怎么来的，她说：

"爬来的呗。"

"这么远的路，辛苦不辛苦？"

"不辛苦，我一爬就爬到了你的家。"

（载于2007年第10期《作家》）

圭江北流

1

很多年后，我仍记得写诗的吉小吉端起酒杯把满满一杯啤酒倒扣头顶的情形。冒着白花花泡沫的液体自板寸头顺流而下，先是弄他一头一脸，后来汇合到已被汗水湿透了的白T恤上。热情爆棚的北流人总是把尾音上扬、古音韵浓郁的白话抛洒到潮湿燥热的空气里，让它弥漫在北流的整个上空。尤其待客或跟朋友相聚的时候，北流方言更是接近易燃易爆的热度，他们说话稍稍用些力气，那燥热的空气都被炸得噼啪作响。我们坐在街边的大排档喝夜酒，听过往行人的对话，就像看满街的烟花落地开花。

吉小吉倒扣酒杯是喝酒的开场白，除了表达他喝酒的欢喜和决心，还有一层就是对文学的敬意。当晚喝酒的都是文坛圈子里的兄弟，不少还是外地的客人。吉小吉以为，跟文友喝酒不可作假，得好好喝，认真地喝，得给足文友们面子。以至十多年后即便在场者的面容已模糊不清，仍然记得他当时劝也劝不住的热情。那是一次文学笔会，总之北流的文学活动很频繁，久不久就不得不跟他们混在一起。

喝酒的那条街叫沙街，与北流的圭江平行而驱。中国地势西高东低向东倾斜，江河多自西向东汇入大海。偏偏有"不同流合污"自南向北的，广西境内如发源桂林的湘江，毛泽东吟诵的"湘江北去，橘子洲头"便是。另一条不随大流追求个性的，正是北流境内的圭江。向北而流的江河不要说在广西，在中国亦是不可多见。倘若你见过中国那张自北向南倾斜的地形图，了解广西以丹霞地貌和喀斯特地貌为主，实在不知道这条河流哪来如此这般强烈的胆识和勇气，顽固地另辟蹊径逆流而上，穿过重重的高山险滩直奔北去，能这样不顾规矩的任性，真真的难得难得！豪爽之人非常高效，站在河岸，看着滔滔北去的江水，直接取了"北流河"的名字，既描绘了河流的动态风貌，又表达了倾慕中原文化的心意。位居广西东南部的这个县级市，北流河穿城而过，这小城直接就取了"北流"的名字，这地名反而准确响亮，且简单易记，自然深入人心。写诗歌也写小说的朱山坡却说，这是官方或外地人的叫法，本地人不理这一套，还是叫它圭江。因为江比河大，当地人认为，把故乡的江叫小了是对祖宗不尊重。

不愿被规劝的圭江自北流经容县，直奔藤县汇入珠江流域的西江而去。从江河的范畴来界定，广西整一片都属珠江流域。在中国的版图上，曾经很长的时间里，广西因地处边疆又经济落后而被划归西南地区。近年不知是否出于江河流域及经济发展战略考虑，在版图的重新划分上，广西归属了华南地区。对于这样的格局广西人似乎更是欢迎雀跃，以为自己向先进地区又迈进了一小步。广东广西互为比邻，北流便是落在两省区一墙之隔的支点上，被称为"粤桂通衢"。多少人家与广东不过一座山、一道溪流、一条公路或者一块田垌的距离，两省区生出诸多鸡犬之声相闻也频繁且亲密往来的趣事，有自家的母鸡越界到广东下蛋的，也有广东的牛走失到广西吃草的。总之两省区虽有边界，但大家不分彼此地交往，操持粤语的北流人与广东更为亲近。

是哪年去的北流，去了几次，我实在没有太多的印象了，去过的记忆都影影绰绰地堆叠在一起，往北流走动多了，北流的人事总是挤挤挨挨，想起它们便是一层一层一浪一浪地涌过来，好在有文学的顶光，稀释了无序的时间，可将近处与远景的前尘往事拉近推远。循着这道光，记忆便有了深浅轻重，有了清晰可辨的节奏，不难从凌乱的时光里找出记忆的线头。

2

不知通过怎样的渠道，2003年拿到了朱山坡的诗稿刊发后，《诗选刊》立刻给予转载，之后一直关注他的创作。我2004年在《诗选刊》上读到他的长诗《粤桂边城》，开篇便是"我的家在桂东南的一个小城／与粤为邻／地表潮湿，植被茂盛／四平八稳的山像塞车一样／让山雾缠在这里"。至于粤桂的关系，"广东人什么都从这里拉走／唯独山与雾留下"。全诗朴素的极简主义的记录与描摹，朱山坡像掘地三尺般地，写尽了南方粤桂边城故乡这座小镇的人情风土与世事沧桑。我看见，那段重要的生命履历和精神刻痕，在暗处熠熠发光并伴随他终生。

诗歌创作只是朱山坡文学人生的序幕，让他功成名就的却是小说。如今他已是国内有代表性的70后作家之一。从他出版的多部小说不难看出,他的小说虽轻易地翻手为云覆手为雨的屡屡多变风格各异,但细读文本之下,你会发现他的小说背景都有一个南方之南的小镇的时空贯穿始终。他所开辟的文学地理诸如"米庄"也好,"蛋镇"也罢,已然成为朱山坡小说写作的地标。小镇是他小说主人公的落脚处,又是他念念不忘逃离的居所和来路。这样充满矛盾的所在不正是人们对于家乡的复杂心理吗?——年少时总是渴望无尽的远方,成人之后又总被脚下这片土地牵绊。少年的经历与南方这片故土的血脉关联,无意识却无比强大地参与到他的创作当中。

前面说到的那场街边夜酒,朱山坡是召集人之一。大概是2005年前后,《广西文学》为整合青年作家队伍,出版有十一位青年小说家参与写作的"广西青年小说专号",朱山坡位列其中。这时候他是玉林市政府办的一位党政秘书,在工作之余,仍有旺盛的余力耕耘文学这亩良田。不过彼时他小说创作的风头已盖过了诗歌,随后一路高歌不止。因着他的创作成绩,2013年他调到广西作家协会工作,离开了常人向往的可能混个一官半职的环境,终可心无旁骛地专注于文学创作。从第一份乡镇工作开始到今天的任教于高校,其中的沟沟坎坎,得要一行行的文字一部部的小说去一一填平呢。

我们成了同事,在楼道的转角或是机关的饭堂匆匆偶有相遇,却不比之前有更多的交流。他的大部分消息我基本通过文讯或是单位工作群里获得,比如出版的新书、获奖的喜讯、参加某个文学活动等。他所在的广西作家协会完全就是服务性质的,上接中国作家协会,下联各地市作家,事务琐碎繁杂,忙起来千头万绪,可书还是一本一本地出,写了长篇写短篇,再诗歌再散文再长篇再短篇,轮番地先后地同时地并驾齐驱地写……真不知道他哪来的时间?!有一年我参加来宾市的花山诗会,出差路上与同事闲聊，才揭开"惊天秘密"。大巴上，前排一男同事转过身来颇为神秘地问道："你们猜怎么着，上个月我到柳州开会偏偏把材料落在了办公室，早上八点半的车，只好六点回单位取，停车那会儿看到山坡的车，问门卫，山坡没开车回家？门卫说哪里！他都上的大夜，晚十一点接班，第二天早上八点交班，山坡几乎五点半就到了。"也不知道同事出于自己的发现而兴奋还是感佩朱山坡的勤勉和毅力，竟摘下眼镜直擦脸上的汗。不知道这则"八卦"有多少是编排多少是夸张，总之"刻苦"二字是核心便错不了。原来朱山坡从黎明开始，向着许多人仍在酣睡的清晨夺取时间以喂饱他的文字时，满足于现状倦怠于当下的众生，让时间这头野兽不知不觉间吞噬了无数日夜。在文学这个大作坊里，不管是工作时间的长度还是码字的数量，朱山坡可谓劳模。对于惜时他甚至到了压榨自己的地步。2016年我们一块儿到新疆采风，他是那次活动的组织者，一路由南往北，辗转上万公里，管着将近二十人的吃喝拉撒。当时他正在写一个长篇，出门在外车马劳顿也不能耽误他的写作进度。好几次大队伍离开驻地，他等着宾馆服务员开发票那一小会儿，匆忙掏出腰包里的那个随身记录本。秦立彦在她的《蜜蜂》里写道，"蜜蜂总能找到花朵／它们也在等待着它"。就像朱山坡总能找到时间，时间也在等待着他一样。

　　惜时如金的朱山坡似乎没耽误人间的欢愉与确幸，尤其写作是个体力活儿。健康与壮硕的身板是他压榨自己的前提，于是在喂饱文字的同时不忘伺候自个儿的身体。"一周得有两三个晚上去打排球。"他说，然后嘿嘿地笑。显然他很满意自己饱胀的肌肉。奇诡的是，朱山坡细致的五官不像是被亚热带丛林焐热的子民，有的是桂北的儒雅气象。我问玉林市作家协会主席梁晓阳："朱山坡祖籍是湖南的？"梁晓阳瞪大眼睛提高音量:"祖籍？祖籍不能这么定的。"梁晓阳着急起来说话有时有些结巴，这时候的表情反而比平时更生动，声势也宏阔，他一着急我就为他心生疑虑，这人说不了悄悄话的吧。好在大音量不妨碍他同时是个性情温和、待人宽厚的人，这会儿他着急着要解释祖籍的事情——我跟他的祖上都从广东过来的，我、小吉、山坡还有夷珊，我们家都在粤桂交界的云开大山脚下。真要寻根问祖，往远处说，我们梁姓的源头在河南，今天还有人组团去河南认亲的。

总之，梁晓阳前面提到的云开大山脚下的四位，虽是乡党，但长相各异，甚至相去甚远。

3

先说吉小吉，阔脸方额浓眉大眼，大腹便便的身材是那句"一切存在皆有善意"的最好诠释。全身上下没一处锐角，没一丝戾气，长相是很南方的那种，一副好得不得了的脾气。吉小吉出生的大伦镇到广东的信宜市，骑车也就二十多分钟，他少年之前到信宜的次数要多于到自个儿北流的县城，讲的也是广东茂名的白话。中国之大，差不多交界的省区市都有这样的状况，只一山一河一路之隔，饮食文化方言无别，甚至同族同宗，却各属不同的地区，有自己的父母官。好几次听吉小吉眉飞色舞地谈起，如何跟村子里的同伴，骑自行车穿过广东的街圩去看大海，是年少轻狂的岁月和回不去的欢快啊。朱山坡出生的六靖镇那排村朱山坡生产队（朱山坡笔名的来处），则与广东的高州近在咫尺，在他的诗文里常常会有"此去高州"多少里。地缘相近、年龄相仿的两位少年同属北流南部，当地没有尊师重教的传统，也没出过什么值得夸耀的读书人，但少不更事的他们都爱着文学却互不认识。

曾经，能改变命运实现农转非的考试——供销社在编名额考试的五元报名费，都拿不出的吉小吉，命运却有低开高走的转折。两次大跨度的职业生涯考试，都得益于只以作文考试作为唯一遴选方式而得以逆袭！他由一名只有初中文凭的农村少年，成长为一名基层文联干部，对文学的挚爱没有被辜负，这得多大的人生幸运啊。吉小吉说从娘胎出来那一刻起，世界呈现给他的是肉眼可见的坎坷和命运的多舛。他出生那年母亲已是四十七岁的高龄产妇，作为农民的父亲，五十一岁老来得子的喜悦应该很快就被眼前的贫困碾轧得荡然无存。农村需要劳动力，可在他记事起，父母已是迈进晚年需要人照料的老人，彼时家中长兄又因超生被罚得家徒四壁而自顾不暇。冥冥之中，是贫困、无望和父母晚景凄凉把他迎到了这个世界。上苍让他体验贫穷的困厄，又努力把精神的粮食送到他的面前。好在有心中的热爱为他撑腰，文学为他点亮照耀旅途的前程。斗转星移，悲苦、饥饿已破碎成尘，不甚欢愉的童年也随岁月老去，唯有他和文学一起成长，三不五时地也有作品在《人民文学》《诗刊》《星星》等大刊发表。据说在国刊《人民文学》发文章那会儿，他还接到过北流市委书记的祝贺电话。这样的荣誉，想必很是够吉小吉春风得意好长一段时间的。后来又经历了小学教师、县报编辑、政府秘书的人生站台，最终他毅然地毫无半点犹豫地选择了文学艺术界联合会作为履历的终点。

吉小吉说兜兜转转，总算摸到了文学的门槛。也许有人唾手可得的饭碗和职位，吉小吉却要走过千山万水去涉险滩之难、攀万仞之顶！幸好他紧握理想的灯盏，即便跌入黑暗坠入深渊，文学也会陪他走过漫长而无光的暗巷，并护他周全。如今，他不过是小城里的一介文人，中国千万个基层文联主席中的一员，平凡到不值一提。而最开始，他也是千万个热爱文学的执着者、追梦人，对于文学只是热爱而非把它当作改变命运的工具，努力与坚韧也许永在光的背面而不被看见。值得激赏的是，他始终被文学的星辉照耀。

至于吉小吉的"总算摸到了文学的门槛"，看似云淡风轻的如愿以偿，其间熬过的是三十年的艰辛历程。我调侃他，从黑夜里走来，是否有他们铜石岭从海底隆至地表这么漫长？他用北流普通话回我，差不多。他接着反问，肉身如何能跟山川相比？

肉身何尝不是人类的山川，山川也应该是大地的肉身吧，它们该有着怎样不为人知的秘密关联？

4

位于城市东郊的铜石岭是北流的一张金名片。

我去过两次，都是来去匆匆，除了留下层峦叠翠的美好印象和紫铜色的岩质、峭壁悬崖的奇崛记忆之外，大脑影像里的U盘，转身又被层层叠叠的祖国大好河山所覆盖。2021年《广西文学》和广西作家协会在北流举办广西青年作家培训班，偷得半日闲，我约了获2021广西年度诗人的谢夷珊和几位文友，在北流的街头巷尾转悠。步行穿过临江的沙街，到了一处僻静院子的侧门，谢夷珊说："北流市博物馆，进去看看？"看似在征求意见，实则顶着午后的秋阳，带我们走街串巷之后停下脚步的他，蓄谋的用意全写在了脸上。谢夷珊太瘦了，以致无力拒绝岁月馈赠给他的任何痕迹。十年前他在一篇文章里豪横地编排二十年前的自己：那时还差半年才到而立之年，虽然高瘦，却年轻，年轻得可拧出一丝水来（原话），云云。一言以蔽之，二十年前瘦得只能拧出一丝水的青春也值得无比怀念，足以让十年后已满脸沧桑、体若瘦树的自己羡慕不已。

十年前已是瘦树一棵，如今的谢夷珊更像大雁那首《盆景模特》所描述的——要为艺校找一位老人做人体模特，"要瘦，要特别像盆景那种"。全是筋骨的样貌他很合适。若不是有朋友提到他曾经在部队服役三年的经历，难以置信谢夷珊这样的身板如何入伍建功立业。偏偏他就立了三等功。朋友质疑，他不辩解，即便笑出满脸的枯藤老树，日常待人周到贴切的他，旁人仍觉得是如笑颜如花般舒服。他北流腔浓郁的普通话，不像别的人有电闪雷鸣的火光，虽有起伏，偶有听不清到底是"上午"还是"下午"，好在语调总是平和缓慢，他任北流市委对外宣传办公室主任是可以胜任的，大家不用为他担心。

他把我们带到北流市的博物馆，指着一面直径巨大的铜鼓让我们好好看看，上面有细致的云雷纹，两旁鼓耳的饰纹也很华丽，他说这是世界现存最大的铜鼓！

大热的天不午休，原来他要我们来看这面鼓王。

铜鼓是中国南方古代青铜文化的产物，对于壮族，它意味着财富、权力，是一件重器，相当于中原的鼎。在广西，它变着花样让你随处可见。广西民族博物馆、广西国际壮医医院这样的大型建筑也是借鉴了铜鼓的造型；南宁机场往市区必经的壮锦大道，隔离带上百花丛中的十一面铜鼓，不敲自鸣地告诉你，此段开始进入铜鼓的地盘了。去年《广西文学》杂志创刊七十周年，设计封面时想着怎样出新生彩，各路大神想破了脑袋，最后还是回到文化的原点，半面铜鼓占了封面的五分之一。在广西的文化长河里，这么一件厉害的圣物，几千年来居然多半出自北流，还是鼓王的原产地。有朋友问道："几千年前哦，弄这么个大家伙，得废掉多少铜，工匠也需有做重器的经验和技术才成，北流人是怎样做到的?!"谢夷珊说："欸，这才是重点啊。离北流城十公里处的铜石岭，那里有大把的铜。"

倒也是，一听到这座山的名字，自然是因盛产铜矿而赢得的殊荣。后来得知，古人对铜的采矿、冶炼、铸造均在铜石岭一地完成。北流是出土铜鼓最多的地方，市面流通的铜币、世界最大的铜鼓都产自此地。有了铜器，自然也聚集了大批南来北往的商人，他们眼光独具，经验老到，知道什么样的货色运往哪里能赚得盆满钵满。好在发源于云开大山的圭江往北流，发源于大容山的南流江往南流，一地有两水满足了货运的需求。贵港与合浦汉墓出土的翔鹭纹铜鼓、铜凤灯、盘和鎏金圆牌等这些精美的铜器，还没有考证到它们来处的记录，但是宋人乐史的《太平寰宇记》有记载，说南越王赵佗曾在铜山"铸铜"，一个"铸"字，揭秘古人在铜石岭不仅采铜矿，就地冶炼，而且还就地铸造铜器。这都得益于铜石岭的高铜藏量以及便利的自然环境。真是天造地设，圭江发源于云开大山，却绕铜石岭而过，一艘艘满载铜器和铜钱的货船从这里出发运往各地。圭江穿北流城而过，至今河床下仍遗失有铜器，以铜钱最多，到了枯水期，还有好事者打捞上不少古币。

一座矿山，集采矿与铸造为一体，从探矿需要有智慧、经验的牛人起，进而是采矿、冶炼的众多苦力，再到那些能天马行空、脑洞大开的精美铜器设计者和铸造者。这还是小件物品的生产，大件如铜鼓的铸造，工序又极其复杂，要有各路大神、能工巧匠才能完成。那么多的壮汉劳动力和能工巧匠汇聚于此，日常的吃穿用度，闲时的娱乐消遣，当时的繁盛与喧嚣可以想见。铜石岭到底养活了多少人、多少个家庭不得而知。北流古时属南越国，开国之君赵佗也是听闻此事来此铸铜，铜石岭之名声可见一斑。唐时称铜州，叫铜都也不为过。

北流铜鼓产于西汉末年，到了隋唐逐渐停业，其间应该还没有人才流动之说，难不成汇聚在铜石岭的精英牛人都是北流本地人？就有同行者感叹，就铜器铸造这一行业，从科技到人才的储备看，那个时段，北流算不算是世界的硅谷。

说到硅谷，顿时觉得北流"高大上"起来。

5

坐拥悠久的历史，就文化积淀而言，北流算得上富裕之家。可朱山坡除了焦虑家乡没有名川大山可以依傍之外，他还焦虑自己最好的文友梁晓阳老家背后的天堂山，他即将召集体己的文友，每人几锹土，不管用多少时日，无论如何也得把那座天堂山加高两米，超过目前桂东南第一高峰大容山（两山高差是1.4米）。

梁晓阳和朱山坡在高中时因诗文结识，这友谊的缔结转眼就是几十年。他们是一对文学兄弟，用山坡的话说，从"县城文学青年"到"县城文学中年"都在一起。

一直跟写散文的梁晓阳没有太多的交集，尽管朱山坡把他界定为小城文人，但是人家已经有了两部书写新疆的长篇大书，拿了不少奖。

对于新疆，每一个时光梁晓阳都想拆开来看，最后由两部书说出他心中的秘密。西域的人情世故虽与我们隔着千山万水，却被他用文字拉到近处，隔着时光打量我们。丹纳在《艺术哲学》里说，艺术家和艺术作品的产生，是离不开他所处的时代的，有什么样的艺术就有什么样的艺术家。

大家用来调侃的，是梁晓阳娶了位从小在新疆长大的姑娘为妻，从此成就了他的传奇人生。按文学的一般规律，人们叙事书写的，多半是自己熟悉的人事，不少的文坛大咖，把自己邮票一样大小的家乡当矿藏深挖一辈子，写出了享誉世界的名著。梁晓阳偏偏舍弃了二十多年的自我人生经验，将自己的文学人生绑定在西北，决绝而义无反顾地把文学野心着陆在新疆这片广袤的土地上。这一看似偏离常识的文学实践，已被梁晓阳铸成一道文学之墙，成为梁氏创作的地标。也有文友对于他剑走偏锋的行径给出诸多的解释，但我以为，这是梁晓阳写作的必然。生而为人该是多么奇妙啊，有人眷恋故土怡然自得，有人思虑远方，内心悸动不已。梁晓阳正是那位内心永驻远方的浪漫码字人，只要远方微露光芒，他理想的翅膀便会扇动起来。娶新疆的阿依为妻是爱的终曲，在高中上文学函授班认识的新疆曼丽姑娘，则是浪漫的序章，那时少未更事的他甚至想到新疆上门为婿了呢。新疆的传奇、浪漫及姑娘华美的服饰、辽阔的草场、塞外的旖旎风光与民俗，想必都成了唤醒梁晓阳深埋的文学种子的催化剂。我理解的故乡既是形而下的故土，亦是精神飞升的灵魂住所。两者对个人的塑造与定型都有着不同寻常的价值与意义。新疆的一切契合撬动了梁晓阳内心对美对浪漫对远方对生命的朴素的迷醉与沉溺，最终成为他灵魂的归宿地。因此我们不难理解，至今为止梁晓阳文学成就最高的长篇散文《吉尔尕朗河两岸》和长篇小说《出塞书》，其目光为什么完全都投注到新疆专注于新疆了。

一位地道的南方人专注于西北大漠的书写，也许会有人质疑，以南方的生活经验去表达大西北的人生感悟，会不会没了根基而流于表浅？说到底，他的根在南方，只是命运的机缘巧合，上苍赐予了他一份写作的厚礼，而赶巧他又有能力把南北两极的生活泾渭分明地编织在文学的空间里，把控在水乳交融的艺术层面，在精神的本质上他实际完成的是南北的往返与穿梭，在当下文坛，实在是一个文学的异类。也正因如此，他的文学实践与林白、朱山坡、林森、陈崇正等新南方写作有所不同，它构成了纯粹南方写作的另一道风景，他这一脉，是对新南方写作的丰富和有力补充。

6

我知道梁晓阳是有野心的,可是在北流有写作野心的不止他一个。

第一次到北流,进入地界不久,当我以每小时120公里的速度从一段平常平坦的高速路飞驰而过时,后座的朋友说,我们刚在"鬼门关"走一遭。我差点没一脚踩了刹车。那个民间传说中的阴世阳间的交界处,此时正阳光灿烂、平坦如履,一派现代化气象,根本没了《辞海》描绘的"双峰对峙,中成关门",夜里也没有被一团白雾笼罩、鸦雀悲鸣甚是可怕的景象。古代此地因瘴气迷蒙环境险恶,"十人去,九不还",才得名"鬼门关",让唐宋诗人迁谪荒蛮,经此而死者趾踵相接。在古代,原是避之唯恐不及的生死门,到今天,反而成了一份文化的荣耀。2003年,嚣张的朱山坡在他的《生在鬼门关》里,居然调侃当今这一大波生在"鬼门关"住在"鬼门关"的文人,"在鬼门关穿来穿去/像在时光隧道中进进出出/因此也似乎忽生忽死"。此时俨然已是一份丰厚的文化遗产的"鬼门关",之于北流的诗人应该是他们文学之旅的出发地,文学之舟的始发港,是他们一切的文化背景。2005年,北流的民间诗群"漆诗歌沙龙"组织了一个盛大的"鬼门关诗会",六十多位诗人参与了徒步"鬼门关""鬼门"夜宴、夜拍"鬼门""鬼门"论诗、"鬼门"篝火、"鬼门"喊诗、夜宿"鬼门"等活动,对"鬼门关"充满想象力的演绎以及前所未有的文学热情,将那里的点点鬼火燃起一簇簇的熊熊火焰。除了如今活跃于文坛的朱山坡、伍迁、梁晓阳、吉小吉、谢夷珊、琬琦、湖南秀才、陈琦、马路等都参与到那次活动外,令人惊喜的,还有一批当时年轻的诗歌爱好者的到来。有意思的是年仅十四岁的陈一默,家境并不富裕,对文学却是一腔的热情,不知道她是通过怎样的渠道获得开办诗会的信息，又以怎样的途径顺利地获得夜宿"鬼门"资格的。她清晰地记得，活动结束返程时，谢夷珊拿了十元钱让她买早餐，囊中空空的她却还一个劲儿地推辞，最后拗不过，又羞涩又感激地接过了钱。如今她已是一位日益成熟的诗歌写作者和诗歌评论者，是某个平台的主编。谢夷珊依然是北流文学积极的组织者和诗歌写作的推动者，更是一位优秀的诗歌实践者，而且逐渐形成自己的路径和独特标志，2021年1月的《诗刊》，朱山坡在《对南方以南的一次诗意书写——读谢夷珊组诗〈槟榔屿〉》中写道："诗人谢夷珊是我的同乡，长期在粤桂边城生活，执迷把南方的事物梳理成杂花生树一般缤纷绚烂的诗句。而近两年来，他突破了地域，不是向北，而是不断向南、向南，越过南海，行走在赤道的边上，穿梭在南洋诸岛的密林和鸥鸟中间，写出了惊艳的诗句。"谢夷珊也因为他的诗歌成绩，获得了"2021广西年度诗人奖"，该年度奖的颁奖词正好由我执笔："最终决定诗人高度的往往不是技法而是视野，谢夷珊对此有着特别心得。除了读书，穿越国境线去行万里路成就了他诗歌的追求。他善于通过情景勾勒诗歌意绪，'鱼虾没有国籍只有故乡'，仅就诗歌创作规律而言，这一概括足够精彩。授予2021年第五届广西花山诗会年度诗人的桂冠，对其无疑是最客观的褒奖。"同年获得年度诗人奖的是另一位北流女诗人安乔子（本名冯美珍），我给她的颁奖词写道："冯美珍是如何被'漆'成安乔子的？她从一位诗歌爱好者成长为一位优秀诗人，勤奋与悟性缺一不可。她的创作笔触细腻，目光深情，善于透过平视捕获日常平凡的诗意。近年来，她执着而有效的创作，在我国当代诗歌的田野上留下了特殊的身影。这正是我们把2021年第五届广西花山诗会年度诗人奖授予她的理由。"

同年一地有两席获奖不易，倘若再举行"鬼门关诗会"，夜拍"鬼门"将会有多少耀眼的文学光束呢。

7

北流的写作者喜欢把林白叫大姐。林白是他们的,更是北流的。北流有了林白,似乎家底就厚了起来,出门在外说话也硬气。20世纪80年代,她在广西已是文学桂军的主力。后来离开广西北上,不时有人在谈论她的创作成绩,她的文学影响力已是全国层面的了。之前我在一家理论刊物供职,不曾跟她有过交集。后调到现在的文学期刊供职,我主持的《重返故乡》栏目有一个刊外的文学延展活动,每年选择一位国内著名作家的故乡作为采风目的地。2016年我把这个活动选在北流,正好兼顾了林白、朱山坡、梁晓阳、谢夷珊这几位乡党。

活动定在当年的三月底,当时南宁满城惠风和畅,只着一件衬衫,就可以惬意地穿梭在明媚的春光里。林白由北而南,我接到她时,剪着一头短发的她,正脱去在北京登机时穿的厚外套。她纤细娇小的身材犹如南方的一株藤蔓,轻盈,强韧,可绕时间的长河而不折。随人流走出站口时我一眼认出她来,那一刻,她那花白的没有做过任何修饰的头发,犹如她驳杂而奇幻的思想,在尽情绽放。她一身清朗,多像她在小说中写的那些植物从时间中涌来一样,她正从人间的沧桑巨变中走来。我让她稍等片刻,因为参加这个活动的《散文选刊》主编葛一敏乘坐的飞机刚着陆。等我把一敏接上回到我们约定的地点,林白拉着旅行箱兴冲冲从候机大厅外赶到,说趁着等人的一小会儿,她到机场外转了转,发现机场就有班车回北流的(在后来的《返乡记》中她写道:机场有两趟到北流的班车,票价是一百四十元,开车时间分别是下午一点半和下午五点二十,玉林则从上午十点开始一直到晚上十点都有车出发,平均每小时一趟),以后回家不用兜个大圈进南宁汽车站乘车了,直接从机场就可以回家。真是近乡心切啊，我甚至看到另一个林白已抽身而出，向着她的北流飞奔而去。机场是一个大中转，各路班车汇聚于此本来是日常，却让少小离家的她像发现什么秘密似的。看着她兴奋的样子，你才知道家乡不仅仅是一个概念，也不仅仅是亲人、故土的代名词，它近乎一种超级酶，哪怕小小的剂量都会催生游子分泌异乎寻常的生命体验。仲春时节，柔和天气之下的和煦暮色里，成了林白返乡的开始。回乡及参加活动的过程，后来林白用没有任何修饰的日记体记录了下来，成文为《北流六日记》发在《重返故乡》的栏目里。本色的文字呈现，如一册以时间为轴的返乡写生连环画，一个接着一个的故人旧友出场，画面清晰，人物轮廓逼真，线条简洁朴素。转发这篇返乡记时，我在当时的朋友圈写道："有感触温情的记忆，也有尖锐冷硬的当下……这样平静的笔调写故乡，就像血液从静脉回流到心脏。"林白在日记的开篇说到，是以原始粗疏的面目发表出来。今天再翻阅，如看一张怀旧的幻灯片，还乡被她真切地还原并完整地保留了下来："星期二，阴。……一棵龙眼树还是原来的，后门还有。一位满头白发的老者来到我面前问我是否认得他。是苏老师？""星期四，阴。……下午到家，弟弟从博白回来了。黑、瘦，虽然话不少，却给人木讷的感觉。跟社会几无接触，整日和瘫痪病人在一起，状态不好。去年跟所有人说，他全年无休、二十四小时陪护，侍候大小便……只有我出面要求，弟弟起码一个月要有两天休息。我说这话时很痛快，替弟弟争取两天时间却成了恶人。"类似内容，我们在她的最新力作《北流六日记》可以看到。

其实，在她那部被誉为她创作集大成者的《北流》，正文的开篇即提到我们2016年的返乡活动："这一日，老天爷给李跃豆（小说女主角）降落了一个故乡。她又有几年没回来，正巧一个'作家返乡'活动，一举把故乡降落了。"在我的编辑生涯里，这个属于我原创的文学活动的初衷，不过是为作家深入生活提供优质平台，不想，这样一个朴素的愿望居然能与一部优秀的作品有内在的契合，也算适得其所。

其实我挺好奇，作为诗人和小说家的林白，她的文学双翅是多意的：一方面她拥有斑斓而奇崛的想象力与创造力，在文学实践的道路上不断刷新自己；另一方面，林白的文学双脚驻扎在大地上，既深切又稳当，她小说的诸多细节都直接来源于身边的人事和市井最底层的琐屑。升腾飞翔的思绪与坚固扎实的生活，被她揉搓得水乳交融。

直到2021年，林白携《北流》强劲来袭，几乎收割当年著名的文学年度排行榜。2022年中国作家协会的"新时代文学攀登计划"在湖南的益阳启动，中国作家协会与32家共同发起单位签署了合作议定书，发布的第一批入选项目名单共19部，林白的《北流》赫然在列。作为北流的同乡——那些在"鬼门关"日夜穿梭的文人们何等自豪。甚至一个举办了九年之久的、北流这样一个县级市的"大业文学奖"，居然抢在中国作家协会之前首次将"2021年度致敬作品"颁给了《北流》。

返乡后一别六年，再见林白，是在线上的宝珀理想国文学奖评委论坛的视频，这是一个以青年华语作家为褒奖对象的文学奖。她头发比之前的更短，刘海绾到头顶，露出光洁饱满的额。耀眼的白发除了折射岁月馈赠的睿智，更多的是前辈激赏、期许的祥和亲切。她称小说的北流白话是广东乡下的次方言，她的长篇《北流》就是用故乡的方言写成的。而这次参评的作品中，一部有九百多页的长篇，用的正是粤语。她坦言，没想到用粤语写作能如此生猛，厉害了。

在一众字正腔圆、用词考究、逻辑严谨的北方评委堆里，她用改造后的仍夹带着浓郁的北流方言的普通话发言，自在、坦率、随性，是识别度极高的林白体验式口语。作为南方之南同乡的我，真是欣慰啊。在我们南方方言里，仍保留着中华民族的古音韵，至少我们知道，唐诗宋词就是用这样的调子唱和的。

按人口的比例，北流的文学爱好者几乎居广西之首。榜样所生发的对文学热爱的动力日益见长。出生于20世纪50年代的潘大林老师，曾在广西文坛名噪一时。还在乡村读书的朱山坡为见大林老师一面，脚一跺，横下心来倾自己所有，买了一张车票去追星。作为文学大姐的林白，身后有一众的迷弟迷妹，那情形还真有百鸟朝凤的阵势。如今已被称为坡大的朱山坡更是故乡文学大众的幕僚与导师。朱山坡在广西首府工作，家小都还在北流，回家也就一脚油门的事。周末或节假日文友相聚的简餐上，大家研讨切磋的多半还是创作技艺，甚至连投稿这最后一环都坦诚交换心得。北流的文学热潮历久弥新，还得益于梁晓阳、谢夷珊、吉小吉等这批中国最基层的文联管理者，他们用各种不同方式鼓舞奖励投身文学实践的本土文人。北流邻县盛产的沙田柚，曾经被作为创作优秀奖的奖品。每年颁布的北流作家发表作品年表，也是人们反复观看对比的激励媒介。

千百年来，每一个行业都有自己的"鬼门关"，文学也应如此。而出入"鬼门关"成了作家文人成人礼的一种象征。这是一道坎、一扇门，跨进去，走出来，不知高低不知深浅不知宽窄。时至当代，一茬茬林白式的作家，他们笃定脚下这片南方的热土，在生活中摸爬滚打历尽沧桑，这才有了他们各具春秋的一串串有意义的文学足迹和文学作品。北流有自己的名家名作，有众多的文学后辈，俨然已建成了一座文学城池，这片江山坚如磐石且后继有人。

（载于2023年第3期《作家》）

上岭，谁的心爱之物

1

"头发对于凡一平真是多余之物。"

接着我又想："他要头发有什么用呢？打理起来多麻烦啊，哪怕一根他都不需要！"他白而胖的脸长得圆润周正，最是符合老一辈人天圆地方的审美标准，是吉人的长相；光洁宽阔的脑门"寸草不生"，也应了人们惯常的认知里，面慈心善又功力非凡的高僧大德印象；当然还有另一说，聪明的脑袋不长毛，这或许更多是他自己的称许和暗示。单有这光洁硕大的脑袋倒没什么值得称奇的，关键是光芒万丈的脑门与气势恢宏壮硕的身材相得益彰，哪怕是第一次见面，都不得不连呼他的面容与身材真是天造一对地设一双的高度和谐呀。反正这样的形象已深入人心，家人习惯了他这个模样，朋友喜欢他这个模样，文坛甚至需要他这个模样。否则，哪天他长出浓密的头发练出挺拔的身姿，去开个读者见面会什么的，只怕会吓着那些千里追星的迷妹们。

迄今为止，他已出版长篇10部，小说集12部。他创作的速度与数量惊人，令人头皮发麻、语无伦次、词不达意。反正他一边喝着酒吃着肉还能一边写小说就对了。他隔三岔五发的朋友圈，要么是自己的新书发布会、研讨会，要么是某一新作被谁转载了，哪个小说又上了某某排行榜，再就是花花绿绿的书画作品。近年他习书作画，不久前还出版了新的书画作品集。由他的同名小说改编成的电影《寻枪》《理发师》传播深远。尤其是2002年，他的同名小说改编成的电影《寻枪》横空出世，创下了当年票房第一的成绩。总之他是个编织故事的高手，他的小说不断地"触电"，因为他作品的故事框架和人物框架有足够的精彩和二度创作的情节空间。在广西的小说作家里，他的作品中那种带"静电"的叙述感总是很强。

凡一平的影响力有目共睹。接下来的日子，这辆重型创作快车是否提速不得而知，但保持当下的车速不容置疑，这都得费多少脑筋啊。要是有一头的秀发，肯定得跟他小说里的人物或者故事抢食不是？一个人的头目脑髓大概是固定了的，尤其到了这个年纪，要真得到神的加持，还真不会有多少扩容的空间，何况神助的可能性为零呢。再说，凡一平为群居性特征明显的代表人物，他喜欢热闹、喜欢呼朋唤友，偶尔有特殊的宾客，他甚至会连轴赶场，一天两餐大酒。但他酒足饭饱、酒酣耳热之后，回到电脑前立刻判若两人。我想，写小说及喝酒作画之外费时费力的事，估计凡一平一件都不愿做。他的写作状态常常是这样的，晚上跟朋友喝完大酒，凌晨回到家中，看完母亲睡前留下的字条"水果已洗好，回家记得吃"，坐在茶几前发了一会儿呆，吃了九十岁老母亲洗切好置于桌上的水果,再走到书桌前打开电脑。

2

不知道他的头发都到哪儿去了,写小说熬夜熬的?当然不是,这个是可以肯定的。似乎从我认识他的第一天起,他就顶着个圆润而亮堂的脑袋。第一次见面是1996年的岁末,那一年的7月我刚从《南方文坛》调到《广西文学》,杂志社最是兵强马壮的时候,社长蒋锡元和主编罗传洲是被称为史上最强拍档的两位老总。两位老总在业内叱咤风云,坊间就有诸多关于他俩的传说。由杂志社主导张罗的"1996,全国省级文学期刊生存与发展研讨会",几乎把大半个中国的文学期刊(有30多家)的老总都召集到了广西,《大家》的创始人李巍、《北京文学》的兴安、《小说家》的闻树国、《钟山》的赵本夫及徐兆怀、《山花》的何锐、《雨花》的姜琍敏以及《小说选刊》的冯敏和《小说月报》的刘书棋等都悉数到场。时任中国作家协会党组书记唐达成专门致信,充分肯定会议的意义。记得当时已是名满诗坛的广西籍诗人杨克,以副主编的身份代表广东的《作品》出席会议。他那张标志性娃娃脸乌云密布,不无忧虑地说,一面编稿一面找钱出刊的难度肉眼可见。可会后这些以办刊为业的编辑老总们,又把"生存与发展"的时艰忘得一干二净,会议期间的空隙,三三两两地凑在一起谈的还是文学。记得离会的前一晚,聊到凌晨大家依然意犹未尽,也不知谁提议吃夜宵,呼啦啦一干人马立即响应。结果是坐了五元钱一人的路边三轮车到夜市,只吃了碗两元的汤圆,应该算是史上车费比餐费贵的一次夜宵吧。

会议结束后的第二个周末,都安瑶族自治县的广播局局长潘红日,也就是后来拿了骏马奖的红日,邀请《广西文学》到都安举办文学创作基地挂牌仪式。这是我自毕业后迎来的第一个基层邀请的文学活动，也不得不感叹低迷时局之下的都安文学热情。事实是，文学之火虽已不是之前的高蹈火焰，但它的持续与恒常却是始终不渝的。二十多年过后，在南方，杨克把《作品》经营得有声有色。文学走到今天依然坚挺，甚至迎来了更为广阔的空间。

绕了那么个大圈聊文坛轶事，实际是为第一次与凡一平会面提供背景。潘红日同时也邀请了《三月三》都安籍的编辑凡一平。那会儿他刚从复旦进修回来，大伙欣喜地看到，他的创作热情似乎跟当时日趋沉寂的文学时局背道而驰。那时搞文学多少有些灰头土脸，稿源大不如前。罗传洲主编严肃地说，作者和读者都是我们的衣食父母，这个时代还有人读小说爱文学，我们的工作才有价值。他给潘红日和凡一平都竖起了大拇指，说他们了不起。

出发去都安前已临近中午，大家一合计都说吃过午饭再走吧。车子出了城不久，便拐到武鸣方向的开在高峰林场的甘家界柠檬鸭总店。我有羽毛恐惧症，但凡餐桌上有羽毛的都不敢动筷子。可除了我，一车的人都说要吃柠檬鸭，我便不好作声。担心这客观事实一旦说出口来，会不会成了非分要求，进而断了他人的口福毁了别人的美好时光？正是年终岁末，平日里大伙都难得集体出城吃个饭，又遇上这么风味独特的餐馆，还都嚷嚷着说来两份大盘柠檬鸭，甚至叫嚣，今天单吃这鸭子，吃个够，其他菜不点了。一看这情形实在架不住，我才着急，赶紧说汤和青菜都还没有呢，上个车螺芥菜汤吧。等一顿饭吃下来，大伙才发现，世上竟还有这般离奇到不可理喻的恐惧症。

凡一平对我的"不好意思"很是疑惑费解，他大概率将此解读为女生的拘谨扭捏。摸着自己圆润的脑袋看都不看我一眼，很不屑地说，刚才大家讨论吃什么你怎么不作声？类似的事情，以后你不说就没有饭吃。

因为事关吃饭这样严肃的问题，而且推而广之又涉及处世立世的人生经验和态度，还不得不赞叹凡一平处理问题的简洁干脆又坦然洒脱，委实羡慕他活成了这么一个绝不被精神内耗掏空的明白人。那一刻，我记住了他那个大光脑袋。那时我们都刚三十出头，年轻得很，复旦进修的招牌比起他的创作成绩要光鲜得多（年轻的时候我们都特别崇拜名校）。那会儿他还没有成为今天这辆"创作快车"，也没有被命名为"写作劳模"，不知道他是主动选择还是被动就范了这么个发型，当时倒觉得很是时尚前卫，不想这先锋性保持至今。遇到文学活动，若有好事者拍照，通常会前置他的后脑勺，虚掉背景，让他成为活动的主角，直接以图代言——"参加活动的有……"常常凡一平相当配合，参与转发类似照片的行列，此为文坛一大乐事。

3

如果你有一件深爱之物，你打算拿它怎么办呢？

将其系于腰间，随时摩挲把玩？这样不好，这样轻兆的举动无疑让自己的心爱之物得不到尊重，无端地流于玩物。

或视为深爱之人赠予的信物？揣于胸前的左侧袋，以分秒不离之势贴着自己的心跳。又或者，干脆藏匿深处，独自偷欢？

凡此种种，大千世界红尘万丈，对于偏爱，各人有各人的宠溺之术，各人有各人的偏爱秘诀。

凡一平选择用小说的方式把它写出来，将一个又一个故事码成文字，装订成册，趁着人声鼎沸之时送出去。

凡一平心心念念之物便是他的故乡上岭村，一个坐落于广西西南部都安瑶族自治县的小村庄。

对于上岭村，凡一平到底有多偏爱呢，视如珍宝？错，珍宝算不了什么，看他放下酒杯，借着酒劲儿上来那阵，激情昂扬地宣布《上岭是我最漂亮的女儿》！居然还是用一首诗的方式说出来。

光是题目就让我好生费解，故乡是他的胞衣之地呀，不光是他的，也是他父亲的他祖父的，是列祖列宗在上的敬仰之地，若要将它拟人，也该是耄耋之年的祖父或是白发苍苍的祖母才配吧。怀着极大的疑惑我去打开这首诗："我有一群女儿。卿卿我我的女儿，醉醺醺的女儿，花花绿绿的女儿，上岭是我最漂亮的女儿，我最开心和钟爱的女儿……"

嘿嘿嘿，我吃吃地笑得不能自已。

哪里有什么"卿卿我我醉醺醺花花绿绿的女儿"，他就一个宝贝疙瘩女儿！微信名叫樊依依的姑娘（凡一平是笔名，"樊"才是本姓）我见过，也算广西文坛的著名女儿了。2016年7月，合山市政府举办的"文化名家走合山"采风活动，外请到了湖北的刘醒龙、河北的李浩、北京的顾建平等名家，凡一平是这次活动的联系人，他不仅贡献新近购买的那辆大奔当嘉宾的座驾，为了不分心，招募女儿当起了临时司机，因为他得陪远道而来的客人。接待不是他个人私活，他也要做得专注纯粹，倾其所有。

到合山的第一个晚宴热闹而纷杂，宾客都还来不及相识便坐下来吃饭。既是文学的局，大伙天南海北聊得也很畅快。酒酣宴罢，正要门前清的时候凡一平走到樊姑娘身后，摩挲着椅背说："各位，这是我家千金，现在是我的司机。"顿时抱怨声四起，说凡老师太奢侈太黑心，对女儿纯粹就是老板使唤工仔。樊姑娘唇红齿白笑颜如花，倒替她爹解围说："自己去工地工作时上千公里都跑过的，这几百公里不算什么。"之前倒茶让座，跟桌上的男士谈易经跟女士谈美容旅游，还以为是哪个杂志社年轻能干的编辑，不料是樊家的姑娘，还学了建筑这么一门又难又累的专业，常常跟男孩一样灰头土脸地跑工地。这姑娘跟娇气文弱纠结踌躇的一些姑娘不一样，身上有凡一平面上既能开朗亲和，内里又有驰骋四方的英气。他们的精神内核是如此的相似。这般品性我想我知道如何追溯，知道它们是如何地缘着祖上的血脉从外而来向内而生的。

4

2007年4月22日，凡一平回了趟老家上岭，这是他离家十一年后的第一次返乡。正是上岭，他十六岁以前的全部生活和记忆都深深地根植到了那片土地里。之后他未来的生活与事业，又与上岭这一脉生命根须有着千丝万缕的缠绕纠葛，须臾不可分离。

大概在2000年，曾经，一些杂志被"市场"这头狼逼到角落的尽头，不得不进行了相应的改刊扩容，以适应更广大的读者需求。比如《广西文学》改成了《广西文学·小品》，《湖南文学》改成了《母语》，等等。

《广西文学》是"青年文学的出发地""文学桂军的大本营"——这是我们的文学旗帜，也是我们的编辑理想。从作品到作者，我们都同样用心。

编稿之余我们到罗传洲主编的办公室聊天。办公室临街，坐北朝南，窗外的建政路两旁是一整条街的香樟树。早春时节，尤其雨后的清晨，令人沉醉的香樟味忽隐忽现地不请自来。南方的春光总是放肆的，一大早从一字排开的大窗户跃入室内，落在满屋子的杂志书籍上。万物明媚，李约热却皱着眉说："不知怎么搞，作者明明来自基层，有很多现实的题材可挖掘，偏偏又尽去写些天马行空不着调的事。"这话题引起大家的关注，后来谈到时任《红豆》编辑的黄土路不久前到编辑部串门，他说准备回老家一趟，看看他们村子一年内有多少人出生有多少人去世，外出务工的人和留守的老人又各是多少，做个数字统计，好对当下农村现状有个确实的了解与认识。罗传洲主编说这个好，不如我们开个田野调查的栏目，让大家走出书斋，把写作落在脚下这片大地上，提倡我们杂志一以贯之的现实主义创作。大伙儿一合计，原本一些探头探脑的想法就这么成了形，《重返故乡》的栏目呱呱落地。主编对我说："你和李约热，来做这个栏目。"

我写了个约稿信，编辑部召开重点作者约稿会，每人还有几百元的回乡盘缠。钱不多，到会者都热情高涨。会后我私下对凡一平说："凡老师，这个栏目您要打头阵哦。"

凡一平很快安排了回乡时间，交来这个栏目的第一篇稿子《上岭》。

"《上岭》在《重返故乡》栏目首发后，对栏目以后的影响有没有或有多大，并不重要。但对我影响和意义却重大——正是这次返乡，让我重新审视自己的创作，让我增强'脚力、眼力、脑力、笔力'。"2021年《广西文学》创刊七十周年的特稿《我与〈广西文学〉的两件事》中，凡一平第一次公开了对他创作具有重大启示意义的文学活动和写作的转折点。他对这个栏目的肯定，对回乡寻根与社会调研实践的认可，无疑是让人欣喜的。当年因为是配合栏目的"田野调查"是一次性的，我想，要是这个活动能继续下去就好了。2008年中秋前夕，朋友给编辑部送来一个特大的合浦果仁月饼。正是盛夏褪去炎热之后的清爽，大伙吃着月饼有一句没一句地聊着天。看着眼前同事们的喜乐融洽，我忽然就有了秋日围桌、田家父子之乐的感动，于是我提议杂志社凑份子，明年春节前找个农家杀猪去。2009年腊月二十四，我们还真到都安红日老家，吃了一大桌的杀猪菜。不想这"杀年猪"后来延伸为一年一度选择一位著名作家的故乡为调研目的地，作为《重返故乡》栏目的刊外活动固定了下来。

5

走过红日、周龙、林白、朱山坡、梁晓阳、胡红一、李浩、雷平阳、陆春祥诸位老师的故乡之后，2022年10月，登上了凡一平的上岭。

我们走的水路。乘车从都安县城出发一路向东，到菁盛乡后弃车乘船，"沿红水河顺流而下四十公里，在三级公路的对岸，有一个被竹林和青山环抱的村庄，就是上岭"。十多年前读凡一平写的故乡，只是一个地理概念，而今与他一同返乡，眼前碧波荡漾的红水河，不知他血管里的血液会咕噜噜地冒泡不？他十六岁以前扔在那儿的记忆会不会蹭蹭地返青发芽？

船行红水河，我想他最该怀念的是他的祖父樊光耀——红水河上的船夫，没有女人也可以活得下去的美男子。

祖父的帅是他最值得夸耀的，他说不信你可以看看我的父亲和叔父，他们年轻时候的照片帅得我不认识。为此他写了组诗《家族》，在题记中写道："我家族的每一个人都是一首诗，如果不是诗，就是我的春天。"他的嘚瑟甚至有点肆无忌惮，但我知道那是深情赤诚的袒露。我猜测，那些出身贫苦，但从家族强大基因中获利的人们，常常会比较自信，也比较有家族观念，这是他们与生俱来的精神自觉。凡一平之所以把自己的文学地理固化在上岭，除了对原乡故土的一种本能的脐血关联，还有就是来自那片土地曾给予的骄傲和荣誉：祖父樊光耀，三十二岁丧妻，以一介船夫独自抚养两个儿子，自己大字不识却供他们上学成才；父亲樊宝宗，上岭小学的一名教师，凡一平心中的圣上，"用粉笔写圣旨，用红笔批奏折"；母亲潘丽琨，年近八十开始文学创作，被作家东西誉为80后作家，现在已经升格为90后作家了。真是一条闪闪发光的家族血脉呀，里面流淌着人类朴素的真诚、爱、坚韧和对知识的崇尚。所有这些对于凡一平，不需要想起，永远也不会忘记。不管命运如何漂泊，只要他将自己的精神之锚下在了上岭，人生的内核就不会偏移。

离船登岸，我们瞬间被闪着绿色光芒的大片玉米地吞没。这个红水河旁的小村庄，只要有一块稍微平整的土地都种上了玉米。这里的农民勤劳，惜地如金，你几乎看不到半寸的地荒着，村里的房屋楼舍，被玉米的世界挤到边边角角。向来注重着装又适合艳型服饰的凡一平，这次回乡倒穿了件绿色卫衣，大概是早就打算好了的，把家乡的主色调穿在身上。九分石头一分土的上岭，或者说整个都安都是这种地形？除了红水河，地表水系极其稀缺，人畜饮水有一定的困难，石漠化典型的自然环境，只适合种植耐旱的玉米，生长在这里的人们祖祖辈辈也都以玉米为主食。

走在两旁种满玉米的乡间小道，我看到了《1970年，我拿珍贵的米饭换了玉米》里的少年凡一平——那位可爱懵懂又善良调皮的"小米贼"。因为父母是人民教师，每月都有国家供应的大米，小小年纪，凡一平就体会到了自己与只能吃生产队口粮的其他伙伴有所不同。玉米与大米有什么区别？他的同桌韦瑞全说，有米饭吃的那个晚上我不尿床。为了不让同桌尿床，凡一平常常偷了自家的米揣到衣兜里，出门穿过一大片玉米地匆匆赶到学校，带给韦瑞全。20世纪70年代以前的上岭，能吃上一口米饭是一件多么奢侈而荣耀的事情。

从码头拐进乡村小路时，有块高一米左右的墓碑立于道路旁。领着一干人马回乡的凡一平走在最前面,经过时他用力拍了一下墓碑说:"这是我祖父。"同行者都没反应过来,他脚步也不停地往前走了。跟在他身后的我惊诧非常,感觉他那只拍在墓碑上的手像是拍在他祖父的肩上那般自然。那位红水河上的美男子,那位把用于包裹烟丝还撕剩半本的《红岩》给孙子以文学启蒙的祖父,接受远道归来的晚辈不甚礼貌的招呼吗?此刻凡一平头也不回、脚步不停地大踏步往前走,对于前辈对于逝者,这是真正樊氏家族的洒脱不拘。墓碑掩映在繁盛的草木中,晒着五十亿万年的太阳,几十亿万年的生死如这枯荣草木,春生、夏长、秋收、冬藏,天之道也,我们从城里来到乡间纷乱而匆忙的脚步,居然就完成了瞬间与永恒的注脚。

6

在都安在上岭,立冬前的阳光多么温和惬意。我们从村东走到村西,玉米大部分都已归仓,玉米秆还郁郁葱葱地杵在地里,漆着奶黄色的农舍则东两户西四家地掩映在玉米丛中。此刻青山环抱着村庄,红水河正打村庄前的庄稼路过,凡一平的故乡正如歌里唱的:"一条大河波浪宽,风吹稻花香两岸,我家就在岸上住……"五十多年过去了,地里种的还是玉米,人们餐桌上的主食由玉米换成了米饭,韦瑞全式的少年不用再担心尿床。让人纳闷的是,都安的石漠化是从什么时候开始的?我看过广西民族研究所覃乃昌的《红水河稻作文化》,旧石器时代都安已有人类活动,当时这一带属热带、亚热带气候,比之现在更温暖湿润,大片的水域和沼泽形成了森林间的草原,甚至象、犀这样的喜温动物都曾出没于此。高山密林、草原溪流还有成群的古稀动物,这是史前的都安。不知谁使了个绊子,都安出现了石漠化并日趋严重,自然环境也一再的糟糕，让昔日童话般的画面扑倒在了历史的幽暗处，它们被时间收藏了起来。后来的都安变得有些灰头土脸，属老少边山穷地区，凡一平的青少年时代就是在那儿度过的。在我目之所及的文字里，凡一平极少提到故乡的不堪，他对提到的人事更多是感激与热爱。与其他发达地区相比，故乡还是相对落后，而凡一平由于努力，自己已经来到一个人生开阔的境地，对于故乡则心生的是怜悯与疼惜，是强烈的保护欲，他把故乡当女儿："我不让你出嫁／我招婿上门／让千万名男子慕名而来／用比赛的方法先征服我／再俘获你的芳心／用才智追逐／欢迎用钱来砸／我不反对／总之上岭／你要成为幸福的女儿。"2007年凡一平返乡写《上岭》的时候说，上岭只在书里出现过一次，而且还是在他虚构的小说里。他似乎颇有些自责，"我本想我的小说要是很有名，我的故土——上岭也就跟着出名了"。十年过去，正是从《上岭》开始，才有了他之后的《上岭村的谋杀》《上岭村编年史》《蝉声唱》《我们的师傅》等一系列关于上岭关于现实的作品。写作对于凡一平，既是为自己，也是为故乡。凡一平将他所有的乡村叙事都植入到了上岭。他近年创作的中篇小说《我们的师傅》，则代表了他小说的题材风格。在上岭，哪怕是一个偷盗的贼，也是充满了亮色与温暖。关键是，这不是一个普通的盗贼，他曾是上岭一带孩子们的精神领袖，且不说"道在矢中"和"师无完人"，他的"师傅"是作为一种现实的象征，以人生中厚黑学的典型来塑造的。师傅的死是自然结局也是必然结果，死超度了这个有着神秘人格、偷物也偷心的矛盾灵魂。社会底层的矛盾人格，是经济基础决定的，这正是凡一平黑色幽默的深刻之处。这种幽默，我们从他的为人处世之道可见；倘若要逃出他设置的幽默，你将误解他作品人物和情节背后的本意，听不到他的弦外之音，感受不到夹缝中透出那细如游丝的理想光辉。

7

凡一平属于一种超现实理想的、新象征主义的作家。上岭密授了他这种信息和才华。在他的文学阈域里，上岭只是现实世界的一种象征，他不断地把世界幻化为故乡，不断地模糊真实和虚构的界限，或把故乡幻化为世界，并将真名实姓的自己传记一般地介入其间。

在创作的时候，凡一平都要求自己泥土味十足，一辈子都乡音未改地来讲述他的故事，在他的小说中呈现底层社会的现实以及理想。与一般乡土文学意义的其他作家不同，也许凡一平走得更彻底。从创作开始，他的笔触无论是小说、散文还是诗歌，从来就不曾离开过他的故乡。地图上，凡一平的上岭村就处于红水河与群山之间的一条窄长的走廊之上，应该是一条没有多少外乡人走而只是上岭人一代代踏出的古道。注定了从这里长大的人除了要继承深山大河的优良禀赋外，还必须学会一种固执，必须具备一条道走到黑的秉性。如果没有他父母一代在这大山深处穷乡僻壤办学的固执，凡一平这"学二代"何来在文学上的固执呢？广西、河池、都安都太小，已容不下他了，只有上岭，对他才有足够的容积。身在城市，心系故乡。他的一而再再而三地不停地重返，最终玉成了其鲜明独特的文学风格。原始、原形、原野、原乡、乡情、乡风、乡愿，他本身差不多就是一个乡绅，以文学的开明洞穿他的故乡。

正如"肥胖光头"是他作为凡一平的标识一样，上岭则是他小说题材的标识。作为广西民族大学硕士研究生导师、八桂学者文学创作岗成员、两届全国人大代表、广西作家协会副主席，这些光环也许会随着时光的流逝而淡去，但他文学的上岭人们让人很难忘却；而他和上岭村一同长大的伙伴们的师傅，以及在他写的《跪下》《顺口溜》《上岭村的谋杀》《天等山》等长篇和中短篇小说集中的人物和故事，也将会是一场场永不落幕的电影和电视连续剧，长久地成为我们和世界各国读者反复阅读和观赏的经典。

凡一平从他的故乡上岭走到了文学的上岭，在文学的群山中，一定会存在着这山望着那山高的奇景和感觉，所以我们可以相信，上岭的岭上自然会给他输送源源不断的动力使他不停地攀缘而上。而今迈步，从头越。

（载于2023年第6期《美文》）

一枚两千年前落下的树叶

到中渡去,我以为还是乘船的好。

当然,走水路你就得预备出时间来,一天、两天?哪里够的!这个占地不大却精致朴素的古镇,像极了一枚两千年前落下的树叶,收纳了多少世事光阴多少前尘往事多少人间烟火,得要耐着性子带着恭敬的希求心做准备,才不辜负打在古镇上那些斗转星移的岁月。

正是"几处早莺争暖树,谁家新燕啄春泥"的档口,有一份来自中渡的春天邀请——庚子年新型冠状病毒感染疫情后的第一次远行。出门前总得做些准备:提前安排工作、百度一下"中渡"、查看到中渡的高铁车次。这期间,晨昏的交替让欣然的期待与莫名的失落纠缠在一起。期待的是,那个镶嵌在青山绿水间的古镇,在明媚的春光里该有另一番韵味吧。至于那明灭不定的失落,大概可能缘起于这次的集体出行，因为有具体行程的要求，是出于真诚、隆重且善意的"被安排"。倘若是一份私人定制的行程，我应该首先得把高铁票给退了，要不乘坐时速两百公里的现代工具，没有丝毫的心理准备，只一会儿的工夫便到达你想象过无数次、被无数岁月叠加起来的古意盎然的所在，杵在千年古镇的中央，我一定会像位穿越时光的匆匆过客一样忐忑不安。

要想滤掉"匆匆"与"忐忑"，就得让时间慢下来。木心先生的《从前慢》，"从前的日色变得慢，车，马，邮件都慢"治愈了多少现代人的焦虑与浮躁。倘或是我，还要更极端些，舍弃车马而选择行船，中渡有这么好的水，怎能辜负。在古代，中渡是洛江与洛清江水运中转枢纽，通过水路，沟通洛清江与柳江，上溯桂林、漓江、湘江，下通柳州、梧州、粤东。洛江之上，渡口众多，中渡正是处在洛江河畔中间的一个渡口。伴随渡口的南来北往，加上烟雨堆岚的鹰山环绕，一个静谧安详有山有水的小镇生长了出来。

除了当地的土著，发达便利的水运，又有秀丽的奇山异水，多少过客停下匆匆脚步，停下手中摇动的船桨，离船登岸。起初也只是或许可能地尝试着打听着，最终淳朴的民风和深厚的文化底蕴把他们驿动的心绪牵绊了下来。那些异乡人在这里打拼谋生、娶妻生子。他们客居他乡并能扎下根来，除了得益于当地丰茂的物产以及往来的商船货船络绎不绝、商业繁茂，自然跟他们的精明善巧不无干系。过上了好日子，有了出息，他们便想着家乡的亲人，于是呼朋唤友引亲接戚，渐渐地，来中渡定居谋生的人多了起来。中渡是宜居的，中渡还可以发财致富！江西籍商人和广东籍商人修建了江西会馆和广东会馆，作为商人聚集、旅居和停留的场所。我感兴趣的是，第一波到达中渡的外乡人，是怎样把口信捎回家的？沿着洛江，他们溯流而上寻到了芳泽之地，又把心意托付给船只，让它们乘水而归。如何对家乡的至亲说呢？告诉他们，这儿离"山水甲桂林"的阳朔只一步之遥，景色当然也别无二致，这里富甲一方遍地黄金，这里的姑娘长得好看、讲话也好听……想必外乡人的故事装了一船又一船，江水滔滔，斗转星移，一个愿把他乡作为故乡的外乡人，做怎样的想象和期待都不为过。

我一再地想，如何把高铁票退了呢？出发的时间越是临近，越莫名地被这个妄想激发得不能自已。细想起来，人生几十年的经历还真没有乘船远行的经验，对于个体人生，既是一闪而过的空白，也是不可弥补的遗憾。我同事范哥每每谈起他的初恋之旅不无感叹地回忆道："那时刚毕业就认识了小白，她真是好看呀。恋爱不到一年，便决定到她的老家柳州见她的父母。20世纪80年代末那会儿还没有高铁，我们乘的是内陆船，这个选择自然是我提议的，我就那点私心，就想多跟她待在一起。嘿，那种愉快，到今天都还记着呢。只是到了夜晚睡觉，内陆船都是一个大通铺，床位之间轻轻地只隔了一块十公分高的挡板，我们正在热恋呢，我得要多大的克制力。倒是小白，躺着一动都没动。"如今三十多年过去了，他们家的小范哥今年也要硕士毕业了呢，范哥一脸得意地说："咦，真是奇了怪了，我跟小白怎么还不离婚呢？"

范哥也不是什么典范了，从前都那样，什么都慢，恋爱时他走的水路，慢慢悠悠地，一路说话一路看好看的小白。《从前慢》说的"一生只够爱一个人"，范哥如是。

中渡隶属柳州，流经古镇的洛江是柳江上游的一条支流，从南宁到中渡去得走范哥回家的那条水路。洛江的河面不宽，流经的地方地势也不险峻，即便是雨季时节，也见不着湍急的水流。一年四季的洛江多半是舒缓而慵懒的，像位刚过门不久的小媳妇，是新婚燕尔之下羞羞答答的娴静温顺。河水也清澈，能看到河底的水草和穿梭的游鱼。被洛江养育的小镇人们，多半也过着跟洛江一般平静悠闲的生活。河面偶有鸬鹚的欢叫声传来，远处有戏水的小麻鸭。再仔细看河里的水草，被舒缓的水流一波又一波地推搡着，你会情不自禁地感叹：洛江这位小新娘的婚床，甜蜜得实在饱满啊。想想范哥三十年前的初恋之旅至今不能忘怀，偶尔还给身边的朋友撒些狗粮，也是情理之中的事情。行文至此，还真想给中渡的旅游部门一个兴之所至的建议，何不开辟一条"从前慢"的航道来，好让心有灵犀、身怀爱意的人们能"新帖绣罗襦，双双金鹧鸪"才是。

即便如我这般不是为爱行走，也希求舒缓减压的时光。想想"船中渡日月，巧借风帆力；水上看风光，端赖水火功"该是多么惬意的情景啊。要是时间允许，出门前看一下日子，最好选取月圆之时上船。月的圆缺会引发河流的潮汐变化，洛江不壮阔不湍急，清辉的月光洒在江面上。天上一个月亮水中一个月亮，那时，月亮一定是我夜间行船的最好伙伴，举杯邀明月，应该是会得到回应的。嗯嗯，有了美酒，还得诗书相伴才好。和2020年春天一起到来的还有一株锦绣苋、三棵小多肉（分别是桃蛋、特玉莲、红粉佳人）及白俄罗斯作家阿列克谢耶维奇创作的纪实文学《二手时间》。它们分别都为友人所赠，都是我喜爱之物。《二手时间》讲述了苏联解体后，痛苦的转型中二十多年间的社会生活，倘若此次北上中渡水路能成行，带上这部深沉的反思之作，我琢磨着，如此深沉的阅读，与我向往的温柔水乡会不会矛盾冲突？《二手时间》只截取了二十多年的时间，中渡虽然占地不大，却也拥有将近两千年的历史，时间的跨度和文化的气息是否不匹配？再找一个携带的理由？但是我还是想带上它，因为身处关键历史时刻的普通人的生活，以及他们为梦想破碎付出的代价，与洛江上的慢时光平流水的极大反差也会有意象不到的审美效果呢。

幻想在美酒、名著的陪伴下，在"从前慢"的航道上前往古镇的种种美妙，我按捺不住地尝试着拨通了114，电话传来电信公司的预定语音：欢迎致电中国电信号码百事通，查号及人工服务请按"0"、广西新闻频道热线请按"1"，订机票请按"2"，高考信息查询请按"8"。这段语音的内容持续了很多年一直没变。我按了"0"要了个人工服务。我说我要到鹿寨的中渡去，还有没有客船？接线员很专业地回答说："没有登记。"

我心有不甘再问："有码头登记吗？"

"有的，民生码头。"

"也行吧，估计也是没有了码头的功能只是徒有虚名而已了。"我掩饰不住失落，情不自禁地对着电话嘀咕起来。

"是的，码头现在已经无船停泊了，那里已改造成美食街。"

"你怎么那么熟悉？"

"我家就住水街附近，现在的热闹跟我们小时候的热闹不太一样，奶奶说，码头是一个城的脸面。"

刚刚还惜字如金的接线员，因为对码头有同样的热爱又目睹它的消失而心生感慨，竟同我这位陌生人聊了起来。电信的114号称百事通，在我的日常工作与生活中，对它多有祈请与依赖，比如，除夕订个年夜饭，小区门前的道路塌陷打个市长热线，再或者，走在北海的西藏路上要查询某个公车站，等等，不一而足。而这次为客船之事的查询，你会发现，不曾谋面的陌生人之间也可为共鸣之事深深地敞开心扉。

遗憾的是，最终连高铁也无票可退。因为家事的牵绊，为之兴奋为之失落的中渡之旅也未能如愿成行。倒是后来闲来无事，琢磨起那位有意思的接线员，和她简短又颇有意味的话语。

　　说到码头是城市的脸面还真是不无道理呢，中渡这么一个小小的古镇，竟有5个码头。中渡建制很早，码头自然也是年代久远了。虽是古码头，但至今还在沿用，甚至可以观景。位列5个码头之首的东门码头，更是以其江水清澈、榕荫繁茂的自然风光以及青石板路和码头石刻的古风古韵，成了央视联欢晚会公益广告的取景地及广大游客的打卡胜地。由码头而见古镇，可以想见古镇的旖旎风光和深厚的人文历史。我食五谷百草自然不能免俗，如今已没有了客船到中渡去，为了实现我心心念念的循水访古愿望，我也来一番别出心裁的路线设计吧，即便是高铁到达，首先也选择乘船游江的项目，然后打卡东门码头上岸，再踏上泛着油光的古码头的青石板路进入古镇。

　　如果您再细心些，加上足够的幸运，离船登岸时别忘捡拾东门码头榕树的一枚落叶，这棵古榕树可是比码头的年代还要久远。离了粗壮的枝干，您若仔细端详落叶那细细的叶脉，它是由多少风雨多少时光淬炼而成的呢？透过它，您是否能看见中渡之美？

（载于2021年第9期《美文》）

果壳里的故乡炉火正旺

曾经长满了"金子"的南方稻田，被乍起的秋风一遍一遍地吹拂，在谷粒归仓之后显得有些落寞有些寂寥。倒是寒露刚过，北方的冬小麦开始抢占辽阔的麦地，它们要在漫长的凛冬里蛰伏。想象冰雪覆盖下已经停止生长的麦秧，正静静等待春化期的到来，北方冬天的深处，也有寂静深沉的美呀。这个时节，我们收拾行囊要到作家李浩的家乡河北辛集村去。

那是他的城堡和果壳。

果壳里有一粒能生根抽芽且开花结果的种子吗？

1

我是在我的家乡广西认识李浩的。

为了躲避推杯换盏的酒桌，我煞有介事地走到四楼的露台，去看主人准备夜宵，碰到了正在那儿吹冷风的李浩。

干柴在巨大的炉灶里燃烧得噼啪作响,这种乡下的炉灶大多是临时搭建的,用红砖砌成四方的灶台,炉膛的留空很大,燃料多为平日里闲暇时,在村头山脚捡拾积攒下来的树头木墩。因为是大木头疙瘩,特别地经烧,省去烧菜的大厨一面要照顾手上的菜肴,一面还得顾及脚下火候的忙乱。灶台的左前方或是右前方,还会留出一个直径有十来公分的圆孔,插上早就准备好的有一米多长的铁皮圆柱,当作烟囱。这种简易的炉灶,专供村子里的各种大事要事聚餐时使用。这个炉灶此刻安放在桂东乡下一栋两层楼高的天台上,像极了专为这个乡村夜晚准备的一个自制的老实巴交的大玩具。使用这个大玩具的乡下厨师,除了得有别人对自己的厨艺积攒的口碑,还得有健硕的身材,因为他们手握的不是一把普通的家用小锅铲,而是平日里在田地劳作时使用的大铁锹。他在一口直径有一米来宽的大铁锅旁,不停地翻炒食物的时候,热气不断地升腾,香味也四处弥漫,这时候他是一名厨师;如果在自己的责任田里开沟挖渠翻土点豆种瓜,他就是一位农民。

2016年的春天,因为一行文人的到来,太阳还没有西斜,才下午四点,热情的乡亲们已燃起了烟花,把寂静安宁的乡村搅得纷乱而热闹,直到深夜,整个村子都没有睡意。正是春末,那时稻田蓄满了亮旺旺的水,禾苗已长有三四寸高,在梁晓阳的家乡——广西北流天堂山下的一个小村庄里(同为北流籍的林白和朱山坡也在),我第一次见到了李浩。

2

面对旺盛的炉火,李浩敦厚温和的笑被映得通红,他那两道浓密的眉和短而齐整的头发似乎被烤得热乎乎的,让微胖的他充满了喜感。一位跟他有深厚交情的朋友把他邀请了过来，与时任《散文选刊》主编的葛一敏和后来获得第七届鲁迅文学奖的弋舟一起，参加我操持的"重返故乡"的文学采风活动。这时他酒酣耳热，讲话已不太利落，他虽有河北文坛"四驾马车"之美誉和鲁迅文学奖获得者的光环，但此时因不胜酒力而笑憨语迟，没有了先前的闪亮，我一阵窃喜。顺着职业练就的讨稿惯性，我向他开了口。

"给我个稿呗，写写你的故乡。"

"没问题。"

这么爽快的答应着实让我感到既惊喜又意外，甚至担心他会立刻补上一句"我在写长篇，你得等等"之类的话。好在，我接二连三地等来了好消息。他先是给了他的诗歌作品、散文作品，最后我约他为我做的评论小辑写一个评论他也答应了。作为一名编辑，有什么比拿到好稿更让人高兴的呢。李浩的鲁迅文学奖是靠小说拿到的，但他却认为，自己的评论比小说好，诗歌比评论更好。在书面上他是这样表达的："诗歌一向是我最为看重的文体，甚至对我而言是'最为看重'的文体，就现在的完成度而言，我的诗歌特色是最为明显的，它不会有混淆感，并且它的个人性在我的写作中也是最强的。"

他说的也许是对的，在我的理解里，对于一位写作者而言，诗歌是他的精神状态，小说是他的旅履状态，而评论，则是他的思想状态。显然，李浩三者俱佳。

而且我知道，写小说的作家中就有许多写诗歌的作家。早些年，中央电视台做了一档《文学的故乡》节目，纪录片里的主角全是国内一线的著名作家，片子讲述了六位茅盾文学奖获得者，如何把生活的故乡转化为文学故乡的故事。这档节目在全国播出那会正值七月，微信群里的成员对这档节目关注的热情似乎更高于当时的气温,大家躲在空调房里刷屏、评论,其中的一个话题是关于这六位被邀请的作家中,莫言、贾平凹、阿来、毕飞宇都有诗歌创作经历,如阿来曾参加过青春诗会,有新诗集出版;毕飞宇大一时就是凭着闲暇创作的诗歌,入校没几天,就一脸懵地被学长推到了文学社社长的位置。

李浩似乎没有"对诗歌的热爱又没有天赋进行"的遗憾。常常,李浩是以小说家的身份满天飞,文坛中的"河北四侠"更多指认的是他是一位编故事的高手、善于思考的智者。人们通常用"周身刀"比喻一个人本事多本领强,而真实的情况是,以魔法师自诩的李浩,在他魔法一样的黑色斗篷下,小说、散文、批评、诗歌每一把刀都闪亮锋利。

3

在晓阳家乡的一栋民宿的露台上,乡下春天的晚风凉爽而惬意,我把参加此次活动的几位广西诗人介绍给李浩。屋子里其他的宾客也在晚餐尽兴之后,放下喝米酒的大碗纷纷来到露台喝茶聊天。厨师把夜宵——天堂山农民喜欢的牛肉萝卜粥端到茶桌上。面对这碗既有萝卜的清香又保有牛肉醇厚的稀薄粥水,即便是酒足饭饱刚刚离开饭桌的我们,仍胃口大开。主人介绍说,晚餐后茶是主角,萝卜牛肉粥只是助兴而已。露台上大家又摆开了龙门阵,兴之所至,好几位朋友亮开嗓子唱起歌来。弋舟唱陕北的民歌《兰花花》唱得投入,动情处让好几位听歌者眼里直闪泪花。我们在另一旁聊到了诗歌。2006年开始到2016年,《广西文学》的"广西诗歌双年展"已举办六届十个年头,每每举办诗展,广西诗人都跟过节一般,当然也仅限于广西本土诗人的自娱自乐。我向李浩提了一个设想——要不河北与广西一北一南的两省(区)一起来个诗歌联展呗？李浩迅疾收起了笑容，表情从松弛自在的绽放到振奋严肃的凝重。他说很好很好，而且他本人会参加这次活动！他是认真的，随即掏出手机将冀桂两省（区）诗歌联展事宜告知著名诗人、曾任《诗歌选刊》主编、时任河北作家协会副巡视员的郁葱老师，当即得到郁葱老师的首肯与高度支持。当时我和李浩都各自端着茶杯，轻碰了一下以示合作开始。这是历时六届十年的广西诗歌双年展第一次与外省的"走动"与"往来"，算不算一次破冰之旅？偶尔想起，我会把这桩"盛事改变"归咎于2016年——似乎也不算什么太特殊的年份——"2016"是可以被4整除的闰年，也就是说四年才一闰呢，是极珍贵的，遇上不易。冀桂两省（区）联展由此拉开序幕。

事后，李浩甚至认为，联展或多或少也有"擂台"的性质，那种对抗与挑战的意味是明显存在的。在第七届广西诗歌双年展研讨会上，李浩道出实情："没有人愿意在这样的展示中被比下去。我承认我们在对河北诗人的约稿中强化了这一点。我暗暗逼迫他们认真对待。"我忽然发现，温和敦厚的李浩还有"争强斗狠"的一面。实际上，广西也不过是诗歌大省（区），而河北则是诗歌强省，如大解、郁葱、李南等一干著名诗人都参与到这次的诗展中，而且拿出的是他们在那个时段创作出的最好的作品。也因此，对于李浩所谓的好胜，我更多地理解为是对文学的尊重。一南一北的诗歌擂台，诗歌强省河北，尽管占据了实力的优势，但对每一次文学创作，都不轻慢不随便；而我更多地希望借助联展的契机，让广西的作者摆脱旧有的写作惯性，观照对手更审视自己，从而无限地去接近艺术的真理及艺术规律。这一年我们把河北与广西的诗歌联展给办成了，而且办得出奇的好，河北的大解、李南、郁葱等诗坛大牛悉数参加，为那届诗展贡献了许多优秀的诗篇。

幸亏遇到李浩,他什么文体都可以写,而且有一副热心肠,把河北组稿的事一并张罗起来。

4

码字的人聚在一起,光是吃酒喝茶是不够的,在露台上就有人提议说,村子前有条小溪,三月的河水还是瘦的,我们可以到那儿去讲故事。

果然,小溪只有四米来宽,溪水异常的清亮,水中错落有致的鹅卵石在月色下泛着白光。枯水期的鹅卵石是可以当作天然石桥的,三跳五步就可以到对岸。我们三三两两地,选了心仪的石头盘腿坐下,溪水从我们盘坐的石头下流过,当时的那份惬意,还真有苏东坡夜访张怀民写的《记承天寺夜游》的情景。我们都是可以为乐的同道者,仲春之际来到这僻远的乡村,酒茶之后均不想解衣睡去——众人皆未寝,相与步于溪边。那一刻月光如水,我们如水中藻、水中鱼。相约来到水边原是要讲故事的,不料,大伙儿被乡下夜晚的静默所震撼,一夜无话,倒是听了一晚上的溪水潺流。在乡野之间,大伙才真正享受到春风沉醉的夜晚,露水厚重了才各自散去。

当晚我们分散住到了农人的家里。第二天早餐,主人上了豆腐酒。客人们便好奇,觉得天堂山下的农民真是幸福,吃酒这件事情,可以变着花样从早到晚地喝。主人说:倒也不是,平时都忙手上的活计,有来客才可以这个样子任性一把。说到吃酒,话题又转到李浩的身上。不胜酒力的他昨晚醉得兴高采烈,朋友把他送回房间,他毫无睡意,拿着水性笔,往墙上的瓷砖写了一大版的书法。估计,当时他误以为是在自家书桌案板的宣纸上写字呢。他酒醒了才知道闯了祸,满脸的愧疚忐忑,手足无措地连连道歉。主人看了也吓一跳,赶忙把活动的召集人请来。

召集人对房主说:"你愁什么呢,他可是大名人,这字值钱着呢。"房主得了这句话大手一挥,说:名人字画,凉拌!

我也好奇地去凑热闹,醉态下,李浩龙飞凤舞的字差点没把那堵墙写飞了起来。

我便好奇地问他:"你大学学的什么专业?"

"学的美术。"他答得有些漫不经心。

居然是美术!

李浩跟跨栏运动员似的,从一个领域跨到另一个领域,而且成果丰硕。2004年的《封在果壳里的国王》,他尝试将"小说"放置进他的诗中;2015年,他试着在自己的长篇《镜子里的父亲》中"增添"一些东西,即为其中的每一章节相应地"配"一首诗。我见过他书写得娟秀雅致的小楷,我向他索要字画时他给我寄来了他的新诗集《果壳里的国王》,倒是诗集的名字有趣,褐色的封面里藏着凝重与神秘,他的小说《封在果壳里的国王》和同名长诗《封在果壳里的国王》,我想应该是互相诠释互为证词的,不可想象他用不同的文体能在一个题目里兜兜转转。倒是他坦然承认,"一向,我将自己看成被封在果壳里的国王,这个想法似乎没有来由却根深蒂固"。

他说"没有由来"?!

也许是。

但从他出生的那个寒冷的时间说起,兴许会找到答案。李浩出生在大年夜里的那一刻——家家户户的鞭炮齐鸣迎接新年,他正好落在辞旧迎新的那个时间节点上——如推开门栅跨入另一个世界的一瞬。李浩在为我《重返故乡》栏目写的那篇《时间树,父亲树》中,谈到那个具有特殊意义的时间节点时强调说,"对我有过潜在的影响,我承认,它影响着我的心理,在一个相对漫长的时间里我觉得自己'可能'是一个大人物,将会影响国家和人类的进程,我会像某某某、某某某那样创造人生的奇迹……这一暗示现在依然会悄悄地起些作用,包括在文学上。我承认自己是一个野心勃勃的人,在我的文学中,我愿意并始终坚持'创造一个世界',让我部分地在那个自我所创造的世界里容身",而且"我不知道,我说不清楚。但它,真的是有持续的影响。一直。虽然我也曾一次次地对这一影响进行嘲笑"。

李浩以僻乡"午夜之子"的身份自居,平日里,李浩最是谦逊诚恳,他的心无挂碍和周到妥帖让你不由自主地把他当亲人看待。如此待人接物的行持作风平移到文学评论上,自是文笔犀利又不使被批评者的文艺之心破碎,甚至心生感激与欢喜。无疑地,他更认同自己是能创造奇迹的王!不可思议的出生时辰,给了他怎样巨大的心理暗示。有千千万万的人出生在大年三十没什么了不起,有千千万万的人出生在大年初一也没什么了不起,关键是当大年三十跨进大年初一的那一刻,就像从旧到新的那道分水岭,他正好是为数不多的幸运儿。于是他野心勃勃起来。一旦坐到电脑前,他这一天的"江山"就稳固了。可以想象,他头戴"皇冠",气定神闲,中国有这么多的汉字任他调遣,因此他也可以骄傲蛮横,怒气冲冲。在文字的王国里,手握权杖的他,是自信的,甚至有小小傲慢。后来观察,这傲慢确实有些小,要不他怎会把自己封在果壳里呢?而且这傲慢一而再地出现。倒是我分不清,他说的是哪一种果壳。尚在年幼阶段,我们更钟情于细小的事物,也玩耍过果壳的游戏:夏天吃了荔枝攒下一大把的荔枝核,用两三分钱买来的削笔刀,把比小拇指还小的光滑软脆的荔枝核,雕刻成各式各样的小水桶、小凳子、小桌椅;当姐姐把一颗花生米剥开,我惊喜地发现,里面住着一位长着胡子的老爷爷！倘或把李浩果壳里的王与花生米里的老爷爷做一个链接，这会不会就是那位有着小小傲慢的王？如果把果壳理解为他的精神世界、理解为文学的自由王国，这果壳又无限宽阔了，这样的猜测也是合理的。又或者，果壳里的王是从小就住进他的心底里的。这王可真淘气啊。

5

真正体会到李浩的淘气，是在他给我的《时间树，父亲树》里。他选择中国农历家家户户迎新的时刻来到这个世界，让全家上下手忙脚乱又欢快异常；经过传奇般的三死三生，才平安地长到成年。家乡辛集村承载了他童年的所有记忆和情感。

岁末时节，由作家、批评家、诗人组成的广西文学采风团穿州过省，来到了河北省的沧州辛集村——李浩从小居住的土坯房、农家院。

我们乘坐的大巴停在村子边的公路上，前一晚我们住在沧州。公路到村子有百来米的距离，前来接待我们的是位可爱的小姑娘，她告诉我们，听说有名家要来，我们脚下的这条路前天才刚修好呢。

"原来是泥沙路？"我好奇地问。

姑娘呵呵一笑说是的。

悄悄地我用力跺跺脚，试试脚感，路面已经硬化好了。十二月，沧州的风还没冷到刺骨，跟南方湿冷的天气比，清冽而干爽，很是惬意。沿着月白色的新道向村子蜿蜒而去，隐隐地有热气升腾，真是感叹辛集人的尊师尚学，能够为了一次文学活动修一条路，真是了不起！

这样的感叹之前也有过。

大概2009年，"重返故乡"文学采风活动启动的第一年，我们选择了河池作家周龙的故乡——广西都安大兴乡弄奸屯作为采风目的地。一位文友问周龙:"谁给你们家取的这个名字?要是我,都不让他活过今天!"周龙说:"你去了就知道。"从南宁乘大巴出发,因为路况一个层级比一个层级糟糕,到了县城得换乘越野车,由乡镇入村屯的时候只能弃车步行。翻过两个山坡,周龙指给我们看,"远远地嵌在山谷里的房子就是我的家了"。从来没走过这么多山路的我站着直喘气,瞬间觉得王维的"大漠孤烟直"与眼前的"群山一缕烟"真是绝配。周龙说这山旮旯不但穷,还远,父母不大与亲戚走动,也没什么人来探访,家里的凳子按着人头坐,多一张也没有。那时他爸妈都还健在,觉得自己儿子会写文章还上了报刊,是光耀门楣的事情。听说儿子的朋友来做客,满怀欣喜一口气打了十几张矮板凳,新鲜的木头味还隐约可闻。我到伙房里,想给周妈妈搭把手。她正往用火砖搭成的简易火灶里添木柴,锅里炖着羊肉,咕嘟嘟地冒着热气。据周龙说,这只羊是两天前他老父亲到集子上牵回来的。一向勤俭持家的老父亲对我们这些百无一用的文人的到来如此慷慨,我们心里都暖暖的。这方的乡亲都纯朴赤诚,只要认下了你,便会掏心掏肺地对待,不会带有别人对"弄奸屯"望文生义得出的奸诈刁蛮结论的戾气。

那天大伙在他家露台上,坐在崭新的小板凳上喝米酒,群山环绕,秋风清冽,说话大声点都能听到山谷的回音。喝到高兴处,周龙告诉我们,那年他辞去小学教师的铁饭碗,执意去考大学,气急败坏的老父亲跟在他的屁股后面大声嚷嚷,不许考试,给我回来娶媳妇!"娶媳妇、娶媳妇、娶媳妇……"的劝告声便久久地在山谷里回荡。

我们那天喝得酩酊大醉。

6

初识李浩,除了他大体量的身板,总觉得他过于温和谦逊的性格不太像北方人。酒量差更是让作为北方人的他颜面尽失。在北流那年，喝醉了的李浩第二天仍没清醒过来，被宿醉折腾得不能自已，很是被我们一众南方朋友嫌弃。我们去登天堂山，"无情"地把他一个人扔在了酒店里。

在辛集村，我见到了李浩的弟弟李博，一位典型的北方汉子，脸庞宽大微醺，身高与体重都超过了兄长。性格也爽朗，光是那身材声线，就给人很排场的印象。李浩跟弟弟的感情极好，在李浩的作品里不时看到李博的身影。我好奇兄弟俩怎么都长得彪悍壮硕，大概率是源自北方强大的基因，当然还跟他家的吃食有关系？我悄悄地专门到他家的伙房瞧了瞧，很平常，跟以往北方乡下我们见过的伙房没什么两样。印象深刻的是那体量庞大的灶台，又粗糙又黝黑，结结实实的，用力一嗅，还能闻到灶台散发出来的特殊的麦香味。这跟梁晓阳家乡那个临时搭建的煮萝卜粥的"玩具"灶台、周龙家煮玉米粥的简易土灶的气息是相同的——最朴素最简单的五谷把这些孩子养大。

每一个人的成长之路都有每个人特别不同的缘由，但相同的是，每个人都有一个深深包裹着自己灵魂的故乡。在李浩的内心一定存在着两个故乡。一个是以他的父亲、其他亲人以及乡亲们为实际存在的故乡。在这个故乡农家院的土坯房里，尘染烟熏黑柴红火炽热非常，有躲在灶台后的灶王爷或行善或作祟，伴他度过了童年和后来的许多岁月。常常回家看看，撬开你的果壳，拨拨你家的灶膛，你才会发觉什么才是只属于自己人生的理由。认识李浩时，我们在桂东南乡村，我们一同感受了桂东南火灶的传说和现状。也因此，我特别能感受李浩《灶王传奇》所深埋的寓意。灶神崇拜是中国平民百姓最普遍的一种心理寄托，民以食为天，炉灶当然为王，百般的灶台烟火，孕育的也是百般民风民俗和民子民孙。今天，城市化的步履和现代科技的日渐浸润，煤气炉电磁炉也已"飞入寻常百姓家"，灶台不再有火膛，厨房不再冒草木黑烟，这里还会有灶王爷的栖息之地吗？我们的寄托还能得到灶王的回应吗？当然！因为人间的烟火可以洞穿时光，凡间的人性可以拆除空间的壁垒。《灶王传奇》便是李浩从中国的灶王那里获取的文学灵验。

这部《灶王传奇》，也许是我们得以最深入地把握这些年在文学领域里上下求索的李浩的内心秘密的一把钥匙。李浩是在他文学创作进入左右逢源、顺风顺水的阶段，甚至可以说在某种程度上近于呼风唤雨的时候创作的这部长篇——有长达十年的写作准备，在进入文本时是如此的理性周全，一切都考虑得成熟妥帖。从创作思想到主要形象的设置、故事框架的构建、情节场景的铺陈、语言风格的追求等等，可以说事无巨细。从小说专业的技术层面看，他对标的中外名著，串起来就是一部小说经典阅读和写作的教科书。特别是，在他的灶王身上，我们不难看出伟大的《浮士德》中浮士德与魔鬼梅菲斯特的影子。歌德的浮士德在魔鬼梅菲斯特的帮助下，历经天堂、人间和地狱；李浩的灶王自带法力，也混迹于天庭、人世和地府三界。西方博士与中国式知识分子，在两种相似的情境中所形成的浮士德精神与灶王精神不无神似之处。李浩的思考在中国当代"70后"作家中显然是具有代表性的，那就是完成了在哲学层面的深度开掘和历史深远探寻的多元而立体的主题设计。我是喜欢李浩的这部长篇的，也尤为欣赏李浩在谈到创作这部小说时坦诚的写作经验。在《前前后后：写作〈灶王传奇〉过程的几个相关词》里，他毫不掩饰自己的创作野心——愿意自己的写作属于歌德式的那种"世界文学"，期望用一生的探索为这个人类提供未有和新质的发现。对文学的这番表白，得有怎样的赤诚与执着才能做到！他创作视野的广博、题材提炼的灵性、理性的厚实和熟练的小说技法，让人佩服。可以想见，在这部小说构思阶段，他是如何将慎密的设计与理性的光辉贯穿始末的。一位写小说的朋友曾经跟我聊到这部长篇，因为在理论的准备上他自个有先天的不足，忐忑地为自己的写作找了另一条路子。他为自己开脱，说做不到一开始构思就有如此周全的酝酿，但也许这并非缺失，因为在进入创作时常常不按规矩出牌，以至最终的作品形成了一个模糊地带，侥幸借此获得令人惊喜的意外之笔也未可知呢？说完狡黠一笑之后不得不承认，肯定是强词夺理，文学哪来那么多意外？写小说还得像李浩那样写。

纵观李浩的文学生涯，看得出，他安插在千家万户的灶王们，一直在源源不断地向他禀报着最具人民性的心事和故事。这是他成功的机密。

这个形而上的故乡——已被李浩用汉字的砖块垒起来的故乡里，有数不尽的灶王以及无限大的疆土，且以文学寓言的方式存在着。果壳和城堡，则成了他这两个故乡的象征。只要在这个时空里，李浩就会脱胎换骨，成为与哈姆雷特共语"我可以被困在一个果壳里，却仍把自己看成无限的宇宙之国"的文学之王。而在诗歌自我建造的"白色城堡"里，有时他更像"一只侧卧在雪地上舔自己愁容的老虎"。他在诗歌和小说硬壳里搭建了一个让他躁动的、倔强的、多愁善感又不停追问和奔走呼号的灵魂的栖居之地。那也是他的文学故乡。

不论是外出求学还是工作，当故乡成为"羁旅"和"客居"，成为遥远的颙望，他仍然不停地重返着，沿着他的脐带寻找他不断追问的答案。醉在故乡，这是他重返时的常态，这种难免的秉性里总遗留着一份不变的天真。

（2023年10月写于双子凼）

芭蕉、稻穗和鱼的翅膀

> 总觉得这些是再通常不过的
> 俗物　但借助它们
> 我们可以返回
> 从前

缘　起

嘹亮的蝉声忽然就弱了下去，空气中的燥热也一退再退，最后索性丢盔弃甲隐没山中。四季里，那个清亮丰硕的季节被万物推搡着来到了跟前。

美术课的老师应时而作，给孩子们布置了个"秋天"的作业。上小学的女儿抓耳挠腮磨蹭了半天，不知道画什么好，但秋天在城外这一点她倒是明了。问我："为什么我们没有老家？"

我知道她想要的老家，是一个宝藏式的地方，它像一个魔幻的大布袋，可以从里面源源不断地掏出小雏鸡、大黑狗、红蜻蜓、玉米棒、捻子果和漫山遍野的野花，还有课本里说到的风吹麦浪和黄澄澄的稻穗。老家还意味着，漫长的暑假里，除了在无边的田野上奔跑，还可以把脚伸进小溪里钓鱼、穿花裤衩跳进村边的小池塘。许多小伙伴向她描述过，她很是羡慕。而我们成人的老家是指，过年的时候备齐了大包小包的年货去赶火车挤汽车，到达一个陌生且熟悉的地方。那里生活着许多亲人也埋葬了许多亲人。那里有很浓的年俗味，在那儿可以杀鸡宰鸭劏猪斗牛，最可喜的是还可以放鞭炮。可我的和先生的父母早早就把家安在了城市，我们还小的时候也有过这么一个可以讲述和向往的所在，但爷爷奶奶去世后，我们自个儿的老家也回不去了。到了女儿这一辈，过年的时候只能回某某小区她的奶奶家或者某某单位她的外婆家。说起这事，我跟先生都感觉女儿生活里缺了点什么。

星期六一大早我们便出了门，绕过了南宁市闹区，决定到郊外去走走。我们没有具体的方向，不奢望能寻回失落的什么东西，漫无目的的出游也许是不期而遇的返回。

这时天空已被一场又一场的秋雨洗得又透彻又明亮，世界有那么多人，仿佛到了这个季节才开始安静下来。粮食和瓜果都选在这个季节成熟，这些从不言语且靠着阳光雨露活命的家伙开始热闹起来。它们抢着用金灿灿的黄色和熟透了的紫红色斗嘴取乐，或者使尽全身的力气比着个头，瓜果的汁液还真较上了劲儿，个比个地看谁更甜。

我们把车窗摇得很低，车子出城以后进进出出的风撒起野来清爽得很。女儿坚持坐在靠窗的座位上，好几次忍不住要把手伸出窗外，被我严厉制止后一直默不作声，突然发话了竟问："秋高气爽就是这个样子吗？"我说："是的。"我心底里却思忖着，环境竟有这样的魔力，让我小小的女儿如此轻易就能触摸到这个怡人的秋天。

芭　蕉

坛洛是我表哥插队的地方，那儿盛产香蕉，324国道线、南百二级公路、高速公路、南宁—昆明铁路贯穿全境，川流不息的车辆从不让小镇好好停歇过一小会儿，哪怕是月亮高悬或是月黑风高的晚上，公路仍然是喧闹的。路过的司机看着公路两旁果摊上摆着的、地面上堆着的不同品种的香蕉便走不动了，常常停下车来，先是走个两三摊询价，然后在某个摊驻足。这儿的香蕉不称斤，都论串卖。果实刚刚从蕉树上砍下来，果皮都是清一色的绿着。老板会说："我们的蕉都不用药物催熟，在树上就糖化好了的，带回家留个把星期，果皮转黄了就可食用。也可以再存放久些，果皮全黄，开始发黑，长出梅花的斑点，那时的口感才是最佳的。"

先生说："我们到坛洛去看看吧，反正不远，离南宁也就十来公里的路程。"

当然是一个好主意！心想着，那儿有十五万亩的芭蕉林呢，是全国芭蕉产业基地，女儿的作业可以完成了。芭蕉树也是我喜欢的，20世纪六七十年代人们似乎还不太有绿化意识，房前屋后冷不丁地就有一两棵芭蕉树站着。房屋大多是平房，芭蕉树是野生的。现代园林把植物们都修剪齐整，造型过于精巧倒失去野蛮生长带来的勃勃生机。这野蕉没有专人护理，它的野趣随性就有自洽怡然的舒坦，横看竖看都好看。跟阳光打在通常细眉秀眼的叶子上不一样，阳光躺在阔大的蕉叶上，蕉叶总是被滚烫地晒着，晒得绿油油地直晃人眼。

一棵蕉树难得有几张完整的芭蕉叶，风吹雨打，偌大的一张蕉叶很容易就被分割成五六片小旗子的模样。小块状的叶子被风吹得翩跹翻飞，灵动与妩媚便天生地附着到蕉树上。我一个地道的南方人，就特别喜欢它参差娇媚的姿态和那身顾盼流转的妖娆。蕉树不是叙事体的小说，它完全属于抒情的诗歌或散文，特能塑景造情，它提供的不仅有视觉的欢愉，在多雨的南方，它的叶子还能贡献另一个视听世界。闲暇的时候正逢雨季，在窗边翻阅一本心仪的书，听雨落在瓦楞间的蕉叶上，便是"雨打芭蕉闲听雨"的惬意。都说喜欢蕉树的人有古典情结，倒也准确。李清照的"窗前谁种芭蕉树，阴满中庭。阴满中庭，叶叶心心，舒卷有余情。"苏轼的《点绛唇》上一句是"雨打芭蕉闲听雨"，下一句却是"道是有愁又无愁"。雨打芭蕉大多让古人伤春伤别，念远忆往，一个"愁"字氤氲悠然升起。生活在互联网的人们，难得有缠绵阴柔之愁的困扰，多半是被生硬尖锐的焦虑围攻。我们抬头看向苍穹的月亮不再是过去的月亮，低头看地上的故乡不再是从前的故乡。

女儿听说有好大一片的蕉林，兴奋而讨喜地做出瑟瑟发抖的样子，神秘地告诉我，婆婆说芭蕉树里藏着芭蕉精呢。

果然，小朋友都喜欢听些狐仙精怪的故事。我们小时候爸妈常常有夜间学习，丢了一屋子的孩子在家，由外婆带着。最刺激的游戏便是把灯拉黑，坐在床上听外婆讲芭蕉精、狐狸精、白骨精等各种精怪的故事。讲到惊悚处我们吓得抱成一团躲到被子里。大概很多人都有这样的经历，胆子稍大些的孩子，战战兢兢地想一睹精怪的面容，那种既害怕又好奇的兴奋劲儿，陪伴了我们整个童年。

芭蕉树只生长在阳光盛大又气候潮湿的南方，女儿说到的芭蕉精，是有据可查的标注了起源于南方的精怪。分南北的精怪不多，说的是芭蕉树吸收了日月的精华后便能成精，还可幻化人形。小时候院子里比我们大些的孩子还告诉我们另一个秘密，说芭蕉树千万别沾了人类的血，哪怕一滴也能让芭蕉成精。但凡谁有个小伤小口的，就有小伙伴在一旁提醒着，"别靠近芭蕉树喽"。我们都害怕得很，院子里的芭蕉树要成了精，晚上谁还敢出门上厕所？（20世纪70年代以前，哪怕是城里的住房都建成这个样子，东边吃饭西边上厕所，晚上如厕是件令人恐怖的事）再者，当时全国被禁的反特惊悚手抄本《一双绣花鞋》在民间流传甚广，有一段描写说的是一面镜子可以让无人穿着的绣花鞋动起来。有了这样背景的衬托，整个院子的恐怖气氛浓郁起来，孩子们屏住气，晚上不敢上厕所，等着传说中的芭蕉精出现。每每紧张几天后大家松了一口气的同时，又觉得精怪们一次又一次地让我们失望。

小时候的游戏玩具大多来自大自然，芭蕉树从上至下没有一处不可游戏的。我们就没少在芭蕉树下转悠。把蕉叶撕成条状，可以编成各种灵巧的织物。蕉树的主干粗壮而肉质绵脆，芭蕉心既可烹饪制作成可口的佳肴，还成了爱情的象征物。民歌《火烧芭蕉心不死》把男女的情爱唱得既欢快又深情。梁山伯就是用蕉叶试探祝英台的。说的是女生的体温高于男生，两人都在蕉叶睡上一宿，女生睡的蕉叶就会被烤熟，而男生睡的翠绿依旧。还是青春初发的少女时我也曾想过，裁一张蕉叶，有个"梁山伯"与我一试雌雄的浪漫，可至今仍没有这样的良缘。

在我们童年的成长区块链上，芭蕉树是很招摇的存在。

遗憾的是我不擅长口传叙事，母亲虽比我要好些，但仍与外婆有差距。我们都是外婆带大的孩子，熏黑的夜晚那些志怪传奇被反复讲述，在我们的童年扎下根来，成了我们人生记忆的一部分。

我们的车朝着十五万亩的蕉林驰去，一路上狐仙精怪成了我们讨论的话题。女儿很好奇地问我，是否见过美女蛇。小小孩子说起的，当然不是我们凡间用于贬义的妖艳而危险的尤物,她说的是鲁迅《从百草园到三味书屋》里的美女蛇,长妈妈讲给鲁迅的故事。这是孩子们的课本里为数不多的有关精怪的篇目。文章里鲁迅还讲到另一种虫子:"名曰'怪哉',冤气所化,用酒一浇,就消释了。我很想详细地知道这故事,但阿长是不知道的,因为她毕竟不渊博。"后来鲁迅去问教书的先生,先生也不知道。女儿再问的时候我更不知道了。到了20世纪,我们的神舟飞船已多次飞往太空,在科技日新月异的今天,精怪传奇作为旧时"残余",在文学上再无更多精彩蓬勃的生长,甚是可惜。关于精怪传奇的价值和意义,南京师范大学的何平教授引用鲁迅《古小说钩沉》序中所言"足以丽尔文明",以表明自己的评判态度。他毫不含糊地肯定,它们俨然一条中国文化和文学的幽深密道,最终扩张的是文学不安分的想象能量。其实我认为大可再补充一句:它们也是孩子们极好的精神食粮,可以夯实一个人文化基因的基座。只可惜,现在的孩子尤其在城里长大的孩子,估计连鬼故事都没听过,这在他们的记忆里得是多单一的构架,情感的谱系里从未闪耀过斑斓的夜空,是不是缺少了神秘、敬畏和虔诚的精神世界呢?

稻　穗

而坛洛再往西就是隆安了,那是真正壮族稻作文化的发源地。隆安虽属南宁的地界,但在南宁出生长大的女儿却对隆安稻作文化一无所知。广西古属古骆越之国,《史记·货殖列传》上的"楚越之地,地广人稀,饭稻羹鱼,火耕而水耨……无积聚而多贫"说的就是我们。南方人大多爱米饭不喜面食,历史沿革、自然环境使然。南方尤其是广西的壮族群众,做米饭都可以做出不同的花样来。清明节前后,人们在乡间野地采摘植物，把白花花的大米染成红黑黄紫绿多色米饭，用于祭祖供神。我兴致极高地试探着问："我们要不要再往前开十公里，到隆安去？现在正是收稻谷的季节呢。"

女儿当然不答应，说了一路的芭蕉精兴奋得不行，这不，正直奔它的道场去一睹它的尊容，怎可以半途而废呢。

先生说："你吃了八年多的米饭倒是没下过一次稻田，不想去看看稻子长什么样？"

我也是同意先生主张的，试图说服女儿。

"你不到我的地盘去看看吗？"

"你也有地盘？！哪些是你的地盘？"女儿甚是好奇，略带不屑地问。

打开车上常备的地图，我指给她看，告诉她发源于云贵高原的左江、右江、红水河流过的地方，都是我的地盘，我们壮族的先民早早就在这里生活。说到壮族的地盘，女儿的热情也被激发了起来，兴奋地说那也是她的地盘。当然，女儿随我，在身份的认同上也是壮族。于是我们从贯穿南宁的母亲河邕江说起，她是喝邕江水长大的，沿江往西逆流而上到了宋村，这里是左江、右江汇入邕江的三江汇合处，是邕江的源头。左江、右江两大水域夹流而下，汇聚成邕江，最终汇入珠江。以前有客船运营的时候，在航运公司买票到民生码头乘船，顺流而下可达港澳台。晕车又有时间的外婆奶奶一辈，出门最是喜欢选择船运的，半躺在船上，吹着江风看着江水慢悠悠地流动。

女儿说她知道宋村，村子的前面有一条河后面也有一条河，看向我说我们去过。我说对，它被古人写到书本里了，明代的大旅行家徐霞客到过宋村，对村子有过一段描述："前临左江，后崎右江，乃两江中央脊尽处也。"左江、右江相当有意思，受上游降雨天气影响，左江上游把河床中的大量泥沙冲到江水中，因此江水就呈现出浑浊的黄色。而右江上游在百色段有大型水库，大部分泥沙在水库中沉淀了下来，所以右江下游的江水呈现出清澈的碧绿色。我们到宋村的那一年正值汛期，两江交汇，就形成了黄绿分明的"鸳鸯江"景观。谈起往事，女儿对地图也有了兴趣。我说我的壮族先民择水而居，在这几条江河流域生活劳作，这些都是我们祖先的地盘呀。他们很早就把野生稻驯化为栽培稻，所以壮族是稻作民族。

女儿问我："我们祖先是多早开始种水稻的？"

"早得很呢！祖先们很聪明，新石器时代他们就知道用石块打磨成石铲大规模种植水稻了。这石铲就在爸爸说要去的隆安找到的。你不想看看大石铲吗？它可是世界栽培水稻的主要起源地之一哦。"女儿显然是动了心，不知道应该继续去看芭蕉精还是去看大石铲。正在犹豫，先生却发话了，说他想起来晚饭有一个应酬，今天的时间只够去坛洛了。

最后采取折中两地办法，去坛洛往西，坛洛和隆安的交界处。

说到隆安，女儿也不陌生的。我参加过隆安的丰收节，多半是在九月的中下旬、南方收割秋稻的时候举行。隆安离南宁就几十里地，快下班时隔壁办公室的严老师过来邀请，说："隆安在过丰收节呢，要不要去看看？"正犹豫时，他原先约好的朋友已经把车开到了楼下，说啤酒五箱、精肉十八斤、香烟两条都备齐了，再晚到了下班高峰期就得堵车了。仓促间我跟他们上了车。

踩着饭点我们到了朋友的朋友的朋友的家。村子的名字、户主姓什名谁至今已全然想不起来，记得的是纷扰与热闹。到场的朋友大多互不认识，大概都如我这般，朋友热情地这么一招呼，自个儿还来不及拒绝便启程同去。村子里各家各户门前，客人的车是一辆接着一辆，敞开的大门便是一张邀请的帖子，路过的陌生人只要愿意，都可入户坐下，持筷端碗地吃起来。村子里大家比的是热闹是喜庆，谁家来的客多车多便有面子有好运，来年的光景就有盼头。丰收节里吃是头等大事，辛劳了一年的人们把稻田里的粮食、菜地里的瓜果、池塘里的鱼虾和家养的鸡鸭猪牛烹制成一道道美食，以吃喝这样朴实的方式庆祝丰收。节日绵长一月有余，大伙便可吃了东家吃西家，吃着上村的惦记着下村的。女儿是个小吃货，听着两眼放光，立刻执笔展纸地画起来。还别说，她真抓住了热闹喜庆的调子。画的上方有一个个上升的爆炸的气泡，我问她是什么意思，她说是村子里的饱嗝声。

我先生小时候曾随父母下放到农村，他是一个在稻田里泡大的孩子。他们小的时候，从犁田、耙田抓土狗，到耘田时节的捡田螺，到稻田封行后钓田鸡、抓鱼，到后来的拾稻穗，再到冬天掏田鼠，从田鼠窝里掏出谷子——这从年头到年尾、一年又一年周而复始的童年故事，对于现在城里的孩子犹如天堂般遥远。

绕过一道夹竹桃，眼前出现一片难得的开阔地，金灿灿的，是成熟了的稻田，农人正挥镰忙着收割呢。一阵轻风过后，稻穗你挤我拥的，一派起伏的姿态。女儿立刻又问，这就是稻浪吗？我说是的。这时女儿已经跑到了前边，一辆牛车装着刚刚收割的稻谷迎面而来。平时害羞怯懦的女儿，竟大方地问赶车的老农，能不能给她一支稻穗。

于是我和先生商量，我们要在这里玩上一天。

我们走在田垄上，脚下的泥土润润的，一脚就是一个印子，踩下去总有个回应，城里那硬邦邦的水泥地，你是找不到这样的感觉的。

走到第三块田的时候，有一位农妇在劳作。稻田很宽，谷子也只割去了三分之一，可她不慌不忙，干起活来有板有眼。她戴了顶宽大的草帽,穿着短袖,却学着城里人在胳膊上笼上两只袖套,看来是一位很自爱的女人。我跟她打招呼,说:"你的稻子长得真好,颗粒大又饱满,种的是良种吧?"她笑着说不是良种,是香糯。我立刻被自己犯常识性错误的问话弄得面红耳赤。她抬起头看我一眼,态度很平和,没有要嘲笑我的意思,倒是打开了话匣子,说这是她母亲的田,自己的地都挖来做鱼塘了,今天她是过来帮忙的。她说话的时候没停下手中的活,手中的镰刀仍是有板有眼。

后来知道她姓苏,有两个孩子,小儿子比我女儿还小三个月。丈夫到邕宁打工去了,一周回来一次。告别的时候我问她,能不能交个朋友,下次到她家做客。她说:"当然可以。下次吧,等我把稻谷收完了在家等你们。"

鱼的翅膀

她果然在指定的岔路口等我们。褪去了大草帽、长袖笼——劳作时的打扮,小碎花的上衣和深色的裤装,在这早秋的清晨把她衬托得清新明媚。劳动馈赠她褐色的皮肤,倒给她平添了朴实可靠的亲人感,仿佛老家叔伯的堂姐妹。这回她还带上儿子。她儿子很腼腆,见了我们总不说话,倒是我女儿见了和她一般大小的孩子,上去就拉他的手,要他上我们的车。

在她的指引下,我们来到了她的鱼塘。

鱼塘很大,估计有十多亩地。她解释说,之前都是田地,丈夫外出打工后,照顾地里的活再打理两个孩子的学习起居,她一人忙不过来,便请人把地挖成了鱼塘,养鱼养鸭她一个人还是勉强应付得了。她把鱼塘的堤坝筑得老高,上面种满了树,正好把鱼塘围了个圈。鱼塘的鱼很多，一群群地追逐着，嬉戏着，寻寻觅觅；时而浮出水面，时而又钻进水里；乍眼看去，水面上也飘着天上的云，那鱼像极了天上在云里穿行的飞鸟。

女儿叫了起来："看，鱼是有翅膀的，鱼也是会飞的。"

她家小儿子嚷嚷道："它们不仅会飞，还会跳龙门。"

"它们怎么个跳龙门呢？"

"晚上住我们家，我奶奶就会告诉你。"

幸得孩子把奶奶搬了出来。弟弟的快言快语倒是把一个似乎永无答案的提问变得透明而轻松，他天真明澈的双眸告诉你，奶奶是值得信任的。

直觉这只小神兽此刻从幽暗的神秘处跳出来告诉我，奶奶一定是位讲古（讲故事）高手。我正愁着民间的狐仙精怪失传的时候，遇到了这么一位宝藏级的奶奶，多好的一件事情啊。相信奶奶讲鱼的飞翔肯定是五彩斑斓的，我按捺喜悦等待着。

大人还没寒暄，孩子们已经因为鱼的翅膀缔结了情义。

鱼塘的入口处建了两间小平房，平日里她带着儿子女儿住在这里，村子里的房子倒是空着。她儿子回到家里便活跃起来，领着我女儿和他的两只狗到地里挖只有拇指般大小的红薯，就着田边的溪水洗了洗便大嚼起来，有滋有味。我知道我不能阻止他们，入乡随俗好了。女主人让我们四处走走，她转身便要去杀鸡。我和先生急忙拦住，说是带孩子出来走一走，吃个便饭就可以了。她手脚利落得很，转眼工夫把鸡放血、拔毛、开膛，接着下锅。中午时分饭菜就上桌了，在外打工的丈夫也准点赶了回来。

她丈夫姓黄，个子不高，是个友善而健谈的人，见了我先生还没等他说话就递过烟来,又叫她女儿到屋里再多拿两瓶酒。他和我先生各自干了一杯,就算是见过面了。吃饭的时候,饭桌摆在了平房的屋檐下。说是饭桌,其实是一张简易的旧茶几。摆了一大海碗的姜酒焖鸡,一碟煎鱼,一碗青菜和几只酒杯,桌面就已所剩无几,饭碗都各自拿在手上。孩子们夹了菜端着,房前屋后地跑,斗狗喂鸡,随他们去。过了好一会儿,孩子们又回来,说是要添饭,女儿居然也伸过碗来说还要两块鸡肉。

吃了一些酒菜,大家的话便多了起来,尤其是她丈夫,喝红了脸江湖义气便上了头,就有几分老大的样子。他说他的老板是台商,搞电镀的,生意很好。他在厂里负责配制电镀药水,算是高级技工,每天只干两小时的活,其他时间想干什么就干什么。妻子白了他一眼。他自知说错了话,赶紧收起人在江湖的潇洒做派,换个话题。他说他一个月也有八九千元的收入,"比你们多吧?"。我们说当然。难得这么好的氛围,我们不比谁钱多钱少,我们只想为眼前的这份情感推波助澜。这时候传来女儿兴奋的尖叫声,我们随声望去,那棵高大粗壮的苦楝树女儿已爬上了一小半。其余的孩子都在笑,饭碗就放在树底下。想不到吃饭前孩子们用头用屁股顶,女儿最多也只爬了一米来高。不曾料到,一顿饭的工夫,女儿的爬树本领就突飞猛进了。爬这么高我还是很担心的。她丈夫却说:"不打紧的,我儿子一天也要爬十来次。"

这餐午饭,足足吃了三个多小时。席间,她丈夫让孩子骑车到村里叫上自己的大哥和在邻村干活的小弟。大家见过面,然后坐下来一起喝酒。开始,彼此间说的都还是些场面上的话。渐渐地,大家熟悉后也就掏心掏肺地聊开了。

先生说:"自己开了一家文化产业公司,生意还过得去,只是最近的一桩官司挺烦人的。"主人就问:"怎么个麻烦。"先生说:"那原告本是合伙人，持的是技术干股，眼看公司生意不错，不投钱就想平白无故地扩股，我不同意，这不，找我打官司来了。"主人刚喝红了的脸陡然变了颜色，说："这样的鸟人还跟他打什么官司，打扁他了再跟他说话。"旋即拿起酒杯接着说："干了这杯我们都是兄弟，有什么事就吩咐一声，明年初四你们一家都回来，每年的这天要开年呢，在外面的兄弟都回来，我们要祭祖的。"先生仰起脖子喝完杯中的酒。

眼前这番情景真可以把人点燃，这些只有一面两面交情的陌生朋友，他们的情谊如热浪一般在我全身滚过。在心里我就热热地想着，先生在城里跟别人要喝上多少杯酒都不一定能签下一个合同，在这里，酒没下肚倒先成了兄弟。这样的交情，要是遇上大事，放到谁的身上大都可以托付遗孤。

黄昏说来就来，告别的时候女儿求我，在这里住一夜，就一夜。她说她在这里住就不玩电子猫了，也不闹着去吃麦当劳。见我仍然没有答应的意思，她说她还可以吃很多的饭，这里的鸡好吃。我说当然，土鸡当然好了。

主人见孩子老缠着我，就对我女儿说："放假了尽管来住。"

女儿得到一个承诺后也就不再继续纠缠。临走的时候，主人已让自家女儿到地里砍了甘蔗，捆好了让我们带上。我们实在过意不去，说这一天已经够打扰的，走了还大包小包地拿就更不像话了。他们却说，甘蔗是自家种的，不带才是见外呢。这时候我知道我不能再推辞，拂了他们的诚意，接过甘蔗带回家。

认了这门亲，我们两家就有了一些走动。女主人到官塘菜市卖菜，末了，偶尔也到我们家打个转，顺便还捎来些新鲜的刚上市的瓜果。我们要留她吃饭她却说:"不了,孩子在家一天了,姐姐照顾弟弟还要喂那百来只鸭子,我得赶回去。"女儿听到我们的对话,从她的房间出来,把剩下的小熊饼干一股脑儿地让女主人带回去,给她家的小姐姐。

原来只是想帮助女儿完成美术课的作业,不曾料到会有这样的意外收获,连着我们大人也有收益。女儿和她远隔重洋的表哥通电话,说:"你要是回来,我带你到我的亲戚家看他家的飞鱼。"

比她大两岁的表哥问:"鱼怎么会有翅膀?"

"我亲戚家的鱼就有。"

(写于2023年7月双子凼)

花神到我家

您见过花神吗?

她是祖母是母亲是女儿是所有的姊妹,她掌管人类的繁衍,护佑生命的成长。

她是人类的恩人。

所谓的生命之花,就是穿越历史的荆棘与现实的泥淖后,得以的命运回报。

——题记

1

黄昏是没有出处的,它突然而至,一下把大地笼罩住。它的偏好是,垂青那些郁郁寡欢的人,它浓稠的滋味会结成籽粒,月上梢头时落满谁的口袋。

外婆的惆怅总是在黄昏里。外婆眼巴巴地等着我母亲生个男孩,可母亲却接二连三接三连四地让外婆失望。外婆对我母亲说:"我倒不在乎你生姑娘还是生小子，我是不爱看你婆婆那张脸。"

奶奶是不太爱我们这些孙女们的，一位老式的女性不爱女孩除了受根深蒂固的传统观念影响外，我想还有一个很重要的原因是，她自己肯定也没感觉到做女人的尊严和乐趣。

奶奶肤白，不算貌美，瘦长的脸上有一个坚挺的鼻。外婆在背地里嘟囔着说，这哪叫坚挺，该叫鹰钩鼻。说完一副解气的样子。外婆虽有一儿一女，却无暇顾及儿子，后半辈子不得不跟在我母亲身边，帮着把我们姐妹几个带大。奶奶跟着叔叔住在乡下，因为婶婶生了两个儿子，我母亲生了四个女儿，奶奶觉得住在有孙子的乡下比住在只有孙女的城里有面子，只是得闲了偶尔到城里解解闷。虽然奶奶不常来，但邻居们都看得出，她跟外婆这两亲家不对付。

有一年冬天快过年了，我跟隔壁彩兰玩过家家，她外婆问我："你奶奶还来你家过年不？"我说："没听爸爸妈妈讲，估计来的吧。"她外婆说："还是不来的好，一来你姐姐又遭罪了。"我问："遭什么罪？"她说："你跟爸妈睡你不晓得，你姐姐跟奶奶一张床，一个半大不小的孩子睡个觉哪有什么分寸的，你奶奶硬说她这孙女不懂事，睡着了卷起被子不让她盖。你爸一听就来气，说奶奶好不容易来一次，怎么能这样？我经过你家，虽是隔着窗帘都能瞧见，你家姐姐纸片儿一样的小人，该是脱了衣服躺下了吧，你爸批评姐姐时让她站着的，这大冬天的，好像衣服都没穿。"

长大了偶然想起问姐姐，有这事？姐姐说印象中是有的，穿没穿衣服不记得了。后来想了想，彩兰外婆应该是看得真切的。我们那个年代，分到的都是一户一个直套间。等单位房子再富裕些了，两户可分三个直套。我们家分了两间前屋一间后屋，彩兰家是一个前屋两间后屋。一家挨着一家的，共用一条走廊，谁家还能有什么秘密？彩兰家生了三个女儿，也是外婆来带孩子，两家境遇相似，都觉得自家闺女生了女儿不被夫家待见，少不了两家老姐妹嘀嘀咕咕，时间久远了一些有的没的就无法核实。我们年纪小不懂大人的事，外婆疼我们，我们也就只跟外婆亲。

奶奶耳背得厉害，说的是家乡话，不太跟我们交流。加上不常住在一起，彼此都有些生分。凡此种种，老一辈都归咎于，是奶奶重男轻女不爱我们这些孙女的缘故。外婆进一步嫌弃说："你奶奶一个女人家，一天到晚的水烟筒不离手，像什么样！"外婆逮着些事情便抱怨几句，聊表自己的不满。那时都以有儿为大，外婆看着一大家子的外孙女发愁得不行，总感觉她自己的闺女、外孙女被瞧不起，吃了亏，于是把气都撒到奶奶身上。外婆生活在几千年传统观念的阴影之下，这些观念虽是口口相传不着一字，却活在普通大众的眼神里、语气上，念念重似千斤。要强的外婆老来无依，觉得跟着女儿当外婆自然没有跟着儿子当奶奶硬气，无端端地，以为身份地位自比奶奶矮了一截，所以久而久之便有抑郁之气积于胸间不能排遣。外婆原本可以不用面对这一切，但又放心不下四个外孙女，只好一直住在女儿家搭把手带孩子。这些现在看来滑稽可笑的传统痼疾，在慢慢的岁月里就像昏庸的判官，把生儿或是育女的不同人群分成了三六九等，有了高低贵贱便也生出了差异制造着矛盾。不知道偌大的中国，几千年来有多少家庭被这种观念所困扰所戕害，让亲情生裂痕起冲突。真难为了外婆，只有我母亲懂得，对奶奶抱怨的背后，是外婆不得已的委屈和对我们满满的心疼。

2

其实老家在广西的乡下，为了祛除南方多雾潮湿的瘴气，村子里不论男女，都吃烟叶。到现在我仍记得，奶奶在伙房借着火灶燃着的木材点烟的样子，身上背着比我小三个月的堂弟，回头看到我时轻轻一笑，奶奶面部的五官及轮廓至今仍是那样的清晰。她从没抱过我，可能连我的手都没拉过，她一天到晚只背着堂弟。即便我偶尔从省城回去看她，她顶多冲我笑笑。奶奶是二房，但自豪的是娘家有薄田，到了后期甚至可以接济夫家。父亲说他记得五岁那年，家里眼看着快要断粮了，他跟着我奶奶他的母亲第一次回了趟自己的外婆家进结镇。奶奶的娘家是大户人家。小镇上半条街的房子都是奶奶娘家的，奶奶的父母亲已不在世，当家的是两位舅舅。奶奶要返回夫家时，当家的舅舅差遣长工挑着担子跟回去，担子的一头是米另一头是铜钱。

  奶奶在夫家的地位还不止这些，她这辈子做人最有底气的是生了两个儿子。之前，大奶奶气都不带歇一口地生下了五个女儿，爷爷为此愁白了头。幸而好赌的他还没有把家产输光，家里的余粮还可以纳妾。不知奶奶被什么耽误了，漫长的待字闺中让她成了不被待见的老姑娘，才不得不下嫁给年近四十、家产几近败光了的爷爷当二房。好在过门后，奶奶欢天喜地地生下了我父亲和叔叔，两位小男孩立刻成了这个家庭的小祖宗。有了两个男孩，加上娘家的实力，奶奶也因此更得夫家的宠溺。大房养的女儿，也就是我的姑妈们，其中的两位不仅没上过学，甚至不许婚嫁，成了家里的免费长工，要在家里帮工看顾弟弟直至终老，过完蝼蚁一般的人生。

  两位没出嫁的姑妈我见过，大姑妈秀气圆润，五姑妈灵动活泼，有一根又粗又长的大辫子。大姑妈年岁较长，去世得早，我们跟五姑妈更亲近些。不过，她们温暖的背都曾经收留过我在奶奶那儿失落的童年。上小学时我们一年回两次老家，春节一次，暑假一次。春节是习俗，暑假是母亲心疼外婆,把我们通通送回老家,好让外婆歇口气。老家盛产龙眼,家家户户的后院里都有三五棵。我三岁那年姐姐六岁,我们爬到一棵果树上摘果子时一起摔了下来,我压在姐姐身上,姐姐撑着地面的左手便骨折了。六岁的小姑娘经不住骨折的疼痛,哭了一夜。五姑妈背着姐姐一宿没睡,陪着也哭了一整夜。五姑妈很是爱惜孩子,要是她有自己的骨肉还不知道要怎样地宝贝。可惜她没有,她没办法有。沿着她那根粗大的辫子去遥想她的青春,更是令人心疼不已。在她曾经蓬勃的生命里,应该也有过自己的心动的少年;或者,在她奔涌着激情的岁月里,也有爱慕过自己的俊俏男子。真是无法想象,她是怎样度过抑郁难耐的青春。

她的晚年更是悲凉啊!

当五姑妈辛劳了一辈子,蹉跎了青春丧失了劳动力之后,她曾经为之贡献了一切的娘家却没办法给予相应的回报。她是我父亲和叔叔的恩人,可是在老家的叔叔年事已高,也到了需要人照料的年龄;父亲作为农业专家,在城里奔忙到七十岁;我的两位堂弟要看顾自己的子女父母,照料自家的生意更是忙到脚不点地。都说养儿防老,五姑妈没有自己的骨肉,不知不觉地就成了多余的人。绝大部分时间她是独自一人待着的,连个说话的人都没有。最后一次见五姑妈时,她已双目失明,行动不能自理,坐在昏暗老房子的矮凳上。她听出我的声音,拉着我的手说:"你都有自己的孩子了,那时你还这么小……"语气里满是平和慈祥。在人群的背后,在人生的寂静长夜里,她是否抱怨过命运。她有过繁茂的枝叶,但不曾开花结果。

出嫁的三位姑妈跟其他妇女一样的辛劳。小时候春节回老家,父亲与叔伯们在厅堂喝酒吃肉,奶奶婶婶姑妈们除了要在自家的菜地忙碌,还要围着厨房转。孩子们自成一桌，端着饭碗有一口没一口地吃。后来长大了才知道，妇女们总不能安安稳稳地好好吃饭，说起来虽是有家务要忙，但最最打紧的，是她们不能上桌与男丁同餐。不知道这样不公的日常秩序怎么没人抱怨？20世纪60年代初，母亲考进师范院校，也是受过新文化洗礼的人，母亲对此陋习也是默认的，只字不提。上大学时开了民俗学这门课我才知道，这样的习俗延续至今，且范围甚广。母亲在世时从没看过夫家族谱，她当然不知道自己在族谱里是一种怎样的存在。前年回老家扫墓，突然想起问父亲，为什么别人扫墓在三月三，唯独我们家是三月十三？

听老一辈说，我们的祖上跟随冯子材出关抗法，过了三月三才搬兵回朝。祭祖是大事，得等一家之主，所以扫墓唯独我们这一支不随大流。

学历史的妹妹抿着嘴笑，咬着耳根对我说："老爸年纪大了倒想攀附起名人来。"

"家族祭扫的日子父亲是杜撰的？"

"不确定，反正得查一查。"

父亲说完这些，我更想对祖上的来龙去脉一探究竟。又问父亲："我们是否有族谱？"叔叔拿出的族谱封面已呈深褐色，纸张脆薄无比，虫蛀得厉害。这一翻阅，让我大惊失色，在另一拨人眼里，我们女流之辈是五官不清面目模糊的一个代号，仿佛是生活在另一个空间的别人。首先是母亲，在族谱里只有某某苏氏；我们姐妹几个分别以冯家第一女第二女第三女……称呼，没有名字。一本落满时间尘土的族谱，看得我们目瞪口呆、颜面全无，甚至怀疑人生！

妹妹问："怎么没有我们的名字？"

"这是祖上传下来的，代代都这么记录。"叔叔显然没有感觉到我们的不快。

一向伶牙俐齿总能化尴尬为愉悦的妹妹说:"叔叔您看,到了我们这辈冯家才有博士教授,这是冯家的荣耀呀。我们虽不是男孩,但也说明我爸有本事,把我们培养成才是我爸的功绩,不写进族谱爷爷奶奶列祖列宗们不知道的呀。"

叔叔抹不开面子,但又不想破了祖上的规矩,只说:"好好好,稍后稍后。"

妹妹调侃道:"其实入不入族谱无所谓,跟前途命运又没有干系,谁去关心这些虚头巴脑的东西。"现实中,倒是些偏远地区仍在沿用的陋习,对妇女的伤害是直接的,真叫人唏嘘感叹。她说九年义务教育后,不上学的女孩不多见了,她们成人后跟长工没什么区别。她曾到某山区支教,正是春耕农忙时节,去家访进到村子,一群大老爷们在村头的榕树下吃烟遛鸟唠嗑,妇女们则赤脚泡在早春的水田里插秧种地,家有小孩儿的还得背在背上。日出而作,漫天星斗才能回家。

奶奶所在的乡村风俗大抵如此,妇女干着家里的重活却没有任何的社会地位。好在爷爷有些薄田她得以幸免操劳。进入夫家,经历这样的婚育过程,奶奶确认了她对这个世界的认知——男人是这个世界的核心,做母亲的,只能母以子为贵。

3

外婆说不在乎我母亲生男孩还是女孩,虽然表了态不在乎,但仔细听了多少还是听出些怨言在里头。看着一溜排排坐的小姑娘,外婆肯定在想,哪怕有一个小子也好啊。可惜我们都不是,想而不得的遗憾外婆只能在黄昏后独自叹息而已。惆怅归惆怅,外婆还得打起精神,把我们这一大群外孙女拉扯着。爸妈只管外出上班，家里一切事务全是外婆照应着。大到全家的粮油米面，小到我们姐妹几个的花裤子橡皮筋，稍有顾及不到的，乱了方寸最终也是外婆来收拾。外婆的忙从早晨开始，在洗漱之后，是我们姑娘们梳妆打扮的时间，该梳的头要辫的辫子，外婆梳好发髻后往头上抹头油，凡此种种一样不会落下，蓬头垢面是绝不允许坐到餐桌前的。外婆继承娘家善于经商的基因，到了夫家自己撑起"兴隆昌"的字号，生意做得思恩府（今武鸣县）一带都有些名气。外公饱读诗书，曾经在思恩府做官，相当于今天的民政局局长，是位地道的乡绅。虽是小门小户的人家，但外婆已然有自己的生活规矩和人生准则。她常常教导我们，女孩是再金贵不过的，要不怎么有男方求婚、婆家下聘礼了女方才应允呢，最后得有八抬大轿来接亲女方才过门的。外婆是我们姐妹几个的第一任美学老师，也是我们女学的启蒙恩师。从小我们就懂得勤于打理自己衣鞋容貌的要义，懂得做女孩应有的骄傲与自重。

遇上父母一周两次的夜间政治学习，吃过晚饭后，外婆通常领着我们到户外的玉兰树下，捡拾掉落下来的花瓣，或串成耳环或缀成手链，末了，让我们都装到衣兜里压在枕头下。20世纪六七十年代的观赏花木极度匮乏，玉兰树已是我们见到过的花色、花型及香味都属上乘的嘉木，各机关学校都多有栽种。南方夏天的傍晚最是燠热难耐，白天烈日自上而下投射的光热，只等太阳完全落入天边后又噌噌地窜出地面。反窜的热浪仿佛一个无形的加压阀，让玉兰树上的花香与掉落地面的花瓣散发的香味，把整个夜空填得满满当当的。吃完晚饭，外婆打来三两桶清水，泼到院子前的天阶上降温，才一手打着葵扇一手领着我们出门。在童年的记忆里，随便一抬头，看到的星星月亮都自带玉兰花的香味。外婆说都是女孩来我家，女孩就女孩，女孩还是花神呢。这些日常的耳濡目染及规训，让我们知道，女孩的花容月貌本来就是上天恩赐的，人人皆可貌美如花。

外婆有许多持家过日子的好手艺，眼看就到了动弹不得的年龄，她一直不善罢甘休的心才安静了下来，甚至给我们的未来做打算。她说也好，我就传女不传男吧。外婆这一传还真传出不少宝贝来。

到了初冬，芥菜就大量上市了。外婆喜欢做一种用芥菜苗腌制而成的呛菜。正是季节的时候，我们几乎每天都吃。呛菜的制作程序相当简单，我们总是在傍晚时分，天色将暗未暗时，到菜市将价格一降再降的芥菜苗抱回一大把，洗净晾干，切成寸长，在锅里炒成半熟，最后跟切成颗粒的一把小米椒拌匀，放到准备好的不近油腥的大炒锅里，撒上盐，盖上盖子，这样就算制作完成了。只等三四天后，打开盖子，吃那半酸半咸辣的让你流眼泪也流口水的呛菜了。

自然，这只不过是一种面上的程序，要把它做成了做好了做得让饕餮之徒吃了赞不绝口的，还有许多的讲究和禁忌。这些外婆也不忘传给母亲，母亲当然也不会忘了常挂在嘴边提醒她的女儿们。比如说，完成呛菜最后一道工序时，她会逐个地提醒：

我要封盖咯，姑娘们有"办好事"（女孩的生理期）的吗，不许动我的菜了啊。

我们有些愕然。

母亲一共生了四个女儿，对我们这些女儿家自然有更多的呵护与要求。在饭桌上她偶尔也会提及我们小时候的趣事，说她养了四个女儿，到一岁以后不用尿布了就都不再给穿开裆裤。有一回她抱着不满周岁的姐姐到单位的球场边和其他的小朋友一起玩耍，一位同事就说："你老抱着宝宝多累呀，放她到球场上跟别的小孩子一块玩吧。"

母亲说:"我们的尿布湿了,又没带上多余的出来换,穿着开裆裤坐到地上太脏。我们是女孩子家,不能跟你们男孩子比。"

随后母亲又把重复了无数次的话题再重复,她说女孩子是一朵花,女孩子的小秘密就是花蕊,最是娇气的。母亲一面往每个人的碗里夹菜一面又说,想想看,花蕊要是受伤了,这朵花就没有了香味。母亲要我们都好好保护自己。

受母亲的影响,女儿出生后我自然也是如此加倍呵护她。还在月子里,好友来看我,她是来道生育之喜的。看着我每次换掉湿尿布后,都用温水洗女儿的小屁股,竟然惊呼道:"你是不是有洁癖!"好友又好气又好笑地说:"我家的是男孩,不懂你们女孩子的规矩,你老这样,晚上还睡不睡呀?"

我说还好还好,养女孩就得跟养朵花似的,我母亲就是这么把我们带大的。我母亲对别人说:"我几个女儿跟小棉袄似的跟小花朵似的跟小猫小狗似的,每天围着我,跟进跟出。"母亲尽管全心全意地爱着我们,但她仍盼望有一个儿子。

我不像她。

我天生爱孩子,对养育儿女有无限的热情,特别适合做女孩的母亲。我对好友说,如果只能生一个孩子,我肯定毫不犹豫地选择女孩;如果能生两个孩子,我还是会选择女儿;要是能生三个孩子的话,我才会考虑要一个男孩。我不受外婆和母亲急切地盼望男孩的影响,倒是想,女孩多好,那么多漂亮的裙子不得有个姑娘才能捯饬捯饬。还有,我这满满的母性经验这满满的女人体会,那些惆怅的伤神的被宠爱的被伤害的真实的或是虚幻的记忆和感受,没了输出的对象还不被猛兽一样的遗忘吞噬掉?我把它们收藏在我的人生履历里,酝酿成乳汁喂养给我的女儿。

我有太多这样的女性经验了。

4

母亲做呛菜封盖时郑重其事地叮嘱，让我们姐妹几个好不疑惑，私底下便少不了议论。上初中的妹妹忍不住直接问母亲，你的说法有什么依据？

母亲显然有些心虚，回答说："我也不知道呀，我还是姑娘家家的时候，你们的外婆就这么叮嘱我的。老家邻居的女儿生理期的时候，没守住老一辈的规矩，她家的呛菜真的就坏了，就出水了，就有一股怪怪的酸味。我亲眼看着她母亲端着一大锅长了许多白毛菌的呛菜对她直瞪眼：讲了讲了还不听，都说这呛菜小气得很！"

母亲叙述她的亲历，却越说越没底气："我也不信邪的，不知道怎么就应验了。"

到底呛菜为什么偏偏对特殊时段的姑娘们小气？是生活经验还是传统心理在作祟？似乎还不止这些，据说女性生理期的时候也是不许上香的。如今，它已经落地为一种禁忌一种风俗，对女性的偏见与轻视如此轻而易举又不动声色，实在令人惆怅。我不知道，潘多拉的盒子里还藏有多少不为人知的歧视女性的偏见！到底在心里，这些无解的偏见从此竟结成了许多细小的疙瘩。

十多年后，我的一位同事正沉醉在初为人母的喜悦时，没想到也遭遇类似的尴尬。

我们俩是同年入的职，同住一个大院里，后来又一块怀孕生子，同事加闺蜜彼此有说不完的体己话。有个周末我们相约带孩子郊游，聊到结婚生子，她说，有件事让她如鲠在喉。

记得生完孩子从医院回来的那天,全家人欢天喜地迎接我家新宝,铺床,喝酒。前来道喜的姑妈把先生拉进了里屋,正色地对先生说:她坐月子,你得跟她分床睡。

看着先生把铺盖搬到了地板上,姑妈才放心地回去。夜深人静,大家都安歇了,累了一天正要休息的自己却对唯姑妈的命是从的先生很是不满,用脚背蹭了蹭他,问道:

你就睡着了?

还没呢。

你姑妈不也是生过孩子当了母亲的人吗,我们女性分娩后的生理期是再也正常不过的,她不也是亲历者,怎么就被她说成那么不堪?她什么意思,嫌我脏啊?你就那么听她的话?

谁听她的话,姑妈年纪大了不就顺着她啰,做个样子而已。

先生说着,把铺盖又搬回了床上。

先生的举动很让我不满。

我对他说,我不喜欢那些歧视女性的禁忌。

他说,我知道。

同事满含郁闷地回忆,说完看着我,我们相视凄惶一笑,一种难以言状的情绪聚拢过来。

我们为身为女性的自己郁闷不乐。同事说,实在搞不清楚,到底从我们祖先的哪一代祖母开始,原本属于女性正常的生理现象,竟被视为一种不净的秽气。瞧瞧,现在都90年代的新世纪了,那些迂腐的痼疾还能从故纸堆里荡出来埋汰人。我们也是念了些书有份体面工作的,居然也遭到种种庸俗不堪的禁忌和如此没有尊严的嫌弃!

同事学的是文献学,学问做得好,干活手脚麻利得很。她说为这她还真去查了查,重男轻女的最早记录见《诗经·小雅·斯干》:"乃生男子,载寝之床,载衣之裳,载弄之璋。其泣喤喤,朱芾斯皇,室家君王。乃生女子,载寝之地,载衣之裼,载弄之瓦。无非无仪,唯酒食是议,无父母诒罹。"说的是生的男子,就让他睡好床、着华服玩玉璋,他的哭声响亮,将来做君做王;若生的女子,就让她睡地板、衣不蔽体,玩耍的物件也是瓦纺锤之类的,一辈子只配学做酒和做饭,不给父母留忧患。

同事说,她也理解早期的人类社会,男性的力量、胆识和魄力对族群的安全、繁衍乃至兴旺的意义,在他们的观念里,生男孩则兴国望族,血脉延续,所以才有了《诗经·小雅·斯干》的这段咏唱。遗憾的是社会不断发展,曾经的观念却固化成了文化的基因在人们的生育观里,以生男为荣生女为耻,这种观念不说过去流传广泛,且到了今日仍有余响。

我说那是。女性遭遇歧视、不公的伤害都还算是轻的,女婴被溺毙被遗弃被送出去这样令人痛心的旧闻传说,都不在少数。女性在旧时代,可谓命比纸薄啊。

5

想起我那个有着小麦色皮肤、长了一双漂亮的长腿,每天都快乐如风的小姑娘,我就会有一种心疼的感觉。还好,她生长在我们这样不算富裕却还算和谐的家庭,她可以自由地成长,并且得到我们每一个人的宠爱。渐渐地,女儿就到了成长的加速期,似乎风一吹来她就能长大的样子,那小小的胸脯和翘起的小臀部一天天地丰满起来。我知道我要更小心地呵护她,因为在女孩成长的花季里,还有那么多来路不明又不易察觉的伤害。也因此,我们对于灵动美丽的生命怀有莫名的代代相传的罪恶感,生命中那些激荡人心的美妙体验因羞于启齿而贴满了封条,不是被打入冷宫，就是被投入了地狱，它们也就慢慢地变得迟钝了退化了。

真该有一所如何当母亲的成长学校，更需要学习的，是如何当好女孩的母亲，以便她们在蝶变之时能帮助舒展她们的美丽羽翼。好在我懂得这个道理不算晚，常常睡前的道别，我会握住女儿的手告诉她：你的眉眼长得很好，我非常喜欢看她们笑了展开的样子。或者说：瞧你的小鼻子多像你的爸爸，好看极了；你的双腿这么修长，很难得的喔……

我能做的只有这些，不遗余力地去发现她的美好并给予赞美，希望来自我对她的每一次小小的欣赏，都算是给她撑腰，以抵御那不明来路的歧视与伤害。这个看着平和且日益文明的美好社会，却不知有多少刻板的认识与偏见隐藏其中，让我们的生活变得粗糙甚至粗暴，常常伤人伤己而不自知。令人懊恼的是，这些伤害不摆在明面上，不以大棒刀枪的面目出现，它们隐藏在琐碎的日常里恒常的无涯里，无处不在又无迹可寻。更令人遗憾的是，施害者往往也是受害者，甚至是来自温暖的家庭和挚爱的亲朋。

有一回，老家的三姨到省城看病住到我们家里，难得我们三代同堂一块看电视。八十高龄的三姨对剧中深情的拥吻大加讨伐，说外国人太不讲卫生，没有中国人文明，中国人握握手就可以了。看得出，三姨是男女授受不亲的绝对拥趸。自古以来，对男女之事都看管极为严明，所谓的"食不连器、坐不连席"的严明，更多的是针对女性，才有了这么多的芳龄女子被囚禁闺中，大门不出二门不迈便是。观念痼疾的影响对女性不仅是社会层面的，对于个体，生理的心灵的涂炭也许更甚。三姨对那组镜头甚是不满，并且这话匣一打开就没有立刻收住的意思。我深谙如此说辞对女孩成长戕害的杀伤力，我必须把三姨不良的古板教育基因及时地切割，不让她把什么宝贝传给我的女儿。我一边把我家小姑娘支开，一边岔开话题，打住三姨的话头，我真怕她这一派毫无遮拦的话语，给我女儿未来的生活投下什么阴影——在人格上是无端的矮化与打压，在心理上更是打击和摧残于无形。三姨是老一辈人，她只能按照那个时代的要求和标准来生活，他们给晚辈错误的示范而不自知。可我的同辈以至更年轻的一代，是不愿在这样的封建混沌中度过平淡无味的一生的。

能享受生命中高妙的愉悦是一件多幸福的事情！有一个好的母亲很重要，有一个包容温暖的家庭很重要，有一个文明且开放的社会很重要！因此，在我女儿还不到十岁的时候我就开始进入角色，告诉她，怎样欣赏自己的身体，怎样区别漂亮和美丽；什么叫子宫，什么叫女孩的生理期。

我看过一本育儿书，里面那段温馨而睿智的对话让人动容。

女儿躺在我的身边，我抚摸着她光滑的小手，告诉她："每一个母亲都有一座花房，母亲会把她精心挑选的花骨朵带到里面精心地培育。"女儿问："我也在你的花房里住过吗？"我说："当然。"女儿凑过身子，嗅了嗅刚刚沐浴后的我说："妈妈你真的好香。"然后拍拍我的肚子问："我真的在里面住过吗？"我说："当然。"我还告诉她："医生也把这座花房叫子宫。"

女儿问："为什么？"

我说："因为它是孩子的宫殿呀。"

"那里面一定很美。"

"很美。不过它每个月得装修一次，会出血，但不多，也不很疼。"

"我有花房吗？"

"当然。不过你的还只是一个花骨朵，等你的花房装修的时候，你就有一朵真正的漂亮的小花花了。到时候妈妈会好好地祝贺你。"

这是睡前跟女儿的一段对话。看得出，女儿对自己的成长不害怕，甚至还有那么一点点向往。

6

像小猫小狗一样，整天蹭着我黏着我的我家小姑娘转眼就长大了。在那棵樱桃树下，她曾和我有过约定，说是长大了要到我的单位跟我做一样的事情上一样的班。现在倒好，她有了自己的主见，居然变卦学了医学。本科毕业报考研究生，她又考回自己的母校湘雅医学院，挑的还是辅助生殖的专业。我母亲问："这个专业有什么说法？"女儿说："就是帮助不孕不育的患者或者患有家族遗传病的夫妇，生下健康的宝宝。""这个专业好，"母亲立刻说，"是做送子观音的好事！"全家欢天喜地。

那年的春天姐姐从国外回来休假，正好赶上清明节，我们约好去给外婆扫墓。按照往日的祭扫习俗，买了肉菜纸钱冥币香火。姐姐看了说："再买两个粽子吧，外婆最爱粽子。"

等倒了酒茶、摆好碗筷，端上粽子时姐姐的眼泪就下来了。小时候我们家孩子多，爸妈忙着工作，一大家子的事务都丢给了外婆。姐姐小小年纪就开始学着帮忙，姐姐说外婆有多苦多累只有她最清楚。在一个物产贫乏的时代，大多年节所需的物品都得自己动手，比如要包粽子、打年糕、蒸粉肠。尤其是备年货的时候，大冷的天最不容易。包粽子的工序相当复杂，得先把绿豆磨开了边，再泡上水，第二天才能把豆皮给淘干净。双手浸在冷水里，常常一泡就是几小时。外婆如此操劳，又担心我们女孩子家受人欺负，处处护着我们。"文革"时父亲是农校老师，学校乱哄哄的，外婆多半不让我们出门。家里没有男孩，姐姐是乖巧的姑娘，胆子特小，就我还精灵古怪些，又是刚长到五六岁的屁大孩子，不会引人注意，遇到一些出头的事大人不方便，也就指望我。一有批斗会外婆便小声地差遣我说："妹妹去看看，台上有没有你爸。"我穿过球场绕到教学楼的后边，到了大礼堂我从门缝看进去。回来对外婆说，今天没有爸爸，是隔壁的褚老师。

姐姐是我们家的大学霸，博士毕业后到哈钦森癌症研究中心从事生物遗传工程的研究。这是一个国际顶级的研究所，整个中心就有三位获得诺贝尔奖的科学家。姐姐说："小时候外婆太辛苦，现在我们都长大有了出息，却不能孝敬她老人家！"一边拔墓地周边的草一边掉泪。妹妹怕姐姐太难过，给杯子再添些酒时把话题岔开了说。

"外婆，我们都长大了，二姐的女儿万万今年考上了研究生。"

姐姐赶紧在一旁说："得跟外婆说清楚，要不她哪里知道研究生是个什么级别什么身份厉不厉害？"

"外婆我来告诉你，研究生相当于、相当于……进士。进士你总是知道的吧，万万是女进士。"妹妹补充道。

女儿研二那年，正好国庆节、中秋节两节叠加，我们一起商量着，带着中国月饼到非洲的埃及，去看那枚照耀过众神的古月亮。临行前女儿做了充足的功课，设计好了游览路线，她要去朝拜古埃及最重要的女神伊西斯——古埃及神话中的生命、魔法、婚姻和生育女神，她是完美女神的化身。在菲莱神庙，女儿把佩戴"王座"头饰的一位美丽女神指给我看，说："她就是伊西斯，掌管生育大权，我的前辈！"

"她是女神的化身，应该很有权力吧。"

"她的魔法还非常高强呢。"

女儿显然很崇拜伊西斯。从菲莱神庙出来，女儿偷偷告诉我说，刚刚她祷告来着，希望得到伊西斯的加持，博士考上北京大学的第三附属医院。

我知道北京大学第三医院，中国第一个试管婴儿的诞生地。

五月的南方已是满目葱茏，到了六月，这儿的绿色更是比太阳还耀眼。我们搬到这个小区正好第五个年头，小区的地盘小，紧贴着地面车位的后排，是唯一的一溜杂树，树种不多，也就三五种。在院子里，偶尔碰到邻居们聊天，说到栽种了六七年的树也该开一次花了吧。

我家车位正对着的是棵美丽的异木棉，这种树源自南非、喜光喜高温喜多湿的气候，又耐阴耐旱瘠，品相极好，在我这座南方城市遍地都是。它的树干直立挺拔，如伞的树冠婆娑雍容，聚生于枝端的花朵为粉紫色，形大而妖娆。盛花期更是满树姹紫、秀色照人，每天都能有近一两斤的落英呢。我们搬过来的五年时间，主干也长有近三十厘米的直径，但就没开过花。

女儿好一阵的紧张申请准备之后，考试进入最后一周的倒计时。周一取车上班时，车顶落满了紫色的花瓣，把我的车装饰得如花车一般。也不知道这棵从不言语的花树准备了这么些年的能量，如今一朝落英无数，真是让人喜不自禁呀。除了捡拾挡风玻璃的花瓣，其余的秀色我期待它们驻足的时间更长些。汽车过了天桥拐上清厢快速路，我把车速提起来后，此时的花瓣才纷纷落下，如天女散花一般。我惊喜万分地把照片发到家族群里。妹妹看得仔细，说："这一溜树，只你家车位的那棵开花呢。"女儿立刻说："妈妈你还记得不，前天晚上梦见外婆没说话，单是送我一束花。"在群里我跟大家解释，因为当时母亲刚去世不久，女儿第二天跟我说起晚上的梦境时既害怕又难过。妹妹在群里对女儿喊话："万万这是好兆头呀。我们四姐妹，就你妈妈生了你这么个女儿，我们的都是儿子。你外婆年轻时做梦都想生个儿子，现在有一堆的外孙，她反倒最疼你这外孙女。没准,你大考临近,外婆送你花儿表示独占花魁呀。"

妹妹对我说:"二姐,花神到你家了。"

果然,女儿顺利考进了北京大学第三医院,以当年第一名的成绩。

7

我是壮族后裔,关于花神的传说更是浪漫无比。

说的是,壮族创世女神姆洛甲孕育于花朵诞生于花朵,后来的子民均由姆洛甲花园里的花朵转世为人。姆洛甲因主管送花赐子之事而得花王、花王圣母美名。民间就直接实用多了,没有那么多精致的讲究,干脆就叫她花娘神。每年农历的二月和三月,正是百花盛放蝴蝶蜜蜂穿梭忙碌的时候,壮族各地村寨的女子便也忙碌欢乐起来,她们置办酒席,采买香烛纸钱供奉花神。她们着新装、涂胭脂,佩戴的鲜花是成群结队地到野外去采摘的。倘或有不孕的女子,得要佩戴更多的野花,以祈求花娘神赐花得子;若是有了身孕,就得更忙碌。为了让未来的宝宝出生后有灵魂,还需请师公到野外念经求花,在路边的沟渠架设花桥迎娶花神;若是如愿生子,在产妇的床边安上花娘神位,定期祭拜。花娘是她们的,她是生育女神和儿童的守护神。凡此种种,女性都是美丽美好圣洁的代名词。

我见过花娘神吗?我想象过。

缤纷的花瓣落满了衣裳,披肩的长发是花秀密的眉毛是花。女性被奉为人类的始祖,被塑造得如此绰约超然,我在埃及看到的伊西斯女神也是。她如此迷人又法力无边,她被视为伟大的母亲忠贞的妻子,是自然和魔法的守护神。在人类的文明史上,花娘神与伊西斯女神是同宗同源的。明江边上的花山是花娘神的庙宇，明江就流过我家的门前，花娘神离我们只几步之遥呀。晚风沉醉的夜晚，偶尔会想起辛劳的外婆领着我们去捡拾玉兰花瓣、夸赞女孩是花神的情景。那时的星空不似现在的辽远冷阔，它们亲切低垂在瓦楞边树梢上，如好友轻松描述她儿时的记忆，玉兰花那玉石的色兰花的香也成了我珍藏的锦绣。

花神大概就是这样降临的，她手捧月光，来到女孩的跟前。

2018年曾听过北大陈晓明教授的文学课，他在细说文本之后来了这么一段闲笔，说我们这些臭男人真没什么值得炫耀的，还不如世上的美女子，她们比我们早进化七万年。

课下我问陈教授："这七万年可有根据？"

教授说："是看过这样的资料。"

我略有失望。

教授倒是来了兴致，说："我对埋头干活的男生讲，好好干吧，谁让你们进化比别人晚呢。"完了，教授又补充一句："我这儿的规矩是，男生干重活累活，女生抹口红、蹬高跟鞋扬长而去。"

还是传说：当初造人的时候，并没有分男女。姆洛甲把采来的杨桃和辣椒撒在地上，让最初造出来的人抢。据说后来，抢到辣椒的是男生，抢到杨桃的是女子。

假定有来生，有转世，在辣椒和杨桃之间，你是否会犹豫？

（写于2023年5月双子凼）

芦花在飞

如果你是一粒种子或一株植物,你希望风把你吹到哪里呢?

齐白石说:"愿风吹我到钦州。"

在齐白石的梦里,钦州应该有这样一个村子……

钦州有荔枝,仲夏时节,钦州的街头巷尾摆满了待售的荔枝。那天,初来乍到的齐白石走到一个俏丽的荔枝女旁,问:"我能尝一颗吗?"荔枝女答:"可以的呀!"齐白石随手吃了,又问:"再尝一颗可以吗?"荔枝女答:"可以的!"齐白石又尝了一颗,接着又问:"我再尝一颗呢?"看着这位可爱的中年人,荔枝女笑答:"可以。"那天齐白石身上没带钱,可他从吃第一口开始就被这种香甜美丽的珍果迷住了。善良的荔枝女看出齐白石的窘态,捧了一把荔枝递到了齐白石的手上。第二天,齐白石拿着一幅自己刚画好的荔枝图,来到还在那里卖荔枝的荔枝女旁,说:

"我用一幅荔枝画，换你一把真荔枝好吗？"荔枝女虽不懂画，但她很喜欢这些画在纸上的荔枝，就答应了。齐白石以画的荔枝换吃的荔枝一时被传为佳话。日啖荔枝三百颗，齐白石一吃就吃了一个荔枝季。

齐白石问荔枝出处，荔枝女说："我家的啊……"

"你家在哪呢？"

"有芦花的地方，荔枝树长得最多的地方呗。"

荔枝季过去了，荔枝女已回老家。在钦州写生采风的日子，齐白石正处于人生最苦闷的一个阶段，钦州的红荔枝，似乎已点燃他内心的那束火焰。齐白石做梦都希望再看到那位用荔枝换他荔枝图的荔枝女。那个结满了荔枝也开满了芦花的村庄在哪里呢？

"愿风吹我到钦州"，许如此心愿的齐白石已是晚年，且移居北京多年。他已经不能再远游了，坐在宽敞的画室里，此时他已为中国书画艺术界首屈一指的翘楚，其画已让京城纸贵，但他仍然想念那个用荔枝图换荔枝的浪漫故事和他去过的那个地方——那个夏季漫长、房前屋后都长满荔枝树，六月果实满枝头的钦州。瞧他的念想多轻巧多惬意啊，"为口不辞劳跋涉"，想象一阵由北往南的长风，把他托起往南方吹送，一直送到绿叶红果的荔枝树下，就是之前那位荔枝女说的飘着芦花长满荔枝的家乡，用他的画再与那位荔枝女以物换物。那一定是个完全被漫山遍野的芦苇掩埋着的村庄，一个被华盖般的荔枝树遮着罩着的村庄，一丛丛时断时续的村舍瓦檐，像浮在雪白的花海上的一片片树叶，飘啊摇啊，把人的心揉得软软的，碎碎的，只要一阵风就吹走了；忽起忽落的芦花雀，忽近忽远的牛哞声鸡犬声，忽闻忽逝的妯娌们的笑骂声，忽隐忽现的村姑的花衣裳，让人心旌摇荡；逢春霁秋雨天，淋漓世界，整个村庄有半截就埋在云里雾里，有半截就浮在云上雾上，整片地就像一幅不着丹青的大写意水墨画。

这不过是一个民间传说的演绎与遐想，但在中国南部千岭万壑的丘陵地带，还真镶嵌着这么一个村子。

南方产珍果，都说广东的荔枝属上品，我觉得实际真不如钦州的好。隶属广西、偏于南疆一隅的钦州自然水果丰沛，钦州下辖的灵山大芦村则有"中国水果之乡的水果村""荔枝之乡的荔枝村"的美誉。大芦村之初遍地芦苇，劳氏祖先择其芳地以建房舍，到清康熙五十八年（1719年），建成了功能齐全、气势恢宏的民居建筑群。先辈为了让后人铭记前人的功绩，遂取大芦村之名。以后，村民们在自家的宅前院后都种植了古陛木树、樟树和荔枝树，每当家族添丁，又必定依照当地习俗，栽种几棵品种优良的荔枝树。也因此，这里荔枝的果相及果质均属上乘，荔枝的品种多达上百种。大芦村离钦州一百里地，不远，如此钟爱荔枝的齐白石是否造访过"荔枝村"呢？

"愿风吹我到钦州"，白石老人，您还不如直接到这荔枝村来呀。这儿村里村外，从山坡上、水岸边、田垌旁，到农家的庭前院后，满目果树葱茏，一年四季花果飘香，您可随自己之意，择一户而居。这儿良田万顷，人丁兴旺，四千多口的大村子啊，哪家都是高门大户，哪家都钟鸣鼎食，哪家都欢迎您，每位村民都是您的朋友。钟爱荔枝的齐白石，您就在这儿住下来。清晨起床，来碗小米粥？再来半杯大芦村家家都酿的荔枝酒？这果酒清香醇厚，度数不高，生津止渴，理气益血，正适合您这年纪。用罢早餐，您脸色慢慢地红润开来，精气神也足了，这会儿还真不忙着去作画，您到村子走一走。村子有三百多亩地呢，先到最早的祖屋镬耳楼转转，再到那棵有上百年树龄的荔枝树下与村里的长者老者聊聊天。有了年纪的人多半喜欢讲古，他们会告诉您，大芦村啊建于明嘉靖二十五年（1546年）呐，嘉靖皇帝在位时间很长，仅次于万历皇帝。讲古的老者慢悠悠地捋胡子清嗓子，就有绕膝的儿孙不满太爷爷的慢条斯理，打开手机，查了百度，把答案直接念了出来——史学家们都给予嘉靖帝一个不错的评价，认为明嘉靖是一个经济非常活跃的、农业技术和生产发展的、纺织品和手工业生产大规模发展的时代。如果您真去了，您可就都听进去了，知道大芦村正是在这样的大背景下兴建而起的。瞧眼下，虽说是村子的称谓，但全村却分了九个大的园区，极尽明末清初岭南豪宅的建筑风格之能事，气派得不行、豪华得不行。

我到过两次大芦村，都是陪着友人在暮色将晚时分赶圩一般匆匆走过。那时太阳已经偏西，光线已由原先锃亮的高光过渡为昏黄的暖色，斜斜地打在乌瓦灰墙上。偶一抬头，看到像是许多细碎的金子在几百年的瓦楞上蹦跶着。五千多年的文明古国啊，乡间藏有多少这样的古村落呢，它们把旧时光凝固在门楞回廊上，五千多年的文明信息也基因一般地镶嵌在一砖一瓦里，它们仿佛人间的舍利子，在看不见处总传递着幽微的能量。

芦花在飞。芦花就是诗一般的生灵，它把魂儿留给了这里的人们，家家户户书写悬挂的修身、持家、创业、报国之楹联牌匾——"求名求利，须知求己胜求人""读书好，耕田好，识好便好""创业难，守成难，知难不难"。这些文字都深入浅出、耐人寻味，浸润了一代又一代的大芦村子民，使乡亲邻里同感共染，让人们能诗意地栖居。大芦村出书生、举人、贡士、进士；不出状元也罢，都可以以文自居了。三百多副楹联牌匾，也为天下一绝；这是个读书的村庄，这个传统，从古至今，传了几百年，后来的读书人都得要朝拜它。

白石翁到过那里吗？

（载于2020年10月3日《钦州发布》）

灵渠上河图

> 灵渠是世界上最古老的运河之一,渠上浮城,两千年的繁华,留下的一切亦不可泯灭。
>
> ——题记

一、一条水渠波浪宽

都记不住已经来过多少回了,总之,这里是值得一来再来的。沿着南北渠边,一直走下去。

灵渠,这条开凿于两千多年前的人工运河,从它开通至今,没有一天停止过它生命的繁华。在中国的地理版图上,它体如微尘,细如鸿毛,但它在中国的历史上举足轻重,曾经发挥过惊天动地的作用。直到如今,它还像一根扁担一样一头挑着湘江,一头挑着漓江,成为连通长江水系与珠江水系的唯一通道。

或者,说灵渠犹如一杆秤,实则它就是一杆秤,把发源于兴安县境内的湘江水一分三七,活生生地工工整整地改变了三分湘江水的流向，使湘水分派，以湘补漓，同时使长江和珠江两大水系联系在了一起。这杆秤，称了两千多年，称水，称水，浩者如斯夫！宏者如斯夫！逝者如斯夫！

或者轰轰烈烈热热闹闹，或者悄无声息寂静无声，它就是这样流着，已经流了两千两百多年。

千年一瞬，江山不改，人生易老，王朝易度。秦始皇结束了春秋战国诸侯纷争的局面后，修灵渠征岭南，统一了大中华的行政版图，建立起一个中央集权的统一多民族国家。他自己没活过50岁，13岁即位，在位不过37年，他的大秦国也轰然坍塌。以后至清，数千年的王朝更迭，无一不受利于灵渠。军需商贾船帆过往，灌良田溉民需，望尽代代王朝的繁华与衰败。王朝改了，灵渠不改，至今仍健步匆匆。

两岸的古道，每一块青石板上都重重叠叠地覆满了两千多年无数的脚印和蹄印，又在岁月的雨雪风霜的淘洗下，结出了硬朗刚健的包浆，似乎在宣示着：任你再踏上几千年，它都不可能被磨损。

一代代的灵渠鱼虾，尽管危机四伏、躲躲藏藏，但它们仍然不离不弃地与灵渠为伴。它们总是家族兴旺地活得非常惬意；它们总是游姿翩翩，在墨绿的水草丛中闪闪烁烁、寻寻觅觅地与透明的鱼饵游戏，与比它们更小的生物展开一场场的围猎。岸上抛下的鱼饵对它们来说就是别人的赌注，当赌注够大够香够具魅力的时候，它们当中就一定有勇者奋不顾身地向前一咬。这当中，大多死而无憾地被钓走了，消失得无影无踪；有的则为群鱼拖回一块美食。

一代代的灵渠水草，一岁一枯荣。曼妙的体态，墨绿的影子，一袖清风如云仙飘袂，逶迤多姿地驭水而舞，任由银鱼水马和数不清的混世浮物纵情其间；两岸的落英一年四季地缀满了水面，渠边拾阶洗涤的少妇，不时地就得用手拨一下，怕碰了她的衣物。

灵渠里的天色千变万化，远远望去，泛着波浪的云朵与渠道绿水里的流云融为一体，不分天上地下。长年长在渠水里的倒影与长年长在渠边的草树总让人辨不出孰真孰假。下大雨的时候，渠里便开满了水花。初春与深秋两季，雾锁楼台，此时的灵渠，就被半掩半埋于空蒙的水气之下，爱煞闲人。

昔日的乌篷船，时过经年世事变迁，在灵渠里最终留不下它的身影。取而代之的游艇，自然冲淡了游人雅士的古之幽情。相对而言，我更喜欢更留恋那些与船家命运紧紧牵连着的乌篷船。阳光把乌篷的竹木晒得黝黑，在水的淘洗中重塑了它这般不同寻常的容颜。

船还不是，灵渠的水才是，才是这条水渠的主角和明星。湘水浩大，经铧嘴分流之后，在狭窄的渠道里更为汹涌而急切。当陡门乍泄，那股冲劲更是强盛。那水声太嘈杂了——有浑宏的撞击之声，有纤柔细软的避让之声，有水草吸水之声，有饥鱼喋食之声；水马滑行，惊雁掠岸，桨舵摇曳，樯橹坠升，渔夫撒网，涤妇洗衣——灵渠的响声是这般地迷人。

远远地，是越城岭、海洋山两大山脉的影子。猫儿山就像一只巨大的山猫蛰伏在山脉的最前端。猫儿山是华南第一峰，也被称为"山海经第一山"。据说是加里东运动、燕山运动、喜马拉雅运动等几大地质运动而起的一道皱纹。漓水之源，自北向南，优哉游哉地玉成了"江作青罗带，山如碧玉簪"的甲天下的漓江美景。而从海洋山奔泻而出的湘江水，一径向北，玉成湘楚；再向北，汇入长江。从此长江珠江大江汇聚，广溉华夏，一方中原，一方岭南，山与水的奏鸣曲，上演的是几千年壮哉美哉的民族历史文化。

湘江里的月亮、灵渠里的月亮、漓水里的月亮，是一面面水中的镜子，即圆即碎，圆了又碎，碎了又圆；一条闲鱼就可以搅乱了一圆月梦，让月亮一碎再碎。如果不是时隐时现的水涵搅动的水声，虫歌鸟唱的交响曲也就少了恢宏的元素与色泽。

灵渠的灵气仙气豪气浩然之气，伴随着铁蹄踏破的军旅铿锵之声，汇成的这支交响乐，从此绵延不绝，我们听了几千年。

千年以往，这条水渠竟让数不尽的文人墨客各路名流一次又一次地驻足，为它留下了一大批诗文。新中国成立以来，几代党和国家领导人都曾先后到灵渠视察，对灵渠的保护和利用作出重要指示。历任国家领导要职、以浪漫诗人著称的郭沫若先生在翦伯赞等人的陪同下，携妻于立群游灵渠，难掩其激情，于是挥毫泼墨，留下了著名的诗篇《满江红·灵渠》，并被刻在了灵渠边的石壁上，该石壁成了后人游览灵渠胜景必到之处。

写灵渠的诗文数百上千，我也禁不住执笔抒怀：

陡军的歌调／纤夫的号子／叫卖的酒肆／两岸的灯红酒绿／杯觥交错／不觉间／夕阳已用血红色／涂改了江山

我诗故我在。

二、流走的王朝

人生易老，王朝易逝。

很多人只知道曹冲称象，却不知道比曹冲早了数百年的史禄用称江之术为湘江分流。曹冲只是为他父亲曹操称出了一头大象的重量，这一智慧游戏满足了曹操的好奇心虚荣心而已。而秦始皇和史禄的伟大工程，却改变了河山和百代千秋的历史。不论怎么说，秦始皇可谓一代天骄。他一生完成了几件大事：统一六国；统一了文字；统一了度量衡；开凿灵渠，进而统一了中国。

历史学家曾做过各种假设，假设没有嬴政，假设不是嬴政，假设没有商鞅变法，假设不是远交近攻急进兼灭，假设不是先灭韩进而赵，假设秦王输荆轲赢，假设不是先楚后齐，等等。假设的历史，虽然没有发生，但并非没有可能。往往，只差一个极微不足道的细节，历史就改变了方向，成了另一种模样。韩赵魏楚燕齐，败前败后，假设更是纷繁。

而这条灵渠，小得不能再小的运河，在无数的假设中，成为一种现实，从而改变了一个王朝的历史，改变了中华的历史。真应该感谢这一伟大设想！从某种意义看，灵渠应该是世界上最早的水上高速公路。在两千多年的岁月里，它一直是从中原到岭南最繁忙的通道。

建起的灵渠，整个工程也像极了一个王朝，一个由古代科学技术构建的融军事交通与水利灌溉为一体的工程王朝。拦河的堰坝、秦堤，称水分流的铧嘴、大小天平、泄水天平、水涵，储放的陡门，通道的拱桥，汲水和上下船的码头，卫戍和操控的陡军。大湾、祖湾、铁炉、禾上、霞云、霞幔、竹头、门限、鸾塘……众陡之上，巨舫鳞次，浮舟过岭。更迭的是王朝，带来和带走的都是繁华。

从一开始，灵渠就是带着一个王朝的使命而来的。屠睢征百粤，三年兵不利进；史禄凿渠，以解军需；五年凿通，岭南一统。至唐宝历元年（825年），李渤重修渠，立坝树陡。唐咸通九年（868年），刺史砌堤，陡增十八重。北宋再修，耗钱数百万缗，"燎石以攻，既导既辟"。元至正十四年（1354年）又修，以通舟楫。明两次再修，"用巨石以甃铧嘴，措鱼鳞，缮渠岸，构陡门"。康熙乾隆嘉庆光绪各朝均拨款修缮，维其繁华。时至今日，王朝不再，渠水仍流，山河依旧，大江依然。君王圣大、王朝浩大，在时空面前，在历史面前，也不过白驹过隙，倏忽一现。

后人最需祭奠的似乎还不是君王，而是在灵渠修建和维护史上最有贡献的四大名臣：秦监御史禄、汉伏波将军马援、唐桂管观察使李渤、唐桂州刺史鱼孟威。在南渠北岸建四贤祠，又名灵济祠和灵济庙，并有四公的半身塑像。这不知建于何时的四贤祠至今尚在，在绿树花丛的掩映下日夜陪伴着这条长流不息的古渠。

在灵渠南岸，让人们特别好奇的地方还有一个已被自治区政府确立为文物保护区的、史上尚存悬疑的三将军墓。墓碑立于1791年，这是由当时灵渠水街的老百姓募捐而建的。上面刻着"明朝敕封张刘李镇国将军神墓"，据说是个衣冠冢。但至今也无人说得清这三位将军的真名实姓，于是只能传说。说凿渠之初，张、刘两位石匠先后受命主持修渠。在工程即将完工时被猪龙破坏，两位石匠也因延误军机罪被杀害。李石匠继承张、刘遗志继续修渠，终于感动上苍。于是，菩萨用峨眉山石将作恶的猪龙镇压住，李石匠也终于成功修渠。可叹的是，李石匠因不愿独享功禄而在灵渠岸上自刎谢义。后来的皇帝感其忠厚，追封三公为镇国将军，后人则为纪念三英雄而立此碑墓。而后拟的墓碑碑文也许更具公信力："三将军墓由来久矣。其遗事记未详载，相传筑堤有功，敕封镇国将军，卒于吾邑，合葬东北山阳，三公一冢。则是生为当时良佐，死为后世福神。故吾邑立庙崇祀者二处，其墓虽有碑记，载事亦略，矧世远年湮，土崩石裂将至颓泯。吾侪不忍坐视，重修立石，以垂不朽，庶神圣名播千秋，而吾邑福隆万代。"

灵渠上还有石桥几座，那是几毁几建的万里桥，琉璃瓦、双重檐、四阿顶的沧浪桥，虹式单拱的接龙桥，还有粟家桥、三里桥以及民国期间由宋美龄捐建的美龄桥。沧桑岁月，淘尽英雄也淘尽了滴水可穿的岸石伊桥。可叹可叹！清流尚在，石已老矣。流走的唯有王朝。

只要灵渠还在，渠水之上的城郭还在，一篇篇的史卷，像当年和百年千年的考卷一样还在，成败对错，浊耶？清耶？或如流水，不舍昼夜！

三、舌尖上的王朝

不要以为，接下来我要说的是山珍海味美食佳肴，舌尖上的王朝，其实是一杯苦酒。

在遵循丛林法则的野蛮时代，统一的大业与血腥的杀戮是紧紧连在一起的。公元前219年，"六王毕，四海一"，平定了中原之后的秦始皇开始了他由北而南征伐的战略实施，挥师南下进攻岭南。如日中天的秦王朝，表面上看兵强马壮国力丰厚，但实际上因连年伐战，百废待兴，财力已非常有限。其南下平定"百越"的数十万大军，遭遇被谑称为"南蛮"的越人顽强抵抗。损兵折将之下，为辟兵道，为解军需，打通长江与珠江水系、凿渠通航已势在必行。本来就是因为缺乏粮草军需而修渠，但结集数十万劳工和军士靠肩挑身扛拳砸手凿，在残暴的军头、监工的刀剑皮鞭之下日夜劳作，残酷与艰苦难以记叙。当时的秦军，在正常供给的情形下，是历史上标准最低的。当时，前线的将士和后方有爵位的官人平均每天有一斤到一斤半的粮食，还有一点盐酱和菜汤。而后勤人员的供给是前线军人的一半，最低时甚至只有三分之一，而民工则更少。露宿风餐，甚至茹毛饮血成了常态，何来美食之说呢？当时的卫生条件也极其恶劣，加之战国时期还没有厕所，也没有污水处理的习惯，可以说是遍野遗矢，浊臭营盘。环境恶劣不足以夺命，要紧的还是来自饥馑的威胁。几乎是什么能吃吃什么，逮住什么吃什么，而杀马食肉、杀狗食肉在饿殍病殍遍野、数十万人聚集的地方，早已成为陋习。一个王朝的建立和维护，靠的唯有粮食，无粮不聚兵。但这多难啊。

没错，传说中桂林米粉就是为解北方将士乡愁被发明出来的，它活在了后人诗一般的描述里：兵不解甲的秦军吃不惯南方的大米，思面成疾，于是，聪明的伙夫参考北方面条的制作原理，经过不断摸索，终于找到了制作"南方面条"的方法：泡米，磨浆、滤水，揉团，半蒸，杵舂，榨煮成粉；再用郎中开出的专门对付岭南瘴气的八角、桂皮、陈皮、丁香、山奈、花椒、茴香、香叶、山姜、草果、甘草、红辣椒、香葱、生姜等十几种草药各几克十克几十克，加上油盐酱酒等美食调料，经七蒸八煮，大中小火焖炖熬煮，调出香汁；再选出上好马肉洗净去腥，漂煮，卤制，油炸，再加干烧脆皮猪肉；然后，以米粉为底，卤汁为肤，马肉与干烧脆皮猪肉为表，浇上花生油与猪油混合炼出的香油，外加卤干、卤蛋、油炸花生、焦豆、葱花、蒜蓉、酸辣椒，干捞或者加上筒骨上汤，一碗桂林米粉就可以端上桌了。

这确实是真美真香真好吃一碗热气腾腾的桂林米粉，一旦吃过一回，足叫人没齿难忘、一世念想。直至今天，纯正的桂林人特别是灵渠边上的兴安人，出门出国，浪子归来，下车第一件事不是回家，而是到粉店先吃上一碗正宗的桂林米粉才打道回府。

在当时，用的并非纯正的大米，而是用由稻、黍、稷、麦、菽等五谷杂粮混合而成的粗米浆。当然，相对大多靠糇粉和干饼充饥的修渠的士兵和劳工，这样一碗米粉，简直是仙食了。

当兵苦，当马也苦；当兵哀，当狗也哀。舌尖之上的王朝永远是苦涩的。与人为伍的忠诚卫士和猎手——狗，常常因人的饥饿献上最后的忠诚。与人为伍长年累日披星戴月劳作不息的马，常常也因人的饥饿献上它最后的忠诚。狗肉马肉，最终成为这里的千年美食，恰恰是和一条人工运河和一个王朝紧密地联系在一起的。

现在的桂北美食，已称得上是饮食世界中的一个独立王国，并已成为一个风格鲜明的独立菜系，是岭南地区桂菜的主流之一。"没有三斤半，不过兴全灌"，兴全灌分别指兴安、全州、灌阳。字面上看，说的是三地男儿酒量大酒性高的酒俗，实则指的是美食。美食配美酒，方可尽兴。而灵渠的美食，更是桂北菜系中人们舌尖上的佼佼者。那道用谷雨茶打出的油茶，一开餐就锁住了你的咽喉，让你再也跑不掉，非得一而再再而三地、鬼使神差地再喝再来，无始无终。醋血鸭、白果炖老鸭以及围绕喝着湘江水和灵渠水长成的鸭品，在每家饭店餐馆的菜谱上至少有十多种做法。最值得你一醉方休的还有这里的粉宴和架子宴。

粉宴吃的是灵渠的兴安桂林米粉，祖传正宗，大约有三十六种吃法。少说的是三类：汤粉、干捞、炒粉。汤有十几种汤，又分烫粉的汤和煮粉的汤。干捞粉和炒粉，做法也有趣，连吃法都分先凉拌后热汤或先干炒后加汤的。量呢，大多一两起算。平时能吃三两粉的人，你至少可以吃三种三碗。如果量大，上不封顶。现在有人谋划着出杯粉、勺子粉，量少种类多。你一餐就可以吃上十种以上的灵渠正宗桂林米粉。多美好啊！

桂北的冬季天寒地冻，加上潮湿，难耐非常。灵渠多水，多雨的冬天阴冷，湿气沁身入骨。所以一入冬，灵渠人几乎就离不开火塘。百姓人家，平日里吃饭，在火塘上架上火锅，火锅上架上一层铁架，肉菜素菜一锅乱炖。久而久之，饭店里也就如法炮制，一层不够就两层，两层不够就三层，一直铺垫上去。于是，架子宴就这样被吃出了名声。虽不登大雅之堂，但也足够热烈隆重。真正的食客和喜爱体验民俗文化的大雅之人，基本不在乎架子宴的平俗，设宴必点的就是架子宴。图它的温暖和热烈，以及锅里的那口汤。而汤又有无穷的奥妙，第一道清，第二道浓，第三道浊，第四道浑，第五道已五味杂陈，像是人生一世、戏剧一场，也可以是好诗一首、闲文一篇，甚至是烈酒一杯热茶一壶。架子宴是很难吃饱吃够的，直吃到你站不起来，才突然发现吃过了吃撑了。这种撑的感觉好啊，酒足饭饱，宾朋皆大欢喜。

小食果品种类繁多，灵渠边上的葡萄，老村的芝麻米花糖，溶江的米酒，湘江的河鲤，等等，这些串在灵渠这根藤上的美食真是美不胜收呀。

民以食为天，食以舌为王，舌尖就是王者之首，所以谓之舌头。舌尖上的王朝，也正是朝代与时代最典型的折射。舌尖上的滋味，收纳的尽是现实的况味。如今，舌尖上的灵渠，舌尖上的桂林，舌尖上的中国，味道好极了！

四、鱼鹰之死

与人为伍／一定要选一个穷的人家／以便结为联盟／在我们的命运之间打一个实结／大家这样才会／每天都要去打鱼／关关雎鸠

——鱼鹰唱的歌

第一次到灵渠，给我印象最深的，莫过于江里渠上捕猎鱼虾的鸬鹚（俗称鱼鹰）。

每每朝阳初照或夕阳西下，湘江铧嘴一带，从灵渠下游的渠段湿地到漓江、渠江面上，人们都不难看到一幅幅颇富诗情画意的竹排撒网、莺飞鱼跃、鸬鹚欢腾的渔猎图景。竹排逍遥、渔翁唱晚以及比人还要勤劳的鸬鹚,早已成为与桂林山水浑然一体最典型的剪影。

远离红尘,诗意地栖居,必定得与这《诗经》中描绘的"睢鸠"(鱼鹰)为伍啊!

靠近灵渠铧嘴的一个村庄,村民们祖上都是从江西和湖南随军来到灵渠的,主要靠养鹰打鱼为生,于是人们便叫它打鱼村。

偶遇一位文姓老汉,和他聊了起来,而且越聊越深。

他祖祖辈辈就住在灵渠边铧嘴斜对面的打鱼村上,以打鱼为生。他们家养了八只鱼鹰,有两个竹排,每天天不亮就开始打鱼,一直忙到天黑了才回来。

老汉年近八十岁,身板硬朗,肩背挺直,没一点要萎缩颓败的意思。如果不是肤色,你甚至感觉不出他的沧桑。他一大口一大口地抽着烟,然后又悠悠地吐出。"我好人当了一辈子,只赚得一个抽烟的毛病。但没有它,我恐怕早就死了。"他自言自语地说着,一副暗藏故事的样子。

"打鱼?你问我们村为什么叫打鱼村?打鱼呗。靠打鱼吃饭,不是一家,是家家,是整条村子,一百多号人,多的时候,有两百来人。自古以来,我们这个村子靠的就是打鱼。打鱼村的名字就是这样来的。"

"这条河鱼多,多得不得了。你问怎么个多法?我只能告诉你:像水草一样多,而且一年到头不停地长,这是老天让这条河长的生的,老天赏我们饭吃。当年秦始皇来灵渠视察,听说水里游的都是鲤鱼,坐下就要吃一碗鲤鱼须。皇帝要吃的东西,不能没有,几分钟上不来,可就得砍头的。情急之下,火头军上了一碗也就是灵渠人发明的今天大家口口相传的桂林米粉。这碗米粉圆噜滑溜,淋上卤水,就像一根根鲤鱼须。不承想,秦始皇高兴得连声称道说好吃!于是火头军被叫到跟前,问他,这碗鲤鱼须是怎么做的？火头军一头跪下，连声说罪该万死，他自供犯了欺君之罪，把米粉当成了鲤鱼须给皇帝吃了。其实，秦始皇早已心知肚明，他要了解的是这碗由灵渠人发明的'南方面条'，究竟是如何解决他数十万北方士兵水土不服、不习惯南方饮食大事的。他只是没想到的，这碗米粉竟然如此美味。高兴之余，不仅赦免了火头军，还当场奖励了军中所有的伙夫。趁着吃了米粉的高兴，秦始皇当场宣布要在岭南设桂林郡，并说，既然设郡桂林，以后，这碗东西就叫桂林米粉吧！"

他激情叙述，如亲历者。其实不过一个传说！

关于传说，在各种出版物里都找不出什么依据，当地的学者和文化人也没有相关的文字记载。但是，谁又能保证不曾有呢？我也常常纠结桂林米粉的正宗和非正宗的问题，这天似乎终于有答案，因为桂林米粉一出了桂林，就开始变了味。比如，往南边，到了南宁，圆粉常常就变成了切粉，因为南宁人喜欢吃切粉，就用切粉改造了桂林米粉。

我们继续回到打鱼村的故事。

"鱼鹰也喊鸬鹚。过去，我们打鱼村家家都养，一家至少养七八只。船多的大户，也有养十几二十只的。我们整个村子都靠打鱼吃饭，每天打的鱼就拿到街上去卖。以前这里的鱼很多，根本抓不完。我们打鱼也用网，但主要是靠养鱼鹰来打鱼。我们家养了八只鱼鹰，有两个竹排。我跟我爸每天出去两趟。一早一晚，两头蒙。什么喊蒙？天亮不久，天没有黑完，蒙蒙亮，蒙蒙黑，这时鱼最多。鱼鹰这个时候也最勤，早头它最饿，所以要捉鱼；临夜它想吃饱，饱了好睡觉，所以这个时候也最勤跑。鱼也是最爱在这种时候出来找吃的。鱼鹰个头很大，公的七八斤一只，母的五六斤一只。打鱼的时候，把鱼鹰挑在竹竿两头，最多就有六只，每边三只。还有渔网鱼篓，摇摇晃晃的，雄头得很呢！

"鱼鹰跟我们就像是兄弟姐妹，跟家人一样，非常的亲近，它比渔网更重要，少了它真的不行。鱼鹰也是排座次的。最厉害的是头鹰。每天出去打鱼，每到一处，它肯定是第一个下水的。它一个猛子扎下去，如果衔着一条鱼出来，再扎下去，再衔一条鱼回来，说明这里有鱼了。

"我们的船队才停下来，要么铺开一个面，要么围拢成一个大圈，然后竹竿一扫，把所有鱼鹰全部赶下水去。这是最激动人心的时候，水下，鱼鹰翻腾，挠得水面一片浪花。不出一阵子，你就会听到水叫，人叫，鹰叫，鱼也叫；鱼鹰和鱼鹰、人和鱼鹰为抢鱼虾弄得天昏地暗，忙成一片。

"鸬鹚都是倔头鸟，一扎到水里面去，如果发现有鱼，这条鱼就算跑出几百米上千米，就算跑得再远，它都会跟着这条鱼追下去，直到这条鱼放弃逃生。"

诉说着打鱼情景的时候，只见老汉眼里直闪着像捕猎而归的鱼鹰的眼睛一样的光芒。那是一种激越的、奋不顾身的、勇往直前的信心和勇气。他忘情地沉浸在诉说的情景里，好一会，才平静下来。

"一只好的鱼鹰，顶得上几个壮劳力。一年四季，它都会跟你出去打鱼。每天少则十几斤，多的时候可以抓到一百多斤。一百多斤是什么概念？白花花的钱啊。一年到头，真不知道它为这个家赚了多少钱了。除了柴米油盐，穿的用的，娃仔上学，生老病死，哪样都得从这鱼鹰嘴巴里出。

"学大寨那时，做一天工最多到顶也只得十个工分，十个工分就是几毛钱而已，就是一斤鱼的钱，但是打鱼我眯眼都打得你几斤。

"你不知道，得一只鱼鹰在我们打鱼村相当于什么吗？相当于仔女，跟得一个娃仔是一样的。哪家如果孵出来的是个公鱼鹰，等于得了个男仔，不，比男仔还要让人高兴，全村人都会聚集起来隆重喝酒庆祝，高兴啊。如果死了一只鱼鹰，全村人都要为它难过，那种难过，就是连男人都要流泪的难过啊！"

"你也为鱼鹰哭过？"我问。实在震惊，人和鱼鹰竟有这等刻骨的情感。

"怎么没有？

"那年，我们家得了一窝鱼鹰。这窝仔，打小就是我一口一口喂大的。

"每次我和我爸挑着它们出去的时候，一路走，满村人见了都跟我家长得最雄头的那只鱼鹰打招呼：妖麻，妖麻！那种亲热就像喊他们的娃仔一样。你不知道，这个妖麻长大后就成了整个村子的头鹰。妖麻长得那个'雄头'，怎么形容都不过分。毛色像涂了一层蜡，眼睛是蓝的，个头也特别大，足足有十斤重，它的老婆也是一只最漂亮的母鹰。别的鱼鹰晒毛要晒好久，它抖一下干了又可以下水。几大的鱼它都能抓，一咬住就不放。有一回，它碰上了一条鲶鱼王，那条鲶鱼有二十几斤重，像个娃仔那样大。刚拖出水面，鲶鱼王一个打挺就把妖麻拖下去，一直拖出几百米远才重新浮头。刚浮头，鲶鱼王一个谜子又沉下水底了。一连七八个水上水下回合，左右左右，都在百米以外，还不见胜负。人根本帮不上忙，其他鱼鹰也帮不上忙，因为两个王者决斗，速度都太快了。

"最后的结果是鲶鱼王败给了鸬鹚王，妖麻死死扣住的，就是鱼王最薄弱的眼睛，鲶鱼王最终被制服。最后一次两王双双浮出水面时，鲶鱼王已累得奄奄一息。这时，其他鱼鹰一拥而上，把鲶鱼王固定在它们锋利的嘴喙上。

"没有哪条鱼能逃得过妖麻的追击。"

我不是鱼鹰，也不是打鱼村的渔民，但我感受得到像妖麻这样的头鹰，在猎鱼生涯中出生入死般的搏斗以及它非凡的禀赋。它能迅速地为打鱼的船队和它的鱼鹰伙伴们找到鱼群的踪迹，甚至找到鱼窝，它就有这了不起的本事。如果它是人，肯定能成为劳模或英雄。

妖麻的名字起得也比较特别。鱼鹰一般都没有名字。渔民们对它们的吆喝声就是它们的名字，只有鱼鹰头才有名字。鱼鹰有鬼鸟之称，妖麻用妖，算是接近"鬼"的尊称。正解应为"精灵"之意。

"后来呢？妖麻后来怎样了？"我问。

这刚强的汉子在我的追问下低下了头。

"它死了。

"溺死的。哎，真是太让人伤心了。"

鱼鹰能潜水，但时间有限，它的体能也是有限的。

"那天，它为了追一条大鱼，我们看着它一直追到靠近灵渠坝首那边，像往常一样，我们只要在这边等着，妖麻最终都会把鱼拖回到我们的船边的。

"二十几分钟过去，妖麻还不见回来。

"我们这才慌了。大喊着妖麻的名字，整个船队以扇形阵势一路狂奔过去。妖麻不见了。我们全部都跳下水去，潜入江底。通常情况下，水草是缠不住鱼鹰的。但最担心的事情还是发生了：在河床底，妖麻被水下的渔网缠住了。它捕了一辈子的鱼，一辈子跟人、跟鱼还有围鱼的网打交道，依靠渔网围起的铜墙铁壁捕猎它所要的战利品，但终被更凶猛更狡猾的鱼引到了绝路。

"那天，都过了好久了，扎下去的妖麻都没见浮头，我急得眼泪都流出来了。跟我一起去打鱼的伙伴都跑过来问我是怎么回事，我说我们家的妖麻可能被卡在下面了。结果，我们全村的男人和娃仔都赶了过来，跟我一起扎到河里边找，找了半天没找到。有人就说，妖麻可能追去很远的地方了，说不定，它追到对面山对面河去了。

"我开头还不信，后来，有人在对面很远很远靠近灵渠的坝首那地方，才发现它在水下面被一张破渔网缠住了脚。发现它的小伙子当时就哭了起来，捞起来一面哭一面告诉我：它死了！

"当时，我和在场的六七个男人都号哭起来。

"那天晚上，全村的人都来了，给妖麻送行。哭声响成了一片。

"每次死了鱼鹰人们都要哭，但妖麻的死给村里人带来的损失是不可估量的。

"那几天，不用请，我们全村人都自然地聚在一起，不单女人哭，男人们也都流了泪，为妖麻哭丧。那几天，也不知道哭了多少次，直到下葬后过了好一段时间。

"以前，我们每次出去打鱼，回来高兴的时候，大家都聚在一起喝酒。喝酒的时候，只有妖麻能够以鱼鹰王的资格站在我们旁边，久不久我们就给它递去一块鱼肉。像这种鱼鹰王是很难得的。自古以来，我们村因为以打鱼为生，跟鱼鹰可以说是结了生死之交。全村不论哪一家的鱼鹰生了个崽，如果是雄的鱼鹰，全村人都会聚到他家去喝酒庆贺；鱼鹰老了病了的时候，就要供养它；鱼鹰如果去世了，大家都要给它送葬。

"我们哪怕饿死，从来都不吃鱼鹰的。

"妖麻死过后的第二天，一条满身伤痕的十斤重的大鲤鱼浮在了灵渠坝首的岸边。我们把这条奄奄一息的大鲤鱼捞起来，放到了妖麻的坟头。

"过后有人还责怪我们，说当时我们太年轻，没有经验，不会救。如果我们发现妖麻的时候,用绳子或什么东西把鱼鹰的屁眼捂住,不让元气泄掉,溺水的鱼鹰兴许还是会活过来的。"

那么多年过去,老汉仍难掩伤痛之情。他认为他做了一件不容原谅的事。是他的大意害死了他的爱鹰。他也痛恨那个乱扔废物的家伙,如果不是那张网,他的妖麻会寿至30岁以上,也就是人的百岁之寿。

也许就是因为这,打鱼村的这条汉子从此不再打鱼。

他说这些时,音调和眼神仍然充满了对鱼鹰妖麻的深深不舍。

如今,打鱼村早已不再以打鱼为生了。跟许多乡村一样,改革开放后,整个村子走上了以农业为主的综合发展道路。也因为生态环境遭到破坏,河里的鱼逐年减少,已不足以支撑一家人更别说整个村子的生计了。打鱼,只是他们的一种业余所为,多为口福。也还有人打鱼来卖的,只是聊补家缺而已。

鱼鹰也就是鸬鹚,早以一种文化精神烙在了打鱼村人的灵魂深处。

在村头,我看到的是由当地政府立的一块撼人心扉的一组红色的标语广告牌。

鸬鹚精神:

钻得深——克难攻坚

潜得下——深入群众

抓得住——造福人民

要做潜水捕鱼的鸬鹚,不做浮在水面"嘎嘎"叫唤的鸭子。

说实话,这是我看到过的最具创意同时也是最让我动容的一个时代口号。

这条江啊！打鱼的竹排、老人、鱼鹰的形象，早已成为桂林山水最经典的画面，而其中的故事，正是从灵渠开始传到漓江的。2019年，第五套人民币发行，20元面值的人民币背面，漓江山水跃然纸上。最为抢眼的，正是山水、竹排、老人和鱼鹰。而老人形象的原型，正是一位在漓江上与鱼鹰为伴打了一辈子鱼的渔民。

这位被称为"20元人民币老爷爷"，从12岁时就跟着父亲在漓江上打鱼，如算上虚岁，可谓是八十年如一日，其中历经的坎坷与艰辛只有他自己知道。

因钱而出名的他，并没有因钱而暴富，相应的，他还是一如既往地清贫着、劳累着。每天带着鱼鹰撑着竹排出去，打鱼得鱼，卖鱼得钱；也伴着漓江的游人游玩，江上泛排、摄影留念之后，偶得几元人民币的回报；他的身影就印在20元人民币上，但他一次得到游人20元人民币的回报是非常少的。有人戏言：人民币有他，他却没有人民币。尽管是个渔人，他就像永远在他身边的鱼鹰那一样，超然物外地立于漓江竹排排头。他是幸福的满足的，他实在是太富有了。

五、陡人传

在辞书的词条里，是找不到这个词条的。

因为它太生僻，生僻到只属于灵渠。

陡人，即是专门守护灵渠几十个陡门，同时负责开闸和关闸的人；也是一种职业，这一职业从开始到消失，延续了600多年；它还是一个部队的番号：陡军，是一种军衔，小的级别如军士之类，大至将军等级。

在古代军事的版图扩张和航运史上，陡军举足轻重，所以历代战争，它"一夫当关"地在一条运输命脉上发挥着特殊的作用。

陡人从事的是世界上最寂寞的职业之一。如守林人、守岛人、敲钟人，一年四季365天每天24小时地守候在一个地方甚至一个点上，来回地重复着简单机械的工作。他们的诗意永远地只在此方，或者说他们的诗意在于根本没有诗意，简单到无聊的工作何尝不是在挑战着某种极限。为此，他们也就建立起了自己特别的自信和骄傲。在灵渠边上他们的后人给先人竖立的墓志铭，不难看到这一情愫：

勤王戍边督军祖荫指挥使
护陡弘业报国德馨教化功

这是他们缅怀其先祖季从善将军护国伟绩而凿的碑文。铭心刻骨的碑文，字迹挺拔而雄健，刻痕深邃，入石三分。

陡人，从开始到结束，他们都是吃军粮、享受着军人待遇。他们的军人身份可以一代代地传承，而且还有军垦垦边的待遇，分得一些田地。在因战争军需匮乏甚至断供的时候，陡人只能靠自己种养解决生计问题，但守陡之职任何时候都要履行。按照秦汉时期军队后勤人员的待遇，他们每一人每月得到的军粮在20斤到30斤之间，还可以配以少许食盐。于是，作为灵渠最早的移民，他们离乡背井来到这里以后，往往就是一代代地传承下去。在艰难的岁月，所得军粮已足够他活一家老小了。加上勤劳的种养、打鱼狩猎，平实的日子是有得一过的回报，这也终使他们深刻地认同着这一职业的原因，甚至把陡人这一职业视为一种荣耀。如今还留在灵渠的陡人后代，是明朝洪武年间由朝廷派来的季姓、宿姓、颜姓三个将军率部的后人。陡人家有这样的家规：为了保证陡人的纯粹，世世代代，三姓陡人互不通婚，陡人的女子可以外嫁，却不能招婿上门。

三姓家族在灵渠守陡都已长达40多代600余年,他们也是灵渠陡门最后的守望者。

1938年,湘桂铁路通车,灵渠才不再是唯一连通湘桂的通道。

陡门完成了它的使命,但守陡之人还在,他们的根深深地扎在了这里。或务农,或打鱼,或经商,或为"三位一体"的农工商业者,过去忙时务农,闲时打鱼,适时经商。随着社会发展,经济文化的建立成型,游人多了,人气旺了,钱路广了,所以现在更多的是为商所忙,为农所累,打鱼呢,已成为休闲活动。

当年的风霜,包括千年的骄傲,到了现在这一代的他们,仍然挂在脸上。一些家庭,至今还保留着祖上传下来的七尺军刀。他们的皮肤是黝黑而粗糙的,个头是北方的汉子,可神情已多了南方的风骨和灵巧。分给他们的土地还在,四季花开,稻谷金黄,瓜果飘香;由他们建起的村庄还在,祖屋连排,祠堂依然香烟缭绕,家族人丁兴旺。在城市化进程和新农村建设的时代交汇点上,他们都为自己的命运之河筑起了新的希望之陡。

在季村,我们遇到了一位陡军后代的媳妇。姓潘,名桂英。她虽已是暮年,但年轻时漂亮的轮廓还在。她丈夫是陡军的第四十代孙,年轻时闲逛到她家那个村子去玩耍,一去就再也回不来,因为碰见了她。两人一见钟情,她丈夫不顾违反祖训,留在她家做了上门女婿。40年幸福生活倏忽而过,她将因病去世的丈夫安葬后,毅然回到了灵渠边的婆家,伺候年迈孤寡的公公。

她说她会唱当地的民谣《贺郎歌》,在我们一再地恳求下,她像位刚过门的小媳妇,小小声怯生生地唱了起来:

> 隔壁有个贤大嫂，
> 请把钥匙丢过来；
> 新郎不思烟茶酒，
> 一心想着媳妇娘。
> 老妹王，
> 海洋山，
> 高尚高万丈，海洋在天上……

形而之下是水，形而之上是文。

形而之下是渠，形而之上是灵。

之所以叫灵渠，是因为有天人感应。就造字而言，无论是繁体的"靈"字还是简体的"灵"字，都深含会意。繁体的"靈"，上是天，有水降霖；中有祭坛，酒茶三盏；下有傩舞，都是虔诚供奉。简体的"灵"，自宋至今，也是古意，香火上拱手之状，也是虔诚。

天人感应，怎一个"灵"字了得！

自有灵渠，几千年数十代的封建王朝，前前后后37次对灵渠进行修建、修缮，实用之外，就是一腔情怀。禅封，建祠，立碑，总想赓续千年文化的神魂与香火。百姓更是与灵渠相依为命，灵渠兴，百家兴，灵渠衰落，则民生凋零。

流水如斯，不舍昼夜。向我们走来的千年和灵渠，它们想面向未来；向千年和灵渠走去的是我们，我们想回去。相向而行，古今心有灵犀。

千年以往，从古到今，灵渠形而之下的水日夜不息。进漓江，接桂江，入西江，汇珠江，东流入海。形而之上，蕴积成文，民风习俗旖旎风情。形而之下是水，形而之上是船；形而之下是水，形而之上是城。

灵渠边上，两岸的百里田园，鸡村茅舍间还隐藏着数不清的时尚民宿，一大群雄心勃勃的创业者、一些功成名就后想归隐田园的逸者、一批憧憬浪漫爱情的年轻人早就盯上了这里，他们都怀揣着把灵渠变为他们各自一人拥有的灵渠的梦想。他们在灵渠边上安营扎寨，垦荒拓土，开始了自己今天的梦想。

灵渠上河图，这个百里长卷，怎一个美字了得！

（写于2022年8月双子函）

仿佛心债

我父我亲

自我过继给现在的父母,父亲买的每一本书都签我的名。我看不懂父亲读的《人间词话》《花部农谭序》,父亲说不要紧,这些都给你,留着以后慢慢读。

渐渐地,书架上签我名字的书多了起来。

我们家住直套住了20多年,书房、客厅、饭厅是一室多用,饭桌就设在书架前的一小块空地上,也兼作书桌、茶几之用。吃饭的时候,写作业的时候,坐着聊天的时候,任你向南坐或是向北坐,书架总在视线内。其实,这个简易的开放式书架还是学校发给父亲的办公用品。父亲在书架的背后加了块板,柜前上层添了玻璃,母亲又在柜子的下层缝上一小段布帘,这书架就成了我们家最值钱也最抢眼的家具。逢年过节要照相的时候,书架自然就成了最美背景,我总是煞有介事地拿一束花或一本书什么的摆弄一番。有一次整理相片时,我才发现这么些年来的照片竟都大同小异，仔细看时，才知道都是因为有那个书架，相当一部分的照片还能从玻璃后的书脊上看清父亲手书的我的名字。这种吃饭穿衣式的熏陶，书架和它上面签了我名字的书竟成了我的最爱。

上小学的女孩都喜欢比气派。那时我们班有个叫纪宁的同学，爷爷是参加过长征的老红军。有个周末下了珠算课，我们几个要好的朋友约了伴回家。路上，纪宁给每个人发了颗弹丸糖便大谈起她家的电视机、她的爷爷和她那会唱歌的小闹钟。听了我心里就痒痒的，想着自己也可以跟小朋友讲讲我的书和书架。好几个到过我家的同学都说那书架确实漂亮，而他们最喜欢的是书架上的小帘子，还很羡慕我拥有这么多都签了我的名字的书。纪宁一枝独秀惯了，不喜欢听恭维别人的话，便拉了脸命令我以后不许再提我家书架的事，想了想又说："你那破书架肯定没有我们家的鸡笼漂亮。"我当时肯定被她羞辱得怒不可遏了，举了手中的算盘朝她砸去。不料这一愤怒竟把她砸得头破血流，一慌神我转身便跑。

我在街上游荡了几个小时，天全黑了，我才战战兢兢地回到家。父亲正看着报纸，一见我进了家门，用报纸把脸遮了个严实。纪宁是来过了。沉默了好一会，父亲才幽幽地从报纸那面传出话来："告诉我，你打她肯定有原因的，对不对？"父亲的信任和慈爱竟把我的泪水簌簌地引了出来，过了好一阵，我才抽抽嗒嗒地说："纪宁说我们的书架不如她家的鸡笼好。"父亲这才放下报纸，笑着说："我说呢，我这小猫一样的女儿怎么就打了人。"父亲一把拉我到他的跟前又说："好孩子，不过你不该打她的脑袋。"

第三次搬家，父亲刚逝去。新房子很宽敞，我们又添了许多新家具。我最爱的书架在第二次搬家时就被淘汰了，剩下的是签有我名字的书。我虽然记住父亲要我"慢慢读"的话，可我现在还不能平静下来，打开哪本书都读不下去，因为我不想让这些书提醒我，这是父亲真正的遗产，可上面连他的姓氏都没有。我过继的时候是连名字一起带来的，户口转过来时，派出所的阿姨叫父亲考虑考虑，是不是把我的姓改了。父亲说不用了，她现在的名字就很好。不料，父女的不同姓，竟引出许多麻烦和一些意想不到的笑话来。

1976年的时候，父亲所在的教研组分来了一位直爽而热情的年轻教师。父亲与他第一次见面的时候是在他们的教研室。父亲刚进门，还没等彼此互相自我介绍，那位老师已经从座位上站了起来，熟客一般地打起了招呼："冯老师早啊。"父亲很为他的礼貌感动，但立即又指着手上的字典纠正说："这是我女儿的名字，我姓雷。""是女儿的字典？""是我女儿的。"这番解释和纠正，倒把那位年轻教师弄得一脸的茫然，又不好再问下去。

父亲这辈子没有自己的骨肉并不遗憾，甚至几乎忘记了这一点点不足。父亲待我视同己出，赏菊的时候，喝茶的时候，喜欢带着我然后很自然地跟他的朋友们同事们介绍说："这是我的女儿，挺漂亮吧，还会念唐诗呢。"等我渐渐地长大，父亲也在不断地更换着介绍内容，但语气里总少不了自豪与欣慰，"我女儿成绩不错""我女儿念大学了""我女儿当编辑了呢"。父亲教了一辈子语文，把我这位文学编辑看作是对他的继承和超越。所以，我相信父亲面对我的时候，那种感觉肯定跟天下所有的父亲面对自己孩子一样，甚至那种感觉还要丰富还要强烈，他看见的不仅是自己生命的延续，更是自己的爱好自己的追求的扩张与实现。

所以，尽管在这精英辈出的世界里，我不属于优秀和出色的那一类，但父亲对我总是很满意，就像读书的时候，我每次拿回成绩单来，父亲还没等看清考了几分，就紧张又兴奋地拍着脑门把步子踱来踱去，"让我想想，让我好好想想，这次怎样奖励你。"父亲并不在乎我考了几分，只要我读书就好。每次考试结束，父亲肯定要奖励一番，每次总想不落俗套，但总是翻不出新花样来，每次不外乎是一杯冰球奶再外加一本书，顶多还能到民族电影院隔壁的小酸嘢店吃上一盘木瓜酸。父亲怕我对这些还不满意，就解释说其实书很好，我就只要书。

爷爷曾在南宁商会任职，买有一条街的房子，还娶了四房妾。只有奶奶生了父亲一个男孩。可父亲不经商，也不要房子，只喜欢古典文学，然后当了一辈子的语文教师。爷爷是日本投降的第二年去世的，解放后房子全被没收，只剩下一间46平方米的后进房给奶奶。父亲竟心安理得地说："幸亏没有要房子，否则还不知道要怎样心疼肉疼的。""文化大革命"后政府又退回了私人财产，但都不能超过200平方米，许多大户人家的后裔还挺有意见的。父亲抱着多多益善的观点无所谓地说："给回这栋房子就足够了，又带不走。"可我真正听懂这句话是在去年的夏天。

父亲没能走出去年的夏天。一个天气很晴朗的早上父亲安详地闭上了眼睛，离开了爱他的我们。殡仪馆的师傅要把父亲接走的时候对我们说，掏掏他的口袋，看身上带有钥匙没有。兴许是太爱父亲的缘故，当时我没能理解师傅们的善意提示，急忙用身子护着父亲冲着他们大喊大叫，谁都不许碰父亲！他只穿了一身旧衬衫，什么都没带，要是掏了钥匙父亲明天怎么回家。

父亲走的时候带了家门钥匙，可他再也没有回来。

现在每每想起父亲，除了有未能尽孝的遗憾外，更多的是感激，感激父亲用他的一生包括他去世的时候仍然在教我怎样对待财富，教我怎样在一个每天都变的社会里做一个幸福的人。其实父亲也不过是一介凡夫，他在教我读书之余，也常说要把这套不大的房子买下留给我，尽管未能如愿，但父亲留下的签有我名字的书是一笔不可估量的遗产。父亲，有这些我就知足了，我想告诉你，我会自己买房子的，我知道你给我这些书是因为你把我当作你的女儿真正地爱我。

(载于1996年第6期《广西文学》)

宾阳书生

我一直很想为宾阳人的聪明找一个理由,因为很多人都说宾阳人聪明,我也这么认为,何况宾阳人也确实聪明呢。

这是一个搁置已久的想法,后来我在宾阳的蔡氏古宅找到了它的答案。

广西宾阳,有着两千多年的历史,这一点与其说是宾阳的骄傲,还不如说是宾阳的便宜。都说宾阳的书生多,不仅是每一朝每一代都有,而且有两千多年的算头;都说宾阳的书生老,因为有两千多年的资格;还说宾阳的书生多才子,历数过来,古今同誉。宾阳人肯读书会读书,确实是宾阳人聪明的底牌、名牌和品牌。

真是一方水土养一方人,一方人才惠泽一方故土。让我找到答案的古宅就是专门出读书人的风水宝地。这个曾经以读书蜚声于世而大红大紫的蔡家老宅，是坐落在一个具有深厚人文历史背景的宾阳古辣镇的一组古建筑群。据蔡呈书先生在《蔡氏古宅探幽》一文中介绍：蔡氏古宅群始建于何时已不可考，最古老的建筑在清朝咸丰九年（1859年）毁于兵燹。现存最老的建筑为清代举人蔡凌霄于咸丰九年（1859年）后重修。

让我们这些后人去遥想一个世纪以前一位举人建立的家业实在是一件令人不可思议的事情。蔡氏古宅的恢宏气势是我们今天所谓一栋高楼或一座大厦所不可比拟的，其中没什么奥秘，原因就在于，这座古宅不是单个孤立的个体，它是一个建筑群，有一股强劲的连绵不断的气脉——崇儒尚学的精神——可以让几代甚至是几十代人作为传承的依据和理由。

蔡家的后人一直以蔡凌霄为豪，而实际上在蔡凌霄之前，往上推算至第五代，老祖父蔡天泽就开了攻读诗书的先河，成了蔡氏家族的第一个太学生。从此他的后辈都秉承家族遗训，发奋读书，都有所作为。值得一提的是，蔡光烈的孙子蔡钦孔因为读书本领强而官位显赫，因此得以将祖业推向了极致。重孙蔡灏早年毕业于南洋公学铁路管理系（今上海交通大学和西安交通大学前身），北伐战争时期任国民革命军第四军政治部主任，后任第四集团军补助教育处处长、宣传处处长等职。这只不过是蔡家的一份最简单的履历表，要仔细考究起来，还不知道要列怎样一串长长的名单呢。

蔡氏家族的古宅正是有了这一拨拨的书生——用他们自己的读书本领来看家护院，才有了这大宅门"占地5000多平方米，大小房间100多间"的兴旺、显赫和令今人都感叹的今天。《本姓》有这样的诗句："这是从先祖时期世袭的一根肋骨／顺着岁月的藤蔓／搭在干枯的枝丫间的一个草窝。"在这里想起这个"草窝"，自然不过是把它看作蔡家大院的一个隐喻，倒是那根肋骨，真真地道出了蔡家世代传承的历时不移的读书之风。说到底，蔡氏古宅是用一个个读书的梦想来包装而成的大宅院。

在蔡家古宅迂回的走廊里，我禁不住表达自己对这种凝固在建筑中的繁华的喜欢。倒不是羡慕它的奢靡，而是向往它的讲究。这种讲究是书生的讲究，它甚至让你由衷地感叹，同样是花钱也能分出个高低来，书生花钱是需要心智和学问的，即便是花天酒地纸醉金迷，也是不会流于市井的凡俗，如同《红楼梦》里的猜拳行令，喝酒斗诗，哪样不要智慧不要学识！蔡家的讲究可以说是仔细到了一砖一瓦，一口古井，一扇雕花的门窗，一间专事妇女生产的厢房，一层专供蔡氏弟子接受"涂眼加戒尺"式的极其严格甚至近乎残酷的私塾教育的书房……这里的一招一式一木一石，在过往的岁月里一直散发出无上的荣光，而这些荣光又都是浸泡在书香之气里的。就听说了，有一代代风姿绰约的女子都想嫁到蔡家去，想必她们都是冲着蔡家的书生而去的。一个家族，有了书生才有仕途的可能，书生多了，点子才多，美女才多，钱财才聚，家族才旺。谁说富不过三代？读书就可以。所以读书，对于蔡家来说才是他们的正解，才是最令他们心动的事情。读书让他们这个家族在这个世界上不再简单，让他们可以超乎世俗之外，时间之外，把自己与无限融为一体而代代富庶。

这就是宾阳的蔡家，但宾阳不止蔡氏一家读书。在宾阳，像蔡氏那样以读书立世的大户人家不胜其数。清代凌森美纂修的《永淳县志》以及民国时期朱昌奎编的《宾阳县志》，记载的宾阳进士就有十余人之多，举人、恩举、贡生更是多达数百人之众。遗憾的是，很长时间以来，人们只知道宾阳人有过人的经商本领，却不知道宾阳还有不少的书生在中华书卷史上青史留名的。比如被誉为"百年中一人才矣"的明代进士蒙大贲，德高望重的清代举人陆生兰，富有传奇色彩的爱国民主人士程思远先生……在宾阳，人们从商，更重读书，书院私塾遍布乡野。以读书立世，是宾阳人几千年来引以为豪的传统，时至今日，宾阳的教育特别发达。多年来，宾阳的高考颇有名气，今年广西理科前十名中，宾阳中学就占了三名。这些自然都是宾阳人传承了上千年的读书血统所致。

自古以来，书生都是社会的精英和人才的代名词。宾阳的书生得意的都做了高官或名流，而那些落魄的书生走不了仕途拿不到俸禄的，自然就把自己的聪明才智变成了手艺，所以宾阳人特别能工善制。宾阳有数百代数千代厉害得多的读书人，书生才是这些能工巧匠的基础，即便是今天，宾阳的科技发明也是名列各县之首的。

宾阳的饮食特别发达，这大概也是书生多的缘故吧。为书生们准备的还有宾阳秀美的山川，激荡人心的陈平江漂流，情境优雅的六霞瀑布，柔肠百转的情人谷，正是因为很多书生都将自己的情致放置在这山水之间，才使这山这水这般的钟灵毓秀。

宾阳的书生的确创造了一种独特的书生文化，这文化把历史人文甚至山水风物包含在内，浸润在一种独特的人文精神之中，并深深地打上了书生的烙印。

（原载于2003年11月5日《广西日报》）

哎呀，我的口红丢了

我第一次涂口红是我两岁的时候。

这第一次的口红居然是用红辣椒涂的。

那支口红酷死了。

但那支口红也差点把我给辣死。

那时，因为父母工作太忙，一岁多的时候，爸妈就把我送到武鸣县（今南宁市武鸣区）府城镇上的外婆家。这种亲情下的寄养，使我成了一匹小得不能再小的脱缰野马，野得不可名状。外婆以一种乡村小镇的独特方式宠我，细腻而粗放，粗放大于细腻。一句话，就是任我玩，只要没有直接的危险，我怎么玩都行。玩着玩着，便乐不思蜀，连父母都快忘了。一天，我爸爸从城里来看我，正碰见我自己一个人骑在一头猪的背上玩耍，见我理都没理他，他就问："你知道我是谁不？"

我说："知道。你就是那个叫爸爸的人。"

就为这句话，我爸伤心得当时就想把我抱回城里。无奈外婆不给，我说什么也不愿意，他只好悻悻地打道回府。

一天中午，外婆外出办事时没拴好门，我就跟着外婆的脚后跟，也溜了出去。

府城镇曾经是县城以至州城的所在地，民国后才开始没落的，但自古以来数百年的繁华给它留下的文化韵味异常浓郁。那时，几乎每家每户门口都挂着一大串一大串的辣椒。这是一种习俗，也许是表达一种热烈和兴旺，或是象征着日子过得火红火红。一眼望去，红色的，鲜艳的，活脱脱的就像是门口上涂着口红。我灵机一动，想都没想，搬来一张板凳，够着能够着的，抓下来了一大把红辣椒。

我涂完脸蛋涂嘴唇，涂完嘴唇涂手脚，最后就往全身抹。

没有镜子，但我想美美的口红肯定是抹上了。

抹着抹着，我全身上下就像被火点燃了一样变得通红，难耐的剧痛霎时传遍全身。我哇哇大哭起来，全身抓挠，越抓越痛，越痛越挠。

街上的人全都围了过来，一看就明白了，都大叫了起来。这时，外婆也赶了回来，二话不说地抱着我就往不远处的小河跑去，到了河边，不由分说地拎住我的手，把我整个地泡在了冰凉的河水里。

等我醒过来的时候，外婆拿过一面小镜子，笑着给我照照。她采来房前种养的胭脂花瓣捣碎后，用汁液抹在我的嘴唇上，明艳的色彩格外漂亮。

浪漫的童年，那些挂在门口墙上的"口红"，从此像烙印一样，打在了我的嘴边上。辣，口红是辣的。

再也记不起是从哪一天正式开始用口红了。

少年去，青春来。一支真正的口红，在懵懵懂懂的少年与青春之间画出了一道红线。

十岁以后，我进入了第一个叛逆期。那时，我和同龄的伙伴们非常关注口红，但对涂口红的人却极其反感。每当学校要我们上台表演节目，老师给我们涂上口红时，我总免不了内心的激动，但一表演完毕，我们就会迫不及待地装出厌恶的样子把口红抹去。

上了大学，一条最鲜明的以口红划分的分界线此时已由年龄和时代画出。

那是一个街舞、摇滚、迪斯科响彻云霄的时代，人们用口红、首饰征服了男人。流行文化陪伴了我们的全部青春，涂着墨色口红的杰克逊用他动人的歌唱把我们感动得如痴如醉。我们常常会目不转睛地盯着当红歌星们嘴唇上的那道红印，从中找出时尚流行的风向标。

此时，口红成了我们这些还没有多少钱的年轻人最奢侈的首选。"没有钱也要住间房吃碗饭，没有吃也要买时装，没有钱也要买口红愣里个愣；不比车，不比房，不比手表不比裳，一点红唇旭云间"成了我们浪漫的口头禅。每回逛街，我都有一种渴望和动力在商场里游荡，总想给自己淘回一支又一支的口红。

十多年前，我写《为人处世与红楼梦》一书时，曾认真研读过《红楼梦》，里边有许多关于口红的描写。让我最为惊诧的是，贾宝玉竟然会制作口红。古时口红即胭脂，唇腮并用。四十四回中写平儿被凤姐屈打，之后贾宝玉去看平儿，正遇上平儿要着装见主子们，贾宝玉便就着妆台教平儿如何使用胭脂，说："那市卖的胭脂都不干净，颜色也薄。这是上好的胭脂拧出汁子来，淘澄净了渣滓，配了花露蒸叠成的。只用细簪子挑一点儿抹在手心里，用一点水化开抹在唇上；手心里就够打颊腮了。"贾宝玉还帮着林黛玉和丫鬟们制作胭脂，他自己也好吃胭脂。他做的口红，也特别讲究，要选颜色相近的、纯正的、带露珠的玫瑰花瓣，春研成汁，反复舂研后三晒而成。依我看来，这跟当年古埃及克罗狄斯·托勒密王朝最后一任女法老埃及艳后发明使用甲壳虫、蚂蚁、蚂蚁蛋调配口红有异曲同工之妙。如能穿越多维时空，他们都是可以申请专利的。今人大多只会就着自己嘴唇涂涂抹抹，可古人就不一样，一个朝代有一个朝代的涂法，反映的是那个时代鲜明的审美倾向。汉代一点红唇，上唇小，下唇大；晋唐的口红，盛世之下，开始变得肥厚而饱满，甚至出现蝴蝶形状，但总体还是小于唇廓；宋明时期，口红的边缘显然又变小了，显得有点小心翼翼；到了清朝，八旗满风，显示出得天下的少数民族彪悍的趣味和风格，上下并不对称，但个性张扬。

女为悦己者容。随着爱情的到来，我连同我的闺蜜和女伴们，数十年如一日地，都为口红而忧而愁而喜而怨而悲而叹。一点红妆不知数，也不知花过多少冤枉钱。尽管口红曾经也为男人所用，甚至今天也可以为男人所用，但我总认为，男女有别，这条红线真的是用口红划出的。

随后而来的是，结婚生子，柴米油盐酱醋茶、锅碗瓢盆罐屎尿娃，以及上班族日复一日的日子，不停地消磨着打磨着也砥砺着我的爱美之心，以"低价产品偏爱趋势"为导向的社会经济大潮中的"口红效应"，我也体验了一把。有钱时，我最想买的是房子，没钱时我最想买的是口红。上班一族，哪来那么多发财的时候？世界金融一通胀，我口袋里的钱包也就干瘪了，连银行卡都瘦薄许多。所以一旦外出，出省出国带回来的，大多是口红，见到好友发一支，表示我已走过天下了。口红口红我爱你，就像老鼠爱大米。

日子老了，青春也老了，唯有口红不老。它以不老的青春气息如影随形地陪伴着我走过的岁月。大红，大紫，大橙，大黑，什么红橘粉紫裸五大色系，什么冷暖中三色调，什么膏釉彩笔液和润哑珠的五唇三光，什么正红番茄、橘红南瓜、梅子奶茶、暖杏豆沙、玫瑰裸粉、姨妈斩男，真是形形色色、千奇百怪不一而足。我大都试过，一旦不满意了，就冷落了，甚至随手就扔。

我母亲是幼儿园老师，虽清贫一生，但最讲究的却是口红。出门时，总忘不了轻轻地抹上一些，淡淡的，淡到让人感觉不出，浓了她就会抹去重妆。她的牙齿长得特别好，而且至老不松不掉直至终生。牙齿长得好的人特别受用的就是口红，轻轻一抹就更显唇红齿白。年轻时，她就是名闻十里的乡花。她活了八十四岁。在最后的日子里，她每天的漱口刷牙点唇几乎都没落下，最后一次上医院，也忘不了给嘴唇点了红妆。去世时，她安详得像是睡着了似的。是我给她擦身送行的，临行前，我特别叮嘱化妆师："我母亲的口红一定要上得特别仔细才行！"对于谢世，她虽有无数的遗憾，但一抹红唇，似乎又给了她最具希望的回应。在天国，她一定是最美的仙女；下一世，如果还为女人，她一定还是唇红齿白的美女。

我也终于慢慢悟出，口红是什么？

口红是灵魂的眼睛，口红是迷魂的眼睛，口红是无言的倾诉，口红是一种渴求的表达，口红是心灵的花朵，口红是生命枝头最耀眼的新叶，口红是生命的颤抖，口红是锦上添花。同时，口红又是女人给外边世界一道永远猜不透的谜语。

不得已的时候，有意识下意识无意识地粉饰自己也粉饰世界，粉饰希望也粉饰理想，粉饰痛苦也粉饰忧伤，粉饰着疾病也粉饰着健康。把内心世界表露在唇上或者潜藏在唇下。

可说起来真是惭愧啊，我算是个有条理的人，但总也少不了丢三落四的时候，所以，寻寻觅觅的日子总关情也总关口红；得而复失和失而复得，关情也关口红；斤斤计较和患得患失总关情理也关口红。

作为女子，平日里，喝个茶，吃餐饭，开个会，最不能忘记的，是随身的包里一定要有支口红。说上洗手间了，其实最要紧的事是补补唇妆。这是个细心活细节事，一有遗漏，那真是狼狈不堪的。但此等之事总免不了时而有之。但口红是个最喜欢也是最会捉迷藏的小精灵，说不见了就不见了，你找它时它不见，你不找它的时候，它的小脑袋又冒出来。有一回，密友从欧洲回来，送了我一支法国口红，不知怎的，我随手把它放到我那堆口红里。后来聚会，我们几个女的凑成一堆，又谈起了口红，她问我："怎么样？"我说："什么怎么样？"她说："那支是好东西呢，你快把它用了呀，那小东西可贵了！"回来我在网上一查，那价格吓了我一跳。可我怎么找也找不到了。那天乘火车外出开会，半途上厕所，翻化妆包时，它突然现身了。我当时就开封了，一涂一抹，果然不错，像换了个人似的回到了软卧包厢。同车厢的是几个姑娘。其中一个很快就看出了我唇上的革新，随口就赞了一句："您的口红真好！是好牌子。"我点点头，也称赞了她的口红。其实，一上车，我就注意到她唇上流淌着的那一抹风情。浅紫色的，冷峻而妖娆。看到我在读一本厚厚的翻译的诗集，她又问："读诗歌呢？"我说："是的。"

"好看么？"她问。

"好看，像口红一样好看。"我说。

"诗歌真像口红吗？"她问。

"是的，遇到爱读诗的女人时，就像。"我答。

"散文呢？散文像什么？"她问。

"散文是胭脂，也是口红，可以唇腮并用。"我答。

我们的对话越来越有意思了，弄得另外两个姑娘也加入了我们的对话。一个问：

"小说呢？小说像什么？"

"小说是饭。"我答,"人是铁,饭是钢。"

"电视剧呢?"

"是火锅。"我答,"多吃上火,还会让人变胖、变弱智。"

"酒呢?"另一个又问。

"是诗歌、散文,还有口红。"我答,"男人读诗歌和散文,像品酒。有时是烈酒,有时像啤酒和鸡尾酒。"

"那怎么说口红也像酒呢?"她们问。

"好的口红抹在唇上,在男人看来,它就是一杯美酒。"我答。

原来文学是那么奇妙的。其实,这几个姑娘都是大学生,虽然不读文科,但都喜欢读些文学作品,诗歌、散文、小说都有所涉猎,只是不得要领,就像不会用口红一样;电视剧更不用说了,喜欢追着看。我这么一说,她们都兴奋起来,说:"怎样提高素质呢?就把文学作品当成口红一样放到随身的包里,涂完口红读诗歌,上完妆,读散文。精神上饿了,就找小说当饭吃!要打打火锅时,就看电视剧。"

那次回来后不久,那支让人倾心的口红又不见了。我翻箱倒柜地找,就是没找着。找我先生来追问:"你看到我放在茶几的那支口红了吗?没有?你不是收藏协会会长吗?请问我的口红被你藏到哪里去了?"

生活就是这样,常常像一支口红。

寻寻觅觅,寻寻觅觅,得而复失,失而复得。

尤其像我这种第一次涂"口红"涂的是红辣椒的人。

辣吗?

辣。

(写于2022年10月双子凼)

逐风随云

逐风随云

宿州一宿

那会,夕阳已完全西沉,搭乘的夜间航班飞机开始升空。

之后的整个行程,飞机像一把切割机,将浓得快化不开的夜空云层切成了一块块它想要的样子。如果谁要是把它的飞行轨迹连成线,会不会像是一幅带有先锋意味的油画?

到达和返程都在这座城市的夜间,我就只能在暗夜里与它对话。站在它的地表上说话的这座叫徐州的城市,还不是我的目的地,夜航结束,我要在这儿换乘汽车,在高速路上奔驰两小时二十分才能到达目的地宿州。接机的小桂说:"你是这次活动最后一位到达的嘉宾。"他用了"嘉宾"一词,在凛冽的寒风里我会心一笑,我和我微妙的思绪一起融入这黑沉沉的暗夜里,他看不见我的表情。

宿州,这座历史古城的夜色是有质感的,我那一刻不停歇的思绪在广袤的时空里纵横驰骋,一不小心碰触到了哪一个敏感的时区,那夜色的板块就会粉末一样碎下来,纷纷扬扬地洒我一头一脸。粉末里的事件与人物如河流之下的堆积物,立刻形成一个又一个的历史小漩涡,我被它们裹挟着。其实我也可以反客为主,直接走到历史的那扇门前,递上一份郑重的请柬,在暗夜里,邀请那些曾在历史的长卷上留下身影的人们,参加我思绪的夜宴。此时,他们的身份与名望,才配得上真正的"嘉宾"二字——宿州曼妙时光里的嘉宾。

跟小桂寒暄之后便忍不住想问:"你车上的CD存没存有那首琵琶演奏的《十面埋伏》?"最终却欲言又止。实在不忍心,在这漆黑的寒夜里,让这位为了本次文学会议,一天已三次往返宿州和徐州之间的小桂,来听这首激昂、壮阔悲切的曲子。但我估摸着,车已到了宿州境内,正与宿州所辖的灵璧县擦肩而过,灵璧的虞姬墓就在附近。《十面埋伏》这支中国十大古典名曲之一,取材于楚汉之争垓下决战的情景。公元前202年,兵败垓下的项羽,被汉军取十面埋伏术,让奇功盖世的楚霸王彻底陷入众叛亲离、孤立无援的重围之中,帐中最后只剩下容貌倾城生死相随的虞姬夫人。无奈,项羽作《垓下歌》,虞姬赋《和项王歌》,后虞姬引剑至项,而项羽自刎乌江。垓下正位于今天安徽宿州灵璧县城韦集镇垓下村一带。透过车窗我望向这无边的夜色,两千多年前,那场白日杀声震天、夜晚四面楚歌的楚汉大战就发生在这里啊。此时已接近午夜,车辆已极为稀少,偶尔一辆车呼啸而过,很快又恢复了寂静。抬眼望向那亘古不变的星空,千万年来,在它的照耀之下,有太多的生死杀伐离愁别恨,又岂是人间意绪能平得了的。这是霸王和虞姬的绝命之地,霸王别姬的当晚,也是这样浓重的夜色吗?因景生叹,自然的日夜交替也适合当下与往昔的切换——太阳照耀下的白日,车水马龙一派现代的景象，一切都丁是丁卯是卯的清晰可辨；黑幕笼罩的夜晚，把喧嚣的当代隐没其中，而吐出历史的画卷就在这寂静的黑夜里，在虞姬的墓旁，历史更易于被复制被粘贴，霸王和虞姬也就一次又一次地复活，历史随时随地可以被打开来用于演绎、诠释或者评说。

父亲是一名历史故事的爱好者，尤爱历史中的英雄与美人，即便是物资匮乏、囊中羞涩、乏善可陈的年代，餐桌上永远是父亲播放历史故事的音档。父亲是喜欢霸王和虞姬的，这对旷古悲剧的情侣，被他一再地称颂。虞姬有倾城的容貌，他却以为，美人虽是难求，但温婉贤淑还能刚烈忠贞的，比单有花容月貌更是难得。虞姬不在中国古代四大美人之列，但她的美自带传奇的隆重的霹雳一般的强烈和震撼。我倒是有些纳闷，这样一位美得让英雄折腰又死得如此刚烈的女子，历史上对她的文字记载却不多，司马迁的《史记·项羽本纪》仅有寥寥五字："有美人名虞。"倒是民间有着长盛不衰的传说。历史走到今天，舞台的、电影电视的、现代科技的声光电无所不用，虞姬的形象变得丰富丰满，多元到不可胜数的程度。2021年元旦后的第三周，网易云音乐在"新歌榜"上隆重推荐了《虞兮叹》这首歌曲。歌中多有叹喟："楚河流沙几聚散，日月沧桑尽变换"，纵使霸王"千里兵戈血染""长枪策马平天下"，终究换来的不过"乱世红颜"的一声长叹。词曲是浓郁的古风调子，整首曲子都是对命运无奈的长吁短叹——霸王风云一世，到头来，只剩一匹马一女子追随。虞姬和霸王，一个死得最壮烈，一个败北得最凄楚，楚汉垓下决战，不管是军事还是人生，都是教科书般的历史典籍。虞姬在四面楚歌时血溅军帐，开出了她生命最美的花朵。潘向黎在《女性之美的巅峰摹写》中，谈到古诗词里关于女性美的描写时认为：在她的阅读经验中，印象深的不多。因为许多诗词只写到女性，没有写出女性之美，即便是有,"除了相当纯度的美,没有别的。美则美矣,还不够强烈,不够吸引人;更不够深刻,不足以动人"。向来喜欢潘向黎的文字,看看这篇,温婉里却不失锋利机智,让我们有了另一番美学收获。只是稍稍地为虞姬遗憾,在灿若星辰的诗文里,却找不到"当诗家遇到虞姬"的只言片语。我以为这不能怪诗家,虞姬生在乱世,在战争频仍的时代,百姓流离失所惨死街头,虽英雄辈出,却是少了花前月下的吟诵。古诗词里,没有虞姬的身影,吟诵作品所传递所赞颂的女性之美,自然就缺了热烈与深度。

经验告诉我,有故事的夜晚是值得信赖的。你很轻易就能从黑夜的深处提取一幅幅历史的照片,让已经模糊的画面清晰起来,尽可读图一样地去体验消失在历史背后的时光。我如一只长了复眼的小兽一头扎进了宿州的黑夜里,被这无边的暗色牵引着似乎有些失去重心,越陷越深。

小桂却说:"我们可能走错了一个路口。"他犹豫着,车速也慢了下来,最后把车停在服务区打开导航。

大概接近午夜的原因,小桂有些焦虑,不时地用语音询问导航:"小度小度,还有多长时间到宿州?"

最早认识宿州是始于赛珍珠的《大地》。20世纪80年代末大学刚毕业不久,我拿到了漓江出版社刚出版的诺贝尔文学奖作家丛书中的几本新书,其中就有《大地》。正是文学兴盛的时代,那时候诺贝尔文学奖在中国真是一个热门话题,然而当时中国却还没有作家获此殊荣,诺贝尔文学奖里跟中国有密切关系的当数《大地》了。这本小说凭借"对中国农民史诗般的描述"以及"传记方面的杰作",1932年获普利策小说奖、1938年获诺贝尔文学奖,在美国可谓家喻户晓。出生美国的赛珍珠,长到四个月时就随传教士父母来到中国,她前半生的四十年基本在中国度过。江苏、江西、安徽都有她的故居。我感兴趣的是，她在苏北的镇江度过了童年、少年，进而步入青年时代，前后长达十八年之久，甚至把镇江称为"中国故乡"，而最终她却选择宿州作为蜜月之地，与夫君在此生活了四年。这四年与在镇江十八年的人生成长期，不管是长度的丈量还是记忆的分量，本不可同日而语。不知道出于什么原因，为她赢得盛大声誉的《大地》中，描写北方地主庄园及中国农村生活的却是以宿州为背景为原型。出发到宿州前，朋友对我说，到宿州得"虚胃以待"，那里有太多好吃的美食。他说三年前到宿州出差，车过符离中途休息，几乎人手一只符离集烧鸡，站在路旁大伙儿就用手撕着吃，说肉质那个香软嫩滑，真配得上四大名鸡之一。食客更是好奇，厨师如何烹饪，才能让这烧鸡肉烂脱骨，一抖即散。重要的是，肉烂而连丝的同时，还做到饱含汁水。总之符离集烧鸡味鲜而醇厚，至今仍齿颊留香。朋友说："这烧鸡你一定要尝尝的。"

宿州属水乡泽国，遍地的丰盛水草和蓬勃的湖泊沟渠，适合小雏鸡的生长，为养育品质上乘肉质肥美的家禽，提供了优渥的自然环境。依我的人生经验，有历史的古城古镇不仅有故事，也多有绝杀的人间美食。宿州的美食自然不止烧鸡，饮食不仅仅满足了人间味蕾，它还有斑斓的文化融入，可照见当地人们的心灵轨迹。可以想见，宿州有怎样深邃的历史与鲜活的现实，才能为赛珍珠的文学创作提供这般丰厚的养分及土壤。

似乎还不止赛珍珠，依着宿州的人世沧桑写出鸿篇巨制、跨世之作的，还有唐代的诗王白居易。他在宿州，经历了三十五年刻骨铭心的爱恋，才有了《长恨歌》这首影响深远的千古绝唱。湘灵是宿州符离的农家女子，白居易与她是自小的玩伴，两小无猜、青梅竹马，只因湘灵出身寒微,二人相爱却不能生死相守。我看过一些文献,为了湘灵,白居易到了三十五岁仍孤身一人,这在唐代不是件简单容易的事情。古人皆年岁不长,长到十七八九,多已娶妻生子,甚有纳妾填房者,三十五岁算绝对的高龄单身。在我们的传统文化里,有"不孝有三,无后为大"的紧箍咒,抵挡来自各方的催婚逼婚需要定力与勇气。白居易对于湘灵,偏偏是"过尽千帆皆不是",在情路上没办法潇洒起来,因此他做不到忘前路忘旧物忘最初。其实我是好奇的,不知湘灵是怎样的一位女子,竟让白居易这位诗王方家缱绻难耐。白居易在为湘灵而作的《邻女》中描述道:"娉婷十五胜天仙,白日姮娥旱地莲。何处闲教鹦鹉语,碧纱窗下绣床前。"白居易毫不吝啬地将天仙、旱地莲等极致的溢美之词给了貌美声脆的湘灵,即便如此,诗人仍生恐不能聊表自己的心意。那一年湘灵十五岁,白居易十九岁,从年少懵懂的欢爱到后来肝肠寸断的相思,忘不了又放不下,爱情失意又恰逢仕途坎坷,缱绻郁闷的白居易为湘灵写了一辈子的苦恋情歌。因此,与其说白居易是有感于唐玄宗和杨贵妃的爱情故事,以诗歌的形式写出了《长恨歌》,倒不如说白居易借了帝王的故事外壳,抒写了自己爱而不得的生命体验,这也是带有人类普遍情感意义的长恨悲歌。个人的爱情悲剧成就这千古绝唱,情路虽苦,人间也是值得啊。

作为世界文学的滥觞——爱情诗,它以最动人的方式表达爱情这一人类永恒主题,为人类精神史留下了精彩而斑斓的美学遗产。历史飞速发展,当我们置身科技环抱的今天,也许每个人都有切肤之感,随着互联网对物质时代的全覆盖,我们似乎感到了一种莫名的窘迫:我们的情感表达竟是如此的苍白和羸弱,如今已经很少看到那种最个人化而又打动普遍人心的温情,少了触动灵魂且有温度有痛感的深情书写,也没有出现那种雕塑般矗立在时代文字中以爱情诗著名的诗人。当我们回望历史，《长恨歌》仍能穿越时光，是一座熠熠生辉的高峰，我甚至以为，即使在世界范围内，至今也没有哪一首爱情诗，从时代内容的厚度、爱情体验的独特性到语言艺术的表达上能超过《长恨歌》。

对于爱情，没有谁能超越宿命的潜规则，这，也是宿州之于白居易的意义吗？

导航的语音说，还有二十分钟到宿州。我主动与正专心驾车的小桂说，宿州还真是块文学福地，腼腆的小桂倒是爽快地认同。想必宿州的底蕴他定是了然于心的，而且喜欢这个话题，他说他闲暇之余好码字这份"苦力活"，作协也常常组织文学爱好者搞活动，这次文学笔会，平日里热爱文学的都来当了志愿者，他便是其中一个。暗夜里，我感受得到，他传递出来的对文学的热情与喜悦。

地面的黑夜被汽车用它的速度犁出一道长长沟壑，庚子年的岁末，我游过了一段漫长时光的缝隙。

历史藏在这凛冽的黑夜里，说话间，我们到了宿州。

（载于2023年第3期《安徽文学》）

天上的草乡

1

"妹妹你不放羊来这里做什么?"诺敏黛问乌仁。

"我来这里学习诗歌创作呀。"乌仁说。

"写诗不也是放羊吗?"我想着。

看着姐妹俩的问答,心里索性帮着补充了这么一句。

这当然只是我个人的逻辑,但它跟草原有关,我一心想着到大草原去的,憧憬着有朝一日,也像《牧羊少年奇幻之旅》的牧羊少年那样,有一群自己的羊群,在草原上自由地行走着,从一个牧场到另一个牧场,不停地走下去,这就是我要写在大地上的人生诗行。

诺敏黛是我鲁迅文学院的同学,乌仁也是。在八里庄上学的时候还有同嘎拉格、乌吉斯古楞和赛尔林格，这几位蒙古族的姑娘总喜欢待在一起，因为她们要说好听的蒙古语。开学典礼和结业典礼的时候她们都穿上了好看的新式蒙古袍。诺敏黛那袭袍子是藏蓝色的面料滚上酒红的细边，沉稳大气。同嘎拉格是纯蓝的裙子，配上她雪白的皮肤真是好看，但是最好看的是她一头板栗色的头发。不过好看的头发常常给她带来不小的麻烦，她不得不对那些又羡慕又向往地问"你头发在哪儿染的"的陌生朋友说："我头发是天生的天生的天生的！"怎么把乌仁裙子的颜色给忘了呢？班上开联欢会的那天，乌仁和赛尔林格上去唱蒙古民歌《金手镯》的时候一定是穿着蒙古袍的，我得再翻翻旧照片。

同嘎拉格和乌仁的年纪要小些，她们偶尔会向诺敏黛撒撒娇，说鲁迅文学院的饭菜不好吃。2010年我到过呼伦贝尔，吃过草原的手把肉，热气腾腾的手把肉端上桌，主客围坐在蒙古包里，在餐盘里将锋利的小刀切下的羊肉送到口里，味道真是鲜美无比，所以我知道同嘎拉格和乌仁的抱怨一点都不矫情。

总之，这几位蒙古族姑娘亲密得整天腻在一起，她们都来自牧区，是牧民的孩子。虽家有牛羊百千，却更热爱文学编辑这一职业。姑娘们都皮肤细腻体态健朗，而且很有当下的娱乐精神，常常自嘲或来点恶作剧，很有蒙古族人的洒脱和襟怀，彼此亲如手足，以至于我不敢相信，上学前她们彼此都没见过面。我问过诺敏黛："在人群中你分得清谁是蒙古族吗？"她说可以的。

"有什么特别标识？"

"眼睛！"

她细声作答，自若而确切。那一刻我俩并排走着，我知道除了温柔和聪慧，再也捕捉不到更多的信息。靠着眼睛我什么也分辨不出来，但我知道她所说的"眼睛"其实是一个民族的心灵密码。1989年席慕蓉第一次回大陆时，通过自己的父亲与出版社一位蒙古族编辑老师取得联系。出发前席慕蓉心里忐忑，偌大的北京机场，生怕茫茫人海认不出彼此，便与那位老师约定手拿标志性物件。老师却连说不用不用，你是蒙古族女儿，我会认出你的。后来证实，此言不虚。2018年席慕蓉与那位老师合作出版书籍，在新书发布会上席慕蓉谈起近三十年前的那桩往事仍唏嘘不已。在熙来攘往的人群里没有错过对方，这大概就是人们常常谈起的，民族文化与血缘的心灵相通吧。

谈论这个话题时我和诺敏黛正走在夏天的黄昏里，斜阳有些晃眼，我倒有些迷糊，想象此刻她家乡那辽远阔达的草原和金碧辉煌的落日。

2

多想看一场草原黄昏的落日啊！

我来自山环水绕、山重水复的广西，在我们这儿处处皆有"太阳下山"的景致，山里的日头在天上走了大半日，累了剩下最后一口气儿，晚霞托也托不住的时候，太阳便掉到山的另一头去。这时候有姑娘坐在自家的窗边唱山歌，歌声便牵出月亮来，歌声让听到的小伙儿面红耳赤、心跳不止。我们这儿的落日总跟接踵而至的浪漫沾亲带故、瓜葛相连，是怦然心动与缠绵悱恻的序曲。于是闲下来的时候，常常也会生出些虚妄的遥想来，不知太阳落在别处是怎样的一番景致，别处的人们看落日又是怎样的心境。

秋意四起凉意渐生，瓜果甜蜜的香气在空气中弥漫，这个时节多好啊，我赴鄂尔多斯之约，又能跟诺敏黛和同嘎拉格这两位我喜欢的蒙古族姑娘见面了。我从广西飞往鄂尔多斯，在西安转机时行李竟落到了下一班飞机。我焦急万分地给操持此次会议的同嘎拉格打电话。同嘎拉格说不急不急，你把转机的手续办齐了人先过来，等见了接机的师傅再跟他商量取行李的事。她的淡定与从容，让我骤然升起的那个焦虑的小气泡扑哧一下，欢快地裂开了。蒙古族的姑娘办起事来，是不是就跟在天高地阔的草原上放牧牛羊时那般轻松悠然、凡事都不会挂怀于心？想着这次的远行也遂了我想看看别处落日的心愿，路途漫长，辗转的途中，我把这个心愿把玩得跟河床里的鹅卵石一样的圆润。

关于落日，书本里倒是有不少这方面的描述，我尤其对《小王子》里那位一天看了四十三次落日的小可人记忆深刻。他说人一悲伤起来就喜欢看落日，而落日总是稍纵即逝。想必从短暂的红霞漫天的绚烂到刹那间被无边的黑暗吞噬后的荒凉，正契合了他忧伤的心绪。因为他的星球太小，就住着他这么一位王子，无可名状的哀愁随时从任何方向袭来，小小的星球成了哀伤与惆怅的沃土，他就是这样地被滋养被浸润，被这玲珑的版图喂养成惹人怜爱的小王子，这便是环境造人的力量。如果是一个帝国的君主，如果是一位拥有世界上最大版图的王呢，看着夕阳西下，又是一种怎样的心绪。

2018年的秋天，我站在成吉思汗的陵墓前已是午后，这位草原之王，这位在广袤的欧亚大陆上纵横驰骋、由他及其后继者建立了人类历史上版图最大的国家——蒙古帝国的战神，他也看落日吗？

来自国内不同民族的十多位作家正在参加鄂尔多斯的文学实践活动。鄂尔多斯文联是这次文学实践活动的主办方，在庄严肃穆的成陵，忙前忙后的同嘎拉格和她的伙伴们，把成陵放在本次活动的第一站，还特别安排了一场祭祀表演。

都说一方水土养一方人，草原多神奇呀，孕育了这么桀骜、剽悍又战功卓著的一代君王。从古至今，有多少史家在研究他的版图？多少军事家在研究他的战略？我曾试图设想，是否能将他还原为草原的男儿，窥探他肉胎凡体的内心。无奈这样的一代天骄永远自带王者的豪迈，心中激烈滚烫的热血即便陶醉于眼前的美景或者预见人生的谢幕，仍然是指向无边的壮阔与丰饶——"梅花鹿儿栖身之所，戴胜鸟儿育雏之乡，衰落王朝振兴之地，白发老翁享乐之邦"，这是成吉思汗西征路经鄂尔多斯时对鄂尔多斯的赞美。他豪迈地吟完此诗便对身旁的人说，他死后可葬于这水草丰美之地。传说大汗途经鄂尔多斯，手中的马鞭意外地落于马下。诺敏黛说："你知道的，其中有多大的意味在里头呢。"我一直喜欢她不疾不徐的语速，在《花的原野》当编辑的她，实在太热爱自己的民族了。她研究生毕业后到海外定居了十年，工作顺风顺水，生活也稳定了下来，以为自己也会像其他华人一样终老彼地。不曾料到，自己一直注重对女儿进行民族文化教育，但女儿却不屑于使用自己的母语，多方的努力尝试后女儿对蒙古语仍无精进之意，她只好辞去报酬优厚的工作回国，让女儿上蒙古族学校。在鲁迅文学院上学的时候，我很感佩她那段定居海外后为让其女儿学母语毅然回国的经历。那时我们刚认识不久，站在教室的走道上她两手插进牛仔裙的口袋里，浅浅地笑着说，都是为了孩子。我想着，这话说到底，从小处着眼自然如此，从大处生发开来何尝不是为了民族的传承尽力呢。忽必烈定都北京，开创元朝，使草原文化与黄河文化、长江文化得以碰撞，激起无数绚丽的浪花，催生了中国文化宝库的灿烂星河中的瑰宝元曲——"风飘飘，雨潇潇，便做陈抟睡不着。懊恼伤怀抱，扑簌簌泪点抛。秋蝉儿噪罢寒蛩儿叫，淅零零细雨打芭蕉。"元曲之美，谁又说不胜于唐诗宋词？

3

刚才说到哪儿了？对，说到成吉思汗的马鞭落在了鄂尔多斯。

怎么就落下了，这得是多大的天意啊！

那一天是哪一天？夏天还是秋天？秋天吧，最好就在秋天。大地一片金黄，粮食正要归仓，战无不胜攻无不破的大汗却为眼前肥沃的土地和繁茂的花草驻足不前。梅花鹿和戴胜鸟在这辽阔的草场上出没嬉戏，两种动物都有吉祥之意，尤其都是动物界的缤纷尤物，不难想象那是怎样的美好与富饶。这位战神唯独钟情于河套南端的这片土地。大汗陶醉于眼前景色，握着的马鞭吧嗒一声失手落下。听着诺敏黛的叙述，似乎都能看见那一落将近千年的马鞭啊，甚至感受到马鞭落下时摩擦空气涌动的波浪。想必大汗没有马上拣拾马鞭，倒是诗兴大发，然后愉快而豪迈地交代后事。据说成陵落地于鄂尔多斯，便是后人尊崇大汗生前的美好期许而定的。

多少人问过，这一代天骄崩于何地葬于何处？《黑鞑事略》里也有说过："（蒙古人）其墓无冢，以马践蹂，使如平地。若忒没真（铁木真）之墓，则插矢以为垣，逻骑以为卫。"被视为典籍的《蒙古秘史》也有类似的记载，蒙古皇族下葬后，先用几百匹战马将墓上的地表踏平，之后再种草植树，而后派人长期守陵，一直到地表不露任何痕迹方可离开。这里描述的是蒙古族的丧葬习俗，而且甚是认同对于这种习俗的理解：他们并不追求外在意义上的高大雄伟，更渴望与自然的和谐统一，"平如平地"恐怕也是一种更高境界的追求。成吉思汗的金身在何处至今还是一个谜，而位于鄂尔多斯的成陵虽为衣冠冢，却是全体蒙古族人民的总神祇，鄂尔多斯已经成为真正的朝圣之地，每年的祭祀大典隆重而神圣，场面宏阔，影响深远。在成陵时我问同嘎拉格："你们也常来拜祭的吗？"她说"是的，蒙古族人入园是不需门票的。"成陵开门迎客，万方朝拜，作为子民的蒙古族人，视这里为祭祀的圣地，何尝又不是民族精神塑形的庙宇呢。

在祭祀仪式上，我见到了达尔扈特人。着色彩艳丽的蒙古族长袍，系宽大的红腰带，在圣殿上，红褐的脸庞总是肃穆庄重。面对他们，不免升起几分敬意。我还以为"达尔扈特人"类似于"爱斯基摩人""印第安人"，都不是，达尔扈特是蒙古语，翻译过来的意思是"担负神圣使命的人"，是蒙古族中专门为成吉思汗守陵的部落。至今为止，达尔扈特人已经忠诚地为成吉思汗守灵近八百年，现有人口大约两千人。我不知道守灵还可以成为一种职业，还能有"黄金家族"这样声隆的美誉，职位可以世袭，享有各种特权，以尊贵显赫并获得每一朝代当局者的诸多庇护而存于世。只因他们所担负的使命太圣洁、太特殊、太重要，他们忠诚严谨，自大汗逝世至今，不受到周边其他文化的任何影响，他们依然保持了忽必烈以来所钦定的许多规范制度而不加以任何的改变。若是进一步追溯，大汗的马鞭与蒙古文化也可互为因果关系的话，那么八百年前的鄂尔多斯，大汗失手落下的与其是手中的马鞭，不如说是种下了一颗蒙古文化的种子。达尔扈特人从其传承的文化层面而言，既有蒙古族宫廷文化、帝王文化，同时也有古代蒙古文化经典和秘籍的传承。不仅是现代，就是古代也是平常百姓无法了解和知晓的诸多文化细节及内涵，都在这一群体中按惯例常年延续着，直至今日仍浓重地存在并表现出来，成为蒙古族文化的瑰宝。

正因为达尔扈特人，蒙古族的文化传承确实更纯粹更扎实有效，整个蒙古族呈现的草原文化也自带其独特的神秘的迷人色彩，而之前诺敏黛说从眼睛便能识别本民族的父老乡亲，是有实在的文化根基的。想起在鲁迅文学院学习时蒙古族的姑娘即便初次见面也没有丝毫的生分，总是亲密得如同姐妹，站在鄂尔多斯的草场，顺着历史的来路，我是能感知她们那份浓于水的血缘文脉的。

4

活动结束那天气温直线下降，细雨霏霏，来自各地的作家们即将返程。同嘎拉格在尽地主之谊忙着送机，以至于最后我俩没能好好道别。诺敏黛参加另一个活动后即返回呼和浩特。原以为我们三人同学一场在鄂尔多斯可以好好一聚的，不曾料到三人都有不同的任务和使命在身，一路上行色匆匆。可喜的是各忙各的三人在"蒙古秘史博物馆"正好有一个交集，我们在用蒙古文刻录《蒙古秘史》全文的巨幅墙体前总算有了一张合影。曾端详过蒙古文，试图辨认探寻，却无从下手，觉得这草原的文字实在神奇，细长型的主干有许多的弧线绕啊绕的，如微风吹拂青草的姿态，极尽柔软造作之能事。一本蒙古文的书籍里面该藏有多少株青草的舞姿啊。记得那会上学时特别好奇诺敏黛做的课堂笔记，大开的本子左面是竖排的蒙古文，右面横码的却是汉字。在一堂课里，真不知道两种文字交替使用时，思维是如何做到瞬间切换的。我曾向她索要她的文章，她说都还是蒙古文呢，等明年就可以出一本集子了。她最大的愿望就是能在书敖包里陈列一本自己的书。

"书敖包？"

诺敏黛解释说，鄂尔多斯的兄弟俩出于对书籍的热爱，修建了"书敖包"以及图书馆，用敖包这种传统的形式唤起牧民们对书籍的重视。目前图书馆存放有四万多册图书，蒙古族的每位作家都以自己的书能陈列在书敖包而自豪。

世人都知道鄂尔多斯的羊绒衫温暖全世界，说它是一座有温度的城市，却不知道它更是一处书香四溢的所在。因了成陵的落户，蒙古族文化在这里生根发芽、开枝散叶。几部非常著名的蒙古史学典籍也出自鄂尔多斯，如明清之际的《蒙古源流》《蒙古黄金史》《黄金史纲》等，都说明鄂尔多斯有着深入研究和传承本民族传统文化的深厚基础。

鄂尔多斯城新兴的面貌，尤其是康巴什新区，街道宽敞，几乎每一栋建筑的设计都极其用心。鄂尔多斯是目前我国当代建设得最美丽的北方城市之一——有大气之格，有精致之象，有传统的意蕴，更具新时代的时尚质感。仲秋的草原新城还是一派鲜花烂漫，置身其中，它的洁净安详和美，仿佛这个精致的城市不在大地之上，而是天上的草乡。

这便是我对蒙古族文化尤为喜爱的缘由——它有深厚的传统却又活力四射，何况还有我喜欢的蒙古长调呢。想象在如此悠扬的歌声里能得牛车一架，好马一匹，蒙古包一个，约上或者被约上，我爱的爱我的人，往大草原深处走去，一直走到天边，走到没有人烟只有牛羊的地方。柔软的绿草就从我的脚下，一直长到天边，长到云边，长到太阳的门槛边。

（载于2019年第7期《民族文学》）

逐风随云

到天峨去摘星星

当你做一件事，不容易又深感绝望的时候，我们会说这比登天还难；当一位美丽的姑娘在期待爱情又觅而不得的时候，她会怀抱怎样的渴望在辽阔的星空下祈祷——谁愿为我摘星星？谁愿为我摘明月？

——题记

汽车被这盘山公路越抬越高，当那没完没了的山峰一座比一座秀美，蜿蜒而上的红水河绿得一段比一段黏稠，当你被这苍翠和碧绿弄得一头一脸的时候，天峨就真的到了。

正午从南宁出发，汽车在天峨县城的大酒店停稳的一刹那，太阳刚好落到万峰之巅。只因山川俏拔，此时虽是夕阳西下，但落霞仍显出它的浩荡来。我们这一路走来的风尘困顿，瞬间被这一河两岸的城收拾得干干净净。离晚饭还有一小时的时间，想起这趟出门时和好脾气的门卫师傅的那段寒暄——

"出差?"

"是。"

"到哪呢?"

"天峨。"

"修大坝时我在那儿待过两年,很远,但是个好地方,可以到那洗洗肺。"

实在不想辜负师傅的一番美意,放好了行李便走出酒店。当时就想着他的那份叮嘱——能洗肺的应当不是简单的地方。瞧南宁城里有一座青秀山,立马就成了我们的一张名片,凡是外地有朋友来访,我们都给带到那儿去,郑重地介绍说,"青秀山是我们的绿肺"。说到底,一座城里只有这么一个绿肺怎么够呢,满大街上不少的行人为躲避弥漫的粉尘、无数汽车排出的尾气和那看得见或看不见的雾霾,不分季节不分晨昏地戴着口罩,这时候我们青山的绿肺功能就显得有些单薄有些力不从心了。这下可好,在炎热的七月我们来到了有"森林王国"美誉的"水上天峨",绿幽幽的红水河穿城而过,壁立于两岸的峨城被群山环抱于云贵高原的狭长盆地上,仿若一块可人的点心,碧绿的芝士就这么从天上一直抹到水里,我瞬间成了这水上天峨的一尾游鱼。我深深地吸一口清新的空气,想象那些碧绿的负氧离子在我的口腔里是如何地追逐嬉戏,满口余香之后,顺流而下直抵我的双肺。我仿佛看见它们,像城里的蜘蛛人清理现代高楼的外墙一样倒挂在我的肺壁上——刷!刷!刷!整个人就这样清新起来,于是我鼓鳃摆尾地游到了天峨城的街上。

相对于热腾喧嚣的首府,这可是一座自然、质朴、诚挚的边城。正是黄昏,落日熔金。一位农妇挑着担子迎面走来。担子里的水果我是认得的——天峨的珍珠李。去年同事的朋友从天峨寄来一箱，同事热情高涨地分了我一半，我不以为然。想着小时候吃过的李子多是皮涩肉酸，得用夹板压扁再蘸上椒盐，吃成一张酸梅脸，那真叫一个酸爽。同事却说，这是新品种，天峨一位农民通过十多年的种植实践才培育出来的，河池一带也有这样的果树，唯独天峨才能种出这样的味道。这种水果的种植多有讲究，它的种植地得有一定的海拔，18度左右的恒温还要保持一周。这番品种说明是相当有煽动性的，我立刻尝试。果然，它的滋味完全颠覆了我儿时对李子的记忆——它果皮酥脆、肉质细密、味甜多汁。说实话，这趟文学名家"果乡之夏"天峨行不就是冲着这天峨的明星果来的？

农妇的表情惬意淡然，她一大早挑出来的李子就卖剩这三四斤了。我叫住她说要买她的李子。

她放下担子，问我是从河池来天峨玩耍的吧。

我说："不是，我从南宁来。去年吃过天峨的李子，好吃，所以今年就来这边看看。"

听完我的这番话她预备拿出秤的手就停住了，犹豫片刻才又问："你吃过我们的果了？很甜吧。要不你就先别买了，我这批果还不够日子，等一星期后糖化了才甜的。你先拿这些去尝尝吧，虽然没熟透，也比别地方的果子好吃。给你，不要钱。"

说完她就从自个的担子里捧出李子往我怀里送。

我知道她的心思，她生怕自己还不够成熟的果子坏了我原有的好记忆。

如今她喜滋滋的，估计今天是卖了个好价钱，挑着担子回家。

相对于南宁，她更熟悉河池。看着我这个外来游客，她把自己当成了主人，用自己的热情、质朴和她那软软的桂西北官话，让我对天峨留下了极好的印象。这时已是傍晚，吃过晚饭的居民陆续出来散步，后来我才知道，天峨人有散步的习俗，他们恬淡从容，跟这大好的山河相得益彰。到天峨来，看山看水，你还得跟这儿的人们相处，他们也是风景的一部分，他们的惬意与满足都写在了脸上。在他们心中，天峨便是世界的中心。

等我用完晚餐再从酒店出来的时候，夏夜的凉风已吹灭了晚霞，月亮把星星点亮在天峨澄明的天空上。当我走进这座边城的夜晚，站在它的星空下，我被这无边的景色惊呆了。是的，我到过草原，感叹过它星河的璀璨与高远；也到过大海，曾诚服于它深邃而浩渺的星斗。而如今，天峨的繁星竟是如此地明亮与真切，它们硕大、清晰，抬头仰望，你甚至能感觉到它们偶尔泄露出来的烟火气息，它们就在你的头顶闪烁，如此迫近的距离分明是在鼓励你，纵情一跃便能够得着它那件银色的衣裳。这是天峨的星空，它悬浮在这大美的山川之上。当然，你只有站在这样的高原，极目望去的天空足够澄明辽阔，你俯身万峰之下的千沟万壑足够浪漫神秘，你才能看到这样美的星空。

李约热在他的朋友圈发消息说，天峨的三件宝是"大坝（龙滩电站）、东西（天峨籍著名作家）、珍珠李"，这是他一个人的天峨，他这么说自有他的道理。倒是天峨旅游局在《天峨旅游》宣传册上忘了介绍天峨的星空，这是一个巨大的遗漏！单说这次"果乡之夏"天峨行吧，来了区内外的那么多文学大腕，日常的相处中，他们也不过凡人，但在文学的天空他们的确是曾经摘取过星星的人，所以大家都称他们是文学明星，并像崇拜明星一样崇拜他们。再说了，那位路上偶遇的农妇又何尝不是天上的星宿落入人间的凡星呢，虽是一介妇人，她的美善也有星光的辉映，她担子里的珍珠李，绝对是天峨最有滋味的星星。当然，最值得一说的还有那些跌在树梢落入草丛中的星星们，它们是盘山而上的灯盏，有了龙滩电站的动力，天峨的灯光才如此灿烂。

到过一次天峨，你对世界的看法或许会有所改变，比如有人说"比登天还难"的时候你会呵呵一笑；比如你心爱的姑娘撒娇要天上的星星时，你为什么不把她带到天峨去？对呀，就到天峨去，让那里绝美的山川见证你们的爱情，在这明亮的星空下许下你们的心愿！

天峨星星索，天峨星星索。到天峨去，摘一颗星星回家！

（载于2017年4月18日当代广西网）

过犹不及的愧疚

1

可是我没有,在他回头的刹那我没有把他叫住。高铁人流滚滚的出站口,我欲言又止,犹豫的片刻他被出站的人们裹挟着已经远去,瞬间淹没在人海中。为此,紧接下来的日子成了我懊恼的漏斗,那遗憾的汁液黏稠晦涩,滴落在偶尔记起的每一个当口。

有时我下意识地,往人潮涌动的十字路口或者空无一人的虚空看去,如果能认出他来我不会有丝毫犹豫,把想说的话说给他听。特别是从柳州回来的那段时间,偶尔空闲的时候我把相遇的过程像倒放录影带一般,过一遍两遍三遍。特别是列车上分手前的最后二十分钟,我把它们切成许多碎片,甚至做了重点标记,不要等他说了三次——我没有办法我家很穷——我都无动于衷。

至今我仍愧疚不已，在他面前，我没能克服好为人师的偏执，拿出前辈的身份扮演人生导师的角色，给他出谋划策乱出主意，那一刻我的虚荣心占了上风，其实在拐弯抹角地炫耀自己的所得、贩卖不值一提的人生经验，是虚荣之下饱汉不知饿汉饥的冷漠与世故，我开始一点一点检讨自己。

2

我们这一代，十年的寒窗苦读之后，轻而易举就拥有了"分配"的人生——分配工作、分配房子，一切如电脑已设置好的任务栏一般简单，无须还房贷、不用养二孩，有一份准点领取的工资，上班、吃饭、养娃，点击按钮便可操作吃喝拉撒，直接进入波澜不惊按部就班没有悬念的人生全程。远离了奔波得安逸的我们，不知道后来者苦不堪言的什么内卷内耗。简单地说，体制内的人们就像一辆运行在没有分叉轨道上的列车，只管往前开，不必担心前程无路。但世界阔大之纷扰之多变，哪有那么多幸运儿，注定了芸芸众生的命运各个不同。

这是一次普通公差的一个极短的旅途。高铁刚开通那会，许多朋友周末结伴在南宁的东站上车，到柳州去看紫荆花，路程才一小时二十分。中午吃碗螺蛳粉再回来，时间抓得紧的话还可睡个午觉，方便得跟赶圩似的。我的同事小白是柳州人，高中同学聚会，她起个大早赶头趟车去喝早茶，踩着点儿进茶厅，拿把椅子坐下兴奋得跟什么似的，说坐高铁从南宁到柳州，比在南宁上下班高峰期从城东到城西还省事。

到柳州去办会，买票时查了车次，两城市的发车时间密得跟公车差不多，不用太费劲儿，闭着眼睛选了趟到柳州就可吃晚饭的车次。前一天我的同事已经出发了，他们得提前去联络场地布置会场。办会，年轻的同志就得多辛苦些。

此行就我一人。我特别享受一个人的旅途。在一个密闭的空间里，一切都是平等的陌生的崭新的，你曾经的悲欢荣辱无人知晓更无人关心，你不必戴面具端架子，你最大限度地还原真我，从容任性自在地做自己。不信？你到飞机上列车上大巴上看看，平日里最不被待见又不得不偶尔为之的讨好、献媚以及避之唯恐不及的小心翼翼言不由衷，此刻都被彻底卸载出了体外。

尤其喜欢从自己的驻地到别人城市的出发。每每拉上行李箱出门的一瞬，把日常沉重的人生担子留在原地，内心常常是模仿了鸟雀的飞翔，或者学着麋鹿跃进春光的样子，在光滑的地面上，将万向轮的旅行箱轻轻一旋，那藏青色的箱子轻快地转动起来，旋即成了一个蓝色的漩涡。

有了互联网以后的出行，情形跟过去宛如隔着一个世纪。如今上了列车放眼望去，跟你的过往没有任何交集的一众人群将陪伴你度过一段时光。所谓的陪伴，不过共用一个空间而已，安顿好行李，找到位置落座了，从刷手机那一刻起，整个世界迅疾消弭在网络的背后，常常还没看清邻座的脸就到站了。总而言之，人们在网络下的关系更为淡然，不必说共享一个空间，哪怕是共用一个餐桌甚或是夫妻同床，掏出手机后，也会"此时无话"的。这是网络世界的好处，让你即便身处公共空间，被外界干扰的几率也降到最低值。不像上世纪的出行，没有高铁，列车运行总是处在爬行的状态，在到达远方之前得熬过一段漫长的旅途，与陌生人的闲聊成了打发时间的最好方式。为此旅途的偶遇、相互看顾，成全了许多人间传奇。

世界之大世事之艰难，不是每一个人都热爱出发，不是每一个出发都有轻快的转动和"蓝色的漩涡"。安逸毕竟是为数不多的小众，烟火里的一地鸡毛和辛酸悲苦，才是普通百姓的日常。

3

我在3车3F的位置上。快发车时我的邻座才上车，一枚青涩的小男孩，如此而已的印象。列车开动后，我们彼此没有任何交谈的欲望，咫尺的邻座连一个眼神都不曾交换，我们沉浸在各自的世界里没有半点交集。

铁轨推开两旁的桉树，列车推开古老的时间。等列车像子弹飞奔而去以后，那无始无终的时间又弥合过来。坐在飞驰列车上的人们只顾看手机，没人关心窗外景象及世事万物的不断后退、一闪而过。之前的每一秒立刻成为回忆，之后的每一分都不可预知。回忆与预知如不断向前的录影机，人生不过来到世上被这世界放映一遍，上演一出独角戏而已。影带是固定的，不可更改，若想要留下片刻华章，得拿出十二分的努力。

还有二十分钟到站的时候我开始收拾随身行李。

上车时，帮我将箱子举到行李架的，是坐在后排的那位壮硕的汉子，他在前两站已经下车了。我不着急，邻座的这位男孩可以帮我这个忙。

"柳州站你下吗"。

"下的"。

整个行程无话的我看着邻座青春正盛的男孩，年龄应当跟我家孩子差不多，忍不住与他打了声招呼。男孩愣一下应了我。

硕大的口罩挡去了他大部分脸庞，露出一双戴眼镜的眼睛。应该是还算清秀的小伙子。

又出于预备请他帮我递箱子的打扰，我主动和他搭讪表示我的友善，我得事先预热好这还陌生的邻座关系。

原来他第一次出门，学的计算机，在一家极小的电商做销售。当得知我做杂志出版时他总算放下手机抬头看了看我，我们第一次交换了眼神。他眼睛清澈，如此年轻！

这是你的第一份工作？不是。我毕业两年了，倒是第一次出差。说话间带着兴奋，满眼的笑意。

据说今年是多年来南方天气最诡异的一年，跟1951年有些相似。已是入夏本该穿短袖的时节，气温却迟迟没有回升到它应有的高位，所以衬衣外面还得再加一件薄外套。看他的行头，穿了件深灰色的西装和浅米色休闲裤，这款大众的色阶搭配还算可以，只是西服的尺寸偏大了些，稍稍的肢体动作带动的空气摩擦起伏，西装显得有些空荡，不太合体。左边袖子上的衣服商标没有剪去，相当的突兀晃眼。暗绿的旅行箱是崭新的，连塑料薄膜都没拆卸干净。我轻轻一笑：一枚青涩的菜鸟。看来他身旁还没有出现帮他收拾的"别人"。但这份青涩又是难得的可贵，他没有随便穿了件T恤或者怎么舒服怎么来的休闲服就出门，他把自己收拾得还算干净利落，甚至够得着"体面"二字，尽管衣品还需要提高；年纪虽轻，但他已经知道出门做事的一些规矩了。看得出对待这次远行他是认真的重视的，显然地给予期待。

他的谈吐倒还大方，听说我做杂志出版的，连弯弯都不绕，不含蓄也不委婉地问道，您该跟一些领导打交道吧。他的直接让我有些瞠目，但很快我就接受了他这份坦诚和迫切。因为疫情之下，技术与文化的巨变，我们进入到一个充满不确定和一切皆有可能的世界，世事艰辛难料。听说2022年的上半年，就有超过46万家企业宣布倒闭。这一代的孩子跟我们不一样，他们被巨变的时代选中，他们首先得适应这个巨变。

之前我俩一路无语，快下车了才攀谈起来，看得出，任何一个擦肩的机会他都不放过，年轻人做销售直接坦率，真是生猛啊！我喜欢这样的生猛，在事业上，年轻人就该充满野性，张牙舞爪。

我不知道认识的那些朋友算不算领导，也不知道这些"领导"对他有没有用。我想了解他更多的状态。

这两年疫情，销售好做吗？

不好做，很不好做。

说这话时他没有皱眉头。

或许现在不是做事的好时候，不如回学校再读书。

我当即想当然地劝慰。

我家太困难，没办法再读书了。

说这话时，他异常平静；我也没当回事，因为不甚理解他平淡地说出"我家太困难"的含义。我侥幸生活在一个大好的时代，命运又赠与我安逸的生活，我没有把困难与读不起书建立起任何关系，他的话到了我这里就像水过鸭背滑了过去。我没意识到，窘迫在他短暂的人生里是否已长成一根硬刺，在他如此年轻蓬勃的生命里常常如鲠在喉。其实，在说出这句话之前他的人生早已铺设了漫长的黑夜。

总之我没有在这个时候停下来，听他说说贫穷的原因，哪怕让他抱怨放弃继续上学的无奈与不甘。我对"生活不易"迟钝异常，我居然毫无痛感地转移了话题。

4

在记忆的库存里，我紧急搜索能劝导男孩继续读书的榜样和线索。在寻找的暗箱里，我遇见了中医院一附院那位窘迫又励志的小护士，我为什么不跟他说说那位小护士？

为了治疗足底筋膜炎，上半年我费尽了心思，一周得跑三趟医院做理疗。先是做温和的超声波，再上二楼做冲击波，排队加上治疗的时间，大半个早上就没了。后来我发现中午也开放治疗，就都预约到了中午，这便让我遇见了早上八点至下午三点上连班的小甘——一位面容清秀、骨骼窄小，却在大拇指与食指间的合谷部位，文了只细小蜘蛛的理疗实习生。

一星期后我们混熟了，他帮我往足底抹了些用于治疗的凝胶时我告诉他，我也有个学医的孩子，看到年轻的医生我都心生欢喜；他也告诉我，手上的这只小蜘蛛是之前的女朋友喜欢蜘蛛侠，现在有些后悔，分手了。他有些落寞地说，以为时间长了会慢慢淡忘，不想这小家伙抹不掉了。这样的事情实在不好劝慰，只是说，你们的热切是真诚的就够了，会好起来的。很快，医患关系变成了朋友关系，他对我毫不避讳。趁带班医生吃午饭那会，赶紧掏出包里的课本。每天的这个时候，有差不多一小时的看书时间，他要准备专升本的考试。现在学的是中医护理，毕业出来只能到好点的养生机构打工，可是他想要当中医师。

以为他挤出时间是去K歌泡吧撸猫打游戏，现在的00后，哪个不贪玩。便问，没有午休不犯困？三点下班了有大把学习时间呢。他缩起脖子诡异一笑，压低嗓门说，五点以后我有一个晚班，在养心堂，我手法不错的,你可以来试试。看我一脸狐疑,他解释说他得挣学费。

我诧异得说不出话,以为是家里给不起。他说倒也不是,虽然父母都是农民,但还是能供他上学的。可父亲说打工挣钱才是正道,这么个大专的护士学校,毕业出来也是个伺候人的活,这个学还不如不上。他一赌气跑了出来,姑姑心疼他,每个月给他些生活费。他两年没回家了,得等拿了本科文凭再去见父亲。他说,这样很酷!

想起他手上的那只蜘蛛,第一眼看到甚是觉得突兀,现在倒是觉得实在配他。一个身体单薄、骨骼还没完全生长开来的男生,真正耍起酷来就像一只自燃的小火球,或者,像一个有超能的小蜘蛛。真喜欢看他这样的状态,为了自己的目标不知从哪聚集了这么多的内驱力。倘若人生一路走下去,自然就会开挂得噼啪作响。绝大部分从年少走过来的人都说,哪个青春不迷茫,偏偏这位专科实习生的青春,已经略有盈余。在我跟他相处的一个多月的时间里,我居然没听他再抱怨任何一个人一件事。

5

当时我就把这个小火球一样努力向学的男生引荐给我的邻座,我不管不顾地把小甘推到男孩的面前,说他如何地敢为自己的人生做主对自己的未来负责,多么了不起。在高铁上,当时我的思绪居然并到了我身旁男孩的思路程序上——他说销售很难,我就一个劲儿劝他先读书后工作。有大约两三分钟的时间,我们陷入劝说与解释这样你来我往的泥淖。

我说他这本科毕业找工作不太有优势哦。他点点头,说自己也是转展两年才找到这家公司,虽然小了些,但好在跟自己所学专业对口。

我继续晓之以理，说："小公司不好发展呀。你这么年轻，还得往前走的不是？到一个大的单位应该得有更高的学历才对。"

我发现他的笑意里，已经有了轻微的僵硬和无奈，声音也没了之前的兴奋劲：我父母都是农民，我们家太困难！这是他在短短五分钟内，第二次强调了家庭的经济窘迫。

我稍有迟疑，但在内心的最隐秘处，深深地被自己的"先读书再工作"的执念所牵绊着——我们恰好处在最好的时代，有心仪的工作和舒适的生活，我便以自己狭窄而浅薄的履历经验，确认这才是成功的大道。我继续对他叨叨，居然还举了单位的例子，你瞧，我们单位逢进必考的，还得研究生以上的学历才有资格报名。

事后回忆这个片段，分明看见，我终于活成了自己讨厌的样子——我以为自己是倾囊相授，实则是以自己的三观来要求这个世界；跟他谈话时看似恳切真诚，实际完全从自己的立场角度出发，一切都围绕我又是我还是我，自以为是地把自己满意的生活状态强加于人。我打量自己，我与那些跟人聊天，聊着聊着总千方百计想法子把话题聊到自鸣得意的事情上的人，有什么区别呢？

他一时无话。稍事沉默后，他才幽幽道来。

我们是广东梅州人，虽是侨乡，大概您也有听到过"东西南北中，发财来广东"的说法，总而言之，大家的印象就是觉得"广东人很有钱"。偏偏我们家属广东东北的石灰岩地区，那里山高水远土地贫瘠，属于最最贫困村镇。我表姨在广西贺州做家具生意做得不错，我六岁那年全家投奔到了广西，不料生意没做成，反倒欠了一屁股的债。父母都没文化，也没做生意的本事，这么多年过去，到现在也翻不了身。从记事起，我们家就一直在还债。我是家中长子……他第一次侧过脸来看看我,略微停顿后无奈地笑了笑说,"不能想干什么就干什么。"

这是他第三次谈到家庭的窘迫!

6

列车已进站,我没能说服他我有些着急,趁着他给我递箱子的一刻我居然自以为是地支招,我说我有位朋友在中国银行任职,他说上学可以贷款。

人们开始下车,后排的旅客催促他往前走,他似乎在回我的话。中途下车大家都有些慌乱,嘈杂中我已经听不清晰,离开列车走出车门的一刻他回头时,朝我凄惶一笑。

我想叫住他却欲言又止,犹豫的片刻他被出站的人们裹挟着已经远去,瞬间淹没在人海中。

整个的柳州之行我都情绪低落,在这全球经济深处凛冬的时代,我不知道他所属的小电商能否熬过这漫长的黑夜,不知道他做了功课满怀期待的人生第一次公差,是否有所收获。倘若惜败而归,也千万不要气馁呀亲爱的小伙子!在众多啃老、"躺平"的年轻人当中,他已经做得足够优秀,值得赞叹,他为生存迈出了第一步。而这恰恰最是让我懊恼的所在,全程我没有给予他任何的肯定、赞叹和欣赏,"你很棒"这句话就应该捧到他的跟前,像献花一般献给他,他值得为自己自豪为自己欢喜。让他为认识自己的价值而自豪,为年轻的自己去奋斗而欢喜。时代的不断更迭、社会的迅猛发展,演绎出丰富的生活,人们大可根据自己的意志编织出精彩纷呈的人生。邻座的男孩也许是对的呢。赞叹他,本是我们短暂相逢我能说给他听的话,而不是按照我的逻辑不切合实际想当然地劝导,以为这样可以劝导出一片坦途,而实际是，我的"好为人师"释放了内心深处的优越感，这头"建议怪兽"尽管是无意识地跳出来，它带来的必然是"建议陷阱"。在如此短促匆忙的时间里，跟男孩的关系不深，我既没有耐心地倾听也没有详细分析，根本搞不清楚问题所在，给出的当然不会是一个好的建议。实际是，我打扰了他的生活，不切实际的劝导甚至是朝一位在苦水泡大的孩子扔去了石头。

7

无限的愧疚让我开始省察自身——尤其是隐藏最深的所谓"被尊重"、所谓"自我实现"的人性需求。在正常的情态下，这样的基本需求应该是合理的积极的符合人性的。一旦它们不被警惕没了约束，很容易就被任性地提升放大。而一介凡夫的我又没有敏而自知及时修正的习惯与能力，优越感的心理需求就会演绎为傲慢的好胜心、过度的需求存在感，自然就活成被常人讥讽的喜欢去劝导别人并乐于享受居高临下的七大姑八大姨。如此自我剖析，真是细思极恐啊，我是不是已成了困扰别人的"惯犯"。

我们有多少时间是留给自己躬身自问的，有多少智慧是用于反刍自己的过失的？

也或者。我们的相遇不仅仅是我要给他说什么，更是他，也告诉了我更多。

（载于2023年第11期《北京文学》）

你是谁的执意安排

我不在乎背负"贪玩"这样一个不雅的"美名",在几乎不足月的间隔里,欣然应允了三娘湾的第二次邀请。

仍旧带着那只红箱子上路,因为三娘湾第一次绚烂宁静得让我为之动容的记忆,已被我熨烫折叠好,珍藏到箱子里层。尽管在这之后又做过几次短暂的旅行,其间也不乏山清水秀之所在,但留下的痕迹都过于轻浅,几盏美酒下去,更是无迹可寻。我知道,那是我握着三娘湾海上那一抹夕阳的裙裾久久都不肯松手的缘故。既然这样的放不下,倒不如干脆放下城里的世俗牵绊,让萦绕不休的烦恼和迫在眉睫的活计统统从心头卸下,到海湾再做一回客人。

南宁到三娘湾得一个多小时的路程。高速公路上跑着的大多都是豪华的汽车,不仅装饰讲究,速度极快,风驰电掣而过的多半是陌生且冷漠的面孔。其实高速公路不过是城市的一条纽带,你再走多长的旅途都还是离城市不远。等汽车拐到了二级公路,过往的大多都是灰扑扑的货车,偶尔还会有突突来去的拖拉机,公路两旁的农田农舍以及等待收割的稻子,渐渐地让你浮躁的心安静了下来。

我们的汽车只能泊在村子外的停车场上,这是村里的规矩,即便是市长的车也不能例外,因为村民们一直都不太习惯汽油味和马达声。三娘湾没什么旅社,你要来了就住到渔民的家里,这一住还真不想走了。村民们依海而居,房子自然也就沿岸而建。"我有一所房子,面朝大海,春暖花开。"天才的海子至死都在追求的幸福,对这里的渔民来说,却是再简单不过、唾手可得的日常。可惜海子在世的时候,未能与三娘湾这世俗的幸福结缘。

时间还早,我坐在村子前的那片林子下看海,等海上的落日。这是一个精致的海湾,在它所属的范围内,你站在哪个角度都可以看到它的全貌,它是属于小品类可以慢慢细读的那一种。海湾是流线型的,弧度流畅而悠扬。难得的是,离海岸不远的海域居然生长着许多形状怪异的石头,沉着的黑褐色,与它们身旁的渔船一道互为背景,很有点印象派的调子。我就想,怎么就叫了"三娘湾"这个名字呢,似乎有点不搭的感觉。但此时的我已没有了太多的热望去刨根问底地寻找这个名字的由来,至少,三娘湾的命名包括它的传说都会比海湾的真正存在要年轻得多。这个像是袖珍盆景一样的海湾,是上苍赐给我们的福音,它曼妙的曲线和海上嶙峋的怪石是自然的玉成,是岁月的归宿。这自然的造化,是风和雨多少万年的积蓄啊,我们怎能用一个轻浅的传说就敷衍了过去呢。这种看山是山看水是水,看见帽形就说是少女,看见山坳就说是乳沟的所谓传说,不是文化,更不是历史,在岁月的长叹面前它们轻得不着痕迹。

所幸的是，我没有因为自己的偏见和固执留下一叶障目的遗憾，我才可以坐在下午四点钟的阳光里，从大自然的手中接过这风平浪静、阴柔妩媚的海湾。我不得不感叹它的魅力，在桑田沧海之后可以不留下任何年轮的印痕，所以它的容颜用不着刻意地打理。它天生标致，清清爽爽地立在每个人的面前；它娇柔却不依附谁的旨意，任何时候都有自己的主张；它敢于把雷霆、怒吼和世俗的烦嚣关在门外，说，恕不接待。所以，这片海域才宁静得近于安详。村子里住着四十多个姓、上百户的人家，翻阅有据可查的历史，居然没有一件宗族纷争的记载。他们的祖辈都是外来的移民，在定居之前，仿若蒲公英的种子在空中漂泊，一旦认准了这一片天地的平和，便扎下根来繁育后代。再说了，这里的海风也是懂得选择氛围的，它们从宽阔的海上过来串门，喜欢了这里的清静，就毫不犹豫地住了下来，一年四季都和颜悦色地过着日子。因为不狂躁，所以它们比别处的海风更来得纯正——它不腥不咸，不会引来恼人的苍蝇四处飞舞。海风甚至还邀请了匆匆赶路的那片林子，让它也留下来。树林说，"好吧"，于是也住了下来。有了这片林子，淳朴的村民高兴得四处邀请，对喜欢游玩的人们说："你们来吧，这里有吊床，睡上一个午觉再走也行，哪怕是来发呆也是好的。"

等我看够了海，回家的夕阳正好路过这里的水面，这时候的三娘湾被满眼的金碧光芒遮蔽着，我们在落日熔金的照耀下，每一个人都成了辉煌的一部分，那种美呀，都会让你失声叫出来。所以，广西摄影家协会才把基地设在了这里，所以，不断地有人把家往这里扎。

这里的时间就是这样很物质地让你触摸着，它毫无戒备的松弛，湿润，步履从容，姿态端庄，它慷慨无偿地出让自己，任你肆无忌惮地挥霍。当海上生明月的时候,你坐在退潮后裸露的礁石上,纯正的海风一阵阵地打来,这样的情景,多少时间都是不够用的。所以我才会再来,与不同的伙伴在不同的时间,在这淳朴宁静的海湾里体会它万千的气象。喜欢三娘湾,不是因为有人类俗手的点染,而是上苍对它如此这般的执意安排。

(载于2005年8月9日《广西日报》)

逐风随云

给你一张傩面

相对于城市，环江算是僻远之地。它的远还不仅仅限于时间或距离，而是有一张虚幻的千年傩面，把它与这个世界隔离开来。

因为神秘，因为不易抵达，所以总是期待与向往。

有山环水绕、有雨雾半遮半掩的环江，我是冲着它的"世界自然遗产地"、它的"国家级自然保护区"、它申遗成功的花竹帽和有上千年历史的傩面去的，始料未及的是，原打算四天愉快的行程，在环江仅仅住了一个晚上的我，就不得不坐第二天的头班车离开。那个黑夜多么深沉，它被那件糟糕的沮丧的欲罢不能的麻烦事儿的分泌物粘连住了，连狗吠声也掀不起它的盖子。我穿着舒适的睡衣完全地嵌进了那张宽大的床里，一宿未眠。整个晚上我都攀爬在悬崖上，从凌晨一点到两点三点四点，每一段时光都是陡峭的险峻的。还真是第一次体验黑夜的利爪，整个身心就像被它活拆了似的丢了一地。精疲力竭地想再努力一把让自己放松下来的时候，天色露出青灰的亮光，屋外下着小雨，我从床上弹起来。一面收拾着行李，一面用手机给环江文联莫主席打电话，我跟他说明事情的原委并请求他的帮助，十分钟后他开着车在宾馆楼下等我。飞奔到车站，我买了当天头班车的第一张票。

是一辆五十多座的豪华大巴，我上车时竟发现还有一位比我更早的乘客。昨天买的票？他显然坐在我的位置上，看向窗外，根本不想搭理任何人。见我踌躇，他懒懒地说，这么早没人要到南宁去的，还有大把位置。被他的落寞打动，我找个别的位置坐了下来，直到下车再也没机会跟他打过照面。可至今我仍记得他那似乎永远都没办法聚焦的眼神，应该年纪不算太大，皮肤黝黑粗糙，满脸却是刀斧刻下的皱纹，这些都是与生活扭打留下的痕迹啊，一位愁苦的人儿。想着自己一夜无眠，脸色一定难看得不行，肯定也是愁苦的样子。

我明明知道车上不会有熟悉的人，但还是下意识地四处张望一番。和我一起来采风的大部队当天到环江的下南乡波川村体验生活去了，他们要看毛南族的"肥套"。

"肥套"？一个多么先锋又令人生奇的名字！若让"90后""00后"描述，相信他们会说有现代卡通的味道。确实，从字面没法理解它的含义，而我是熟悉的。2009年曾和单位的三位同事到环江调研，知道"肥套"是毛南语对"还愿舞"的称谓，是毛南族还愿活动的一种说法。毛南族人说话，"回"就读"肥"，所以肥就有"还"的意思。当然，这些文史资料，今天在网上随处可见、随时可取。我通常只让资料在我的记忆中作为一种常识来存档，需要时点击一下鼠标就好，别无其他。不同的是，我偏偏对那些古老的神秘的事物特别向往和迷恋，愿意以无限的激情让那些失散已久的被遗弃在风中的过往满血复活，血肉饱满。我喜欢徜徉在旧事物的怀抱里，去体验传统的气息和温度。中国唯一的毛南族自治县保留了上千年的还愿祭祀仪式，我更愿意把它视为一种人与神的神秘契约！它起源并盛行于明清，如今仍然是每一位毛南族成年男子最重要的礼仪。在毛南族的家庭里，家中若有男丁长到三十五岁，父母必以隆重的"肥套"还愿，以感激神灵的赐予与护佑。还愿仪式一般选在自家场院，请六到十二位师公，戴上木雕制成的象征各路大神的傩面具，祈求风调雨顺、五谷丰登、子孙兴旺。这种随着岁月的更迭所孕育出来的毛南族傩文化已渗透到每一位毛南族人的血脉中，它结晶成籽，凝聚为强大的文化基因，代代相传。深究它的源头，跟一段民间传说有关，跟无所不能的神灵有关，跟信守诺言践行契约有关，跟惜福感恩有关。这个大山里的少数民族，他们穿衣着袍，戴上精雕细刻的精美傩面具，只等音乐响起，即以神的名义起舞，进行人神对话。这场面神秘，这仪式庄严，令人敬畏。而神奇的是，这套古老繁复的仪式是被置放在"世界自然遗产地"进行的。

我们是踩着三月的尾巴向环江出发的。烟花三月啊，一个多美好的季节。新雨正淅淅沥沥地下着，等进入了环江地界，毛毛细雨便与空中的水汽弥漫成缭绕的雨雾。越迫近目的地，雨雾越发浓稠。它们开始只在山头驻足，然后丝絮一般蜿蜒而下，山腰山脚直至田间地头房前屋后，环江的半城山水半城楼便隐藏在了袅袅的雨雾里。雨雾一起，万物皆宁。这样的情景多符合我的想象呀，信奉神灵严守契约的毛南族人民就生活在这既有人间烟火又虚幻缥缈的仙境里。即便是"世界自然遗产地"，这片奇妙的山水也是为孕育毛南族的傩文化而准备的。生长在环江的那些稀有的绝妙而不可复制的峰林、峰丛，都灵秀、都静谧、都妖娆丰茂；而洼地、谷地和洞穴都隐秘、都肥沃、都莺飞草长。所有的这些存在，又多么适合神灵逍遥、仙侣散步。环江神奇独特的自然风貌与神秘瑰丽的傩文化，正是如此这般地互相成全、互相滋养，才完成了环江的盖世奇观。

错过了那场盛大的"肥套"仪式，坐在回程的车上我不无遗憾地念叨着。或许也未必呢：乡下的民俗，用到自己身上，多半就认真就虔诚；倘若用于表演，大多也就是走过场不走心。这般想来，心里又宽慰了许多。思忖着，环江还是要再来的，有机会，哪家的父母为儿子做"肥套"，我会自愿地给他们搭把手帮个忙，干脆就住到他们的家里，真切地看那戴了傩面的师公，是否就真的能人神两界自由地穿梭，就能到上界去探个虚实回来？

这不过是一些玄想罢了，傩文化有它自己的定义：它融合了毛南族口头文学、民间山歌、舞蹈、音乐、戏剧、傩面具雕刻等内容，并形成相对独立的傩歌、傩舞、傩戏、傩乐、傩故事和傩木面艺术等表现形式，是毛南族民族文化的集中体现。2006年毛南族"肥套"被列入国家级非物质文化遗产保护名录。环江是以傩文化为骄傲的，"盛世祥傩"群雕在环江毛南族自治县民族文化公园落成，是该公园的标志性雕塑。有趣的是，从2008年起，环江每年都要举办盛大的分龙节，而分龙节的傩面晚会，则是节中节——傩面狂欢节，那是个万人狂欢的宏大壮观的聚会。我没参加过傩面晚会，但我体会得出傩者狂欢的痛快：所有参加者，不论是原先只想当旁观者的还是来做参与者的，不论本地的还是外来的，不论是平民百姓还是高官小吏，只要来了，都不由自主地脱下原先的所有的社会面具，戴上这张称之为"傩"的另一个面具，在这一特定的情境中为自己而舞，为所有躲在那一张张面具后面的神祇而舞。只有当你躲在傩的背后，你才会发现自己该有多自由和多痛快。真实的灵魂常常是需要面具的，真实的灵魂常常是需要虚拟的、掩饰的、假扮的。真实的灵魂哭泣的时候有时需要一张笑的傩面，真实的灵魂快乐的时候有时需要一张沮丧的面孔。同样，既然你猜不透对面或身边戴面具的舞者，权且就当傩面背后的那个他或她就是你希望的那个吧。傩面真是人类最伟大的发明。这个发明不仅让人有了一张往来于人神鬼三界的通行证，或娱神，或娱鬼，或娱人，更让人的灵魂有了一个最可靠的依附。

　　环江之外，真实的世界何尝又不是傩的世界？我们那张天天要保养修饰，要涂脂抹粉，要美容甚至整容的脸面，无比丰富的表情后面，你又看得出多少灵魂的真实？环江只是用傩面告诉我们一个哲理，给了我们一个灵魂的寓所。

　　这就是世人神往环江的理由吗？

　　总觉得县城广场中那座巨大的傩面雕塑一直在盯着来往的行人，似乎要弄清人们面相背后真实的容颜，真让人无言以对！人生也有沉重的时候，我们的生活偶尔会狼狈、会萎靡、会困顿，一时半会甚至会绝望，如果有一张傩面可以躲藏可以逃避可以沉默多好啊。这个时候我也会站出来说，给你一张傩面吧，这样光阴似乎就没有这么可怕，你就可以躲在它的后面或窃喜或泪涌。人生有了这段难得的残喘与修整，人们才可以回到幸福的原点。

（载于2017年4月18日当代广西网）

一个旧旧的州

旧州,单是这个名字,就足够让人向往的了。

在去之前,就有朋友的朋友说,那是一个值得一去的地方。

我问,不过是靖西以前旧县城的所在地吗,就值得你这么大张旗鼓地推荐?

朋友的朋友说,就因为旧呀。

简简单单的回答,倒是让我想得天花乱坠的。所谓的旧州,还真不知道它会旧成什么样子。

自然,它不过是一个褪了色的记忆,那里面肯定会有自己的故事自己的情节——

旧州该像一袭褪了色的新嫁衣吧,上面的每一个针脚都仔仔细细地缝着一个个幸福的或不幸福的故事,你可以想见有多少新嫁娘被一顶顶花团锦簇的轿子抬进了旧州或抬出了旧州;旧州或许是一方用了几代的砚台,是用当地出产的秀石精工打磨而成的,上面龙凤戏珠的图样却历久弥新，砚台的中央永远都有一汪清新扑鼻的墨汁等着你；旧州该像一面年代久远的铜镜，岁月的沧桑可以略去许多高官荣耀和功名厚禄，却不可省去它精致的浮华、红光可鉴的光环；旧州该像一枚用旧的印章，悠闲地不可替代地盖在了靖西的北面……

　　我就是在这样联翩的遥想中由一条平坦宽敞的柏油路引领着走进了旧州。

　　进入旧州地界以后，随处可见的新屋舍及来回奔走的摩托车很让我失望，它与我在路上的遥想出入太大。要不是集体行动，我还真的会打道回府了。但旧州是一个让人来不及懊恼的地方。神驰间，柏油路的尽头竟是一条四米来宽十多米长的狭长通道，两旁是七八米高的土墙。过了这条通道，还真不敢相信自己到了一个怎样的所在：眼前是一个开阔的场院，两旁的石墙瓦房低矮地站着。前后十来米的路程就能改头换面成这个样子。正是晌午过后，猫狗都懒懒地歇着。太阳开始西斜，暖暖地照在那些漆了又漆的木门上。我们同行中一位最酷的小姐戴着墨镜在一扇很有些年月的木窗前作了一回秀。拍出来的照片大家都说好。旧州的旧和小姐的酷虽各不相干，味道却很纯正，感觉他们都是各自的时间打造出来的标志。

　　奇怪的是同行们倒不太在意场院中的绣球铁架。我一直对抛绣球这种别有风味的游戏很感兴趣。作为青年男女定情的媒介，它的魅力不会在所谓的相亲节目之下的。想想看，十里八乡打扮一新的青年男女汇集在这里，寻求自己一生幸福的场面，是何等的热闹何等的气派！在此之前，少女们仔细地把自己的春心和聪慧准备在一只只缤纷的绣球上，如何地想着让自己最美丽的时刻遇见那相伴终生的情郎；英俊的少年们更是聚集着有生以来的气力，准备了超凡的身手，去接心仪已久的女子抛掷过来的绣球。导游说，清朝康熙时期旧州的抛绣球已经盛行。那是几百年前的旧州呀，偌大的场院上踢踏过多少后生的脚步，后生们又从这里带回多少的幸福和遗憾。瞧那场院上千疮百孔的地面，就可以想见当年抛绣球的火爆和盛行。只是眼前的街市已经风烛残年，但这又怎么能掩饰得住它曾经有过的繁华和风流！

今天旧州的女子依旧做绣球、绣荷包，但绣球不能再使少男少女们怦然心动心驰神往。当年的旧州，去哪里能够找到出售绣球的地方？一个绣球就是一个少女的心思，这是买不来也代替不了的。如今她们只是出于一种商业的动机，而我们这些远道而来驻足片刻的游人，无论如何是领略不到绣球背后春心荡漾夜不能寐的心境的。我们不过是好奇，顶多也是出于对手工艺品的热爱。你看我们一个个作秀的模样，绣球也只是可餐的秀色罢了。

回到南宁，细细回味的时候，觉得旧州更像一枚古老的玉器。它年代久远又不失它的光华，甚至还有几丝沁色，握在手中有一种温凉的熨帖、一种可心的柔软，一种不可忘怀的回望。

曾经繁华喧闹的旧州一切已旧也一切依旧，如我所思。

（载于2004年9月30日《当代广西》）

扬美，扬美

到扬美去得过一个渡口，我以为这是一个多么有诗意的悬念。

倘若这条必经的水路上架了一座气势恢宏的大桥，对于我们这些游客那才叫真正的不合算呢，至少，没有了时空的阻隔，游览这座古镇的情绪就没有了铺垫的依据。再说，那种怀旧的期待肯定被呼啸而过的车轮省略掉了。如今，到了渡口后我们得从汽车上下来，等那条摆渡的机船把这边的车辆行人送到对岸，再过来接我们。这一去一回的，得要二十多分钟甚至更长的时间。

这是一个悠闲的地方，好像大家都不急着赶路。

我打着太阳伞看着左江这宽宽的河面，看它吆三喝四地顺流而下，到了扬美竟左顾右盼地才肯离去。大概扬美是左江顺流而下被遗忘了的玩伴，因为有许多的不舍，它才成全了这个小岛，让它三面环水，让它像一棵蓬勃的树生长出大大小小的水湾来,好叫南来北往的行舟有停靠的地方。据说在清朝最昌盛的时候,扬美这个不足6.5平方公里的小岛居然有八个码头,这样的繁荣,让今天的人们轻而易举地就能描述出当时人声鼎沸的场面和"门泊东吴万里船"的盛况来。想着先人是怎样摇着小小的篷船来去自如地行走,做买卖的,回娘家的,去相亲的,书生进城赶考的,或者什么目的也没有,只是到省城随便逛一逛,人们走的就是这条水路。那场面一定比今天的热闹,河水自然也不是今天这样的浑浊。

这时候有人向渡口旁的船家买一种叫左江的河鱼。我就对先生说:"回来的时候我们也买一些回去煨汤。"船家听见了,称着鱼,头都没抬就说:"你们是去扬美的吧,那儿的鱼比这里的好吃,你们到那儿买好了。"船家不顾及自己的收入,居然这般诚恳地建议,让我一下子觉得在岸上等船的陌生过客都面熟而友善起来。

能载重上百吨的渡船,连人带车把我们送到了对岸,乘客的船费却分文不收,先生开的那辆车也只交了两元钱的服务费。想起那些二十元五十元一张的游览门票,我们直喊便宜。同船过渡的乘客倒是平静得很,那些骑摩托车的、拉自行车的、挑担子的,一副轻车熟路的模样,只等渡船一停稳便上岸,连招呼都不打,就跟坐了自家的船似的。自然,宋朝年间明朝年间清朝年间,古镇上的人们,是没有像今天这样大吨位的渡船的,富裕的大户人家顶多也就是有艘乌篷船而已。但说起来,古镇没什么大富之家,在出发到扬美之前,我曾到网上查过有关资料,《扬美古镇旅游攻略》上介绍古镇上的民居时说,镇上虽有七百多间的明清建筑,可大部分都是三开间两进一层的民居,砖木结构,前一进与后一进之间有小天井,样式朴素实用,装饰不多。当时就想,这有什么关系呢,我又不是冲着名家豪宅去的，镇上仍能保存明清民居的古风古貌已经很了不起了，何况，还有观赏价值极高的临江街呢，那可是一条三百多米长的青石板路呢。戴望舒的《雨巷》中，那位撑着油纸伞走在青石板路上丁香一样的姑娘，让人对青石板路有着无限的遐想和期盼。

在村口我们要了一辆牛车。车主是一位四十开外的中年妇女，微胖，黑脸膛，卷起的裤腿一脚高一脚低的，看样子刚从地里收工回来，那模样也就跟稻田里的庄稼一样朴实。后来她作为我们的导游，受到我们一致的称颂。她是本地人（扬美的导游都是本地人），极爱自己的家乡，对于那些有观赏价值的景点如数家珍。我们一一游览了黄氏庄园、五叠堂、举人屋、清代禁碑、临江街、古码头。介绍举人屋的时候，她整个人似乎都在大放异彩，说镇上出过五位举人二十位进士呢。可见古镇上的人们是崇尚文化的，这大概也是那七百多间古宅民居得以保存的主要原因吧。

也许，那些见多识广又目光犀利的游客，会有稍许挑剔的遗憾，或者是一些苛刻的不满，以为扬美的古貌不够完整，古民居的群落不够壮观。结束这次短暂旅行，在回城的路上我想，其实，游历可以有许多层意思，目观是一层，心游又是一层。目观直接实在，而心游因为是超越时空的驰骋，则会拉长你的目光，延长你的旅程。扬美的古风古貌仍是纯朴的——那位农妇一般的导游、岸上卖鱼的诚实的船家、扬美至今仍保存的夜不闭户路不拾遗的口碑，还有那些流传久远又朴实无华的酱油、咸菜、沙糕……这些都是古镇的一部分，对此你不可心不在焉，更不可一笔带过。

当然，你要是真正地想认识扬美，你最不可忽略的，是那个到达扬美必经的渡口，它可是古镇的序曲、前奏，是古今文化的中转站，历史隧道的关口。因为,古镇正是有了这一渡口这一水路,才繁荣才富庶;同样的,也因为这一渡口这一水路,古镇的美名才得以传播远扬,扬美也因此而得名的吧。

(写于1996年10月双子凼)

奔赴一次豪华的旅行

我们搭乘的是9月10日7点50分南宁到成都的航班，9点10分抵达成都，14点03分换乘成都到天水的列车，次日6点50分抵达天水。酝酿了整整一个夏季的西北之行，终于在暑气消退、秋凉渐起的中秋前夕成行了。

自然，天水还不是我们旅行的终点，我们由陇南向西北，行程一千五百多公里，几乎横亘整个甘肃。后来回忆这次旅行，自己觉得挺惭愧的。我们不应该仅仅是戴着墨镜、抹了一层厚厚防晒霜的一般游客，最好带上锄头、铁镐，还有指南针，因为在这茫茫的戈壁滩上，遍地都是文明的碎片。否则，一张机票再加上一张列车票，怎么轻易地就能抵达史前如此绚烂的文明巅峰。做这样的旅行，真应该把自己的肺自己的肝自己的心都贴进去。

从甘肃回来我立刻查了一回族谱，希望自己跟那条古丝绸之路能有什么血缘联系，结果却令我大失所望。倒不是说做了一回文化采风回来就数典忘祖了，只是那条古文明通道上昔日的繁华、荣耀以及马踏出来的富庶实在太令人向往了。我向来是热衷于文明的奢华的，尤其是古文明的奢华。正如张洁在《无字》中对吴为所描述的，吴为之所以喜欢北京是因为它是文化的中心，而她是一个即便是文化的影子也会去追随的人。我大概亦是如此。

我常常可以大半天地陶醉在古玩市场那些青铜器皿和做旧的陶罐堆里，尤其喜欢选择下午过后的时间，甚至是夕阳西下的昏黄时段，我知道偌大一个市场几乎都是赝品，但我喜欢这种氛围这种感觉。我得借助眼前这些文化遗迹才能真实地返回到从前，去体味过去时光馈赠给我们的光辉以及它的每个细节。

丝绸之路是一个怎样充满奇迹的名字，又是一个怎样令人遐想的所在。上小学的时候，大型歌舞《丝路花雨》正演红了大江南北，剧中美轮美奂的飞天造型实在令我陶醉得不行，当时也只是喜欢，却不知道这些舞姿曼妙灵性飞扬的生灵背后，有一段这么灿烂的文明历史；后来工作了，结识了一位搞美术的朋友，他从西北回来，告诉我说，他在乘坐由敦煌至西安的飞机腾空时回望大地的一刹那，看见了一束耀眼的紫光。我看着他眼里满是神秘和惊叹，我丝毫都不怀疑他那充满鬼魅的描述，我知道他那束紫光的意义——似乎还不仅仅是莫高窟里的佛光显现，更多的是对艺术的敬畏和对灿烂文明的膜拜。五年前，家住西安的苏朗给我带来了一只高13厘米、口径6厘米的用细泥白陶制成的旋纹瓶。尽管这只陶罐一看就知道是仿制品，但生产者却是一点不马虎。罐上的图纹在精心地描绘之后又处理成斑驳脱落的样子，外表还均匀不一地黏附着"出土"时的遗存物，做旧的痕迹很是明显，但我不挑剔，我惊喜地接过这只陶罐，更让我惊喜的是，当时不过六岁的女儿居然对我说，她也喜欢这只陶罐。女儿的认同让我非常吃惊，觉得她很了不起，能够对一只又旧又脏的罐子，心存一份这样的热爱。我被女儿的感悟力引领着，我拉着她的手告诉她："文物是流传到现在的过去，因此我们面对文物，总是感到既亲切又神秘，更何况，文物大多数是珍贵的美术品呢。"女儿不一定懂这些，但她能够热爱，已经令人欣慰。

飞天、佛光以及色彩斑驳的陶罐大概也就是我接收得到的有关丝绸之路很有限的感性信息。偶尔，我也会把这条神奇的通道与丝绸的品质联系起来，想象它的柔软、细腻、高贵和无限人性的熨帖。自然，这不过是望文生义的想象。

现实中，它离充满诗意的优美的名字相去甚远，倒是它的粗犷、苍凉以及被时间和风沙掩埋的丰厚文化，比那种柔软的情调更豪华，也更有震撼力。现代旅游就流传这样的说法：北京只有三百年的历史，西安也不过两千多年，要看八千年的历史，还得到甘肃去。

于是，我们从甘肃天水出发，从伏羲的诞生地——人类文明的发祥地出发，来开始我们这段不同寻常的旅行。实际上，我们这次十多天的匆匆行程也不过是最粗疏最简单的考察，我们跟随历史，一路地翻阅我国历史上年代最早也是最值得我们骄傲和自豪的篇章。当我结束这一次旅行，在万千微尘纷落心田之后，静下心来，追忆这段美好的往事时，不承想，我居然可以省略掉素有石窟之宫美称的麦积山、省略掉闻名遐迩的马踏飞燕，甚至省略掉伟大的敦煌，而把自己的情感焦点汇聚在大地湾的陶罐上。我以为在人类的文明史上，最美的要数陶罐史了。与石窟、寺庙及其他文物不同的是，陶器是一种与人类最接近的艺术，是日常生活的一部分。陶器的出现，对于人类文明的发展具有划时代的意义，它在促进人类的定居和生产力的发展上更是起到了积极的推动作用，我们的先民就是在烦嚣庸俗的生活中与陶罐同行的。我以为陶罐是有性格的，不管怎样千变万化，它都是柔软的母性的，你可以看见最原始最纯净的质朴轻柔地从它们的身上散发出来，以至同行的浩鸣兄不能承受这质朴之美，他对我说他甚至有不能呼吸的感觉。我告诉他说我也一样，要是可能，我愿意回到八千年前，住在天水的一个普通人家里，做一名不事声张的少妇，就用这样漂亮的陶罐，每天汲水、淘米，为我心爱的丈夫和孩子们做丰盛的晚餐。倘若可以这样，把如此高贵的艺术穿行在自己庸常的生活当中，那该是怎样美丽幸福和奢侈的事情。这样的生活就如陶器一般需要你不停地呵护，让它不能有丝毫的破碎旧损，这样的感觉多好！是的，在陶罐面前，我才发现自己的创造力是如此的微弱迟钝。而古人凭借的也只是最简单的工具、最粗陋的原料，却能创作出即便是今天，我们用现代的眼光去挑剔，它们也是完美得无懈可击的作品。要知道，古人把他们纯净的灵魂和粗劣的泥沙和在一起，才有了如此卓越的感受和超群的想象力，让自己的生命在这些陶罐上居留，让他们的灵魂继续在这些杰作中前行，然后慷慨地赠予我们这些后人，让我们至今仍感受到古人智慧的气息和唯美的馨香，享受先人无与伦比的惠泽。

西北之行，我一路痴迷于被掩埋在地下的时间和隐藏在时间背后的历史，它让我得以在这绚烂的文明之上驻足片刻，狠狠地奢侈了一回。面对陶器，我一点都不客气地拿出"就是喜欢"的姿态，毫不掩饰自己在审美上的偏执和狂妄。我似乎想在学术上寻找更多的因素来证明自己热爱陶器的理由：陶器的产生和发展，是我国灿烂的古代文化的重要组成部分，在古代保留下来的遗存物中，以陶器为最多，也因此，在考古学中把陶器作为衡量文化性质的重要因素之一，更何况，天水是整个人类文明的发祥地。这样好了,我就从天水出发吧,从八千年前天水旁的大地湾的陶罐出发,希望在未来的回忆和阅读中继续这次文化之旅。

对于这次旅行,我除了稍稍觉得它来得迟了一些曲折了一些之外,我内心深处还是充满了对它的惊叹和感激的。

(写于2003年10月双子凼)

水边的孩子

与几位要好的朋友结伴,选了个春末夏初的日子去看花山。

火车到达宁明站时已是晌午时分,我们找了一家干净宽敞的餐馆用完午餐后,看看时候还早,便决定不在镇上留宿,拿了行李直奔河边找船家。路上打听到,镇上离花山还有3个多小时的水路,到花山去的全是装了马达的机动船。想想少了在家时想象的摇橹掌舵的滋味,心里未免生出几分遗憾来。

来到岸边,十几条游船安静地泊在水面上。船家显然都吃过了午饭,正百无聊赖地坐在自家船上打盹,或是隔着船舱聊天,一派慵懒悠闲的样子。看了我们提着大包小包的外地人,精明的船家就知道我们是去看花山的了,便都纷纷上岸来抢生意。主多客少,船家又互相压价,船费相当便宜。我们正犹豫的时候,一位健壮的中年妇女适时地打出了旅游公司的牌子。同行的两位朋友看是国营的游船便抢先应允下来。其他船家则相当有经验，知道这趟生意还未到非她莫属的时刻，仍旧和颜悦色地争取我们。一位精瘦的老伯却背起手拉下脸来冲我们喊："你们这些傻仔傻女，一听是国营的就认账，怎么不先看看我的船，先看看我二叔公。"说着还拍了拍自己那精瘦的胸脯。我们一起笑起来选了他的船。

其实我们的决定多半是因了二叔公直爽又急躁的性格，和小时候曾不分昼夜满街满巷扯着嗓子唱的那段顺口溜："二叔公，吹火筒；买根蔗，又生虫；买个饼，又穿窿，买个糍粑粘喉咙。"我们唱的时候并不要懂什么含义不含义的，只图个痛快。反正是上学的时候唱，逃学的时候也唱。这二十多年过去，左江边突然冒出个真正的二叔公来为我们掌舵，让我们觉得离那个背着又脏又大的军用书包上学的自己近了许多。可跟前的这位二叔公和顺口溜里的那位倒是大不一样的。他不是健壮剽悍的那类，却很精干，让你感觉他身上的每根筋骨都是经过江风江雨吹打了不知多少年才成了今天这个样子，跟船上的缆绳一般结实牢靠。出门在外的，又是走水路，大家要找的不就是这种安全感吗？

二叔公的船实在也比别的好。船身的油漆刚刷过不久，船舱擦得很干净，木板的原纹都能看得一清二楚。刚上甲板，二叔公要我们都脱了鞋才能进船舱。我们就说二叔公真爱干净。二叔公却把脸膛笑得黑花花地说："一江的水，船要是还脏，就是懒得要死的人了。""这船我买时才两万块，不贵吧。自家的船自家爱惜。你看公家的那条游船，原是比我的好，才买来有多久呢，就'残'成这个样子。他们这么经营，哪够我们竞争。"一副试看天下谁能敌的样子。应我们打扑克的要求，二叔公从岸上要来了几张矮凳，回来时腰间还系了个大葫芦，一上船就冲着小伙子喊这里有冻啤。惹得小伙子放下扑克先去喝酒。

才五月初的天，就热得跟仲夏一般。开船时大家兴奋了好一阵，才打过两轮扑克，慢慢地都偃了下来，没精打采地看着两岸单调的风景。最后只想避开马达声找一处安静的地方打个盹或想自己的心事。可出门时先生说看花山跟爬长城一样激动，我也就不敢怠慢了这一路的江水。这条从十万大山奔涌而出流淌了多少千年万年的明江，该有多少达官显贵、风流雅士、名媛淑女在这儿乘兴而游，该有多少清苦的船家、多少灾难深重的水手从这里撑船而过。可明江留不住一丝半点的痕迹，却留下一江的传说和那临江而立于峭壁上的悬棺和前方的崖壁画。明江仿佛一条悠长的历史隧道，但历史的昭示又过于沉迷混沌。这时候孩子们的戏水声从那边传过来了。

七八个男孩才十来岁的样子，分坐在三只竹筏上且划且闹的，从岸那边过来。他们大多都卷起裤筒，扒光了上衣，露出通红透黑的身子来，衣服则夹到一边的腋窝下。好几个干脆泡到水里，扶着竹筏，忽前忽后地，把衣服顶在头上，仔细看时还有只黑乎乎的小书包。问二叔公他们干什么去？二叔公说："念书呀，学校在对岸哩。"我的天，河面有百来米宽呢！每天上学要往返四次。可小家伙们一脸的少年不知愁滋味，还欢天喜地地乐。其实他们哪里懂得愁滋味？正是有了这条明江，他们的童年才比别处的孩子多了一份水趣。二叔公说他们打懂事起就会扎竹筏，竹子有的是，两岸的竹林要多少有多少。孩子们手上握的桨也是别有一番趣味，只是就着竹林，选了根老的粗壮的竹子截成一米来长，然后照准中线欣然破下，就成了一把荡船过江的桨了。

水边的孩子是不睡午觉的，吃过中饭背了书包就出门。我问大人们怎么就放心得下？二叔公却点了烟抬眼看火红的太阳说，他长这把岁数了，还没听说哪家孩子挨淹死的。听了这话，我不由得往船里靠了靠，想起出门时一位老姐曾死死地叮嘱，天多热都不要下水喔，明江收外地人一年一个的。看看我们一船的外地人，心里就发毛。倒羡慕起那些在水中如履平地的孩子来。我想明江是真的把这水边的孩子当作她的儿她的孙她的后代了；孩子们也是把她看作是自己的乐场自己的伙伴自己的亲娘。当我们惊诧于孩子们无虑的欢颜和来去自如的本领时，孩子们肯定也瞪着稚拙的眼说怎么会惊诧呢，这些都跟吃饭一样平常的愉快和自在呀。我忽然想起我们这样辗转艰辛地去看花山，还不知道古人要怎样地笑我们呢。

花山把她那解不开的谜连同她的魅力一起留给了后人。我要二叔公讲讲花山。他却拉长了调说："好多坐了我船的游客都这么问的。其实我哪里又能懂得。那壁画的颜色日晒雨淋的，怎么就不会褪去，那山跟刀砍一般的陡峭，老祖宗怎么就在上面画了这些东西。"他转过身来对我又说："你追根问底的，得是活了两千岁的人才懂那些壁画的。"没想到这闯荡江湖的老船家竟有这么好的兴致，要我活了两千岁去看那崖壁画的缘由。一高兴，我就给他空了的杯添满酒，要他一口喝干下去。然后想象两千年前的样子。两千年前的先人个个是丹青神笔，都身怀绝技、飞崖走壁，都能歌善舞，都自由愉快而且半人半仙。突然古人转过身来，看见他的后裔竟坐在那突突作响的游船朝圣一般地看他们疯狂的娱乐，定会笑出声来说这退化了的子孙哟，还傻傻地一个劲儿地感叹：太神奇了。

我们实在羞愧难当。我们本来就毫无建树，又把奇迹搁置一旁，而神就在身边。孩子们荡船过江的本领在科技高度发展以后或许也会成为神话，就如同两千年前的祖先。他们没想到如此神奇的绘画留给子孙的竟然是一个死谜。他们倘或知道自己的价值，把它当作家传秘方，秘不示人，哪怕是十世单传、百世单传也会保留到今天呀。但他们不懂，两千年后的今人也不懂。余秋雨就曾说过，过于铺张的激情和过于讲究的排场反倒使寻常和自然变得稀有。而这种激情往往又总是追溯过去而忽略了今天，然后复制出一代又一代人的激情，和一个又一个旷世奇谜。

我想我在去看花山的路上就把花山看好了。

归途又遇上那些放学回家的孩子。闷热了大半天雨就落在江上和船上。孩子们没有为这场雨准备任何雨具，他们依旧只穿了上衣卷起裤筒，任江雨的吹打，只是比有太阳的日子安静了些。但江雨没有把他们往日的张狂都收敛了去，一位年纪稍小的孩子用竹竿挑起江水往另一个孩子身上洒，惹起一番嬉戏打闹来，根本不理会我们这条游船和船上穿得花花绿绿的城里人。

（载于1996年第4期《广西文学》）

妆镜台随笔

重返故乡——广西文化的精神地图

10年前,《广西文学》杂志开设《重返故乡》栏目。一期一篇。当时,来稿中普遍存在的大量的远离现实的写作倾向引起了作家、编辑、读者的关注和不满。如何让本土作家们走出书斋,脚踏实地地从亲身经历的生活与情感这些鲜活的现实中提取素材,着力从山村农民、市井平民等百姓的命运和生存状态中获取灵感进行创作的编辑思路,在编辑部同仁的数次讨论中慢慢成形。于是,一个以重拾初心重返原乡故乡故土故里故人的真实故事写作为由的灵感产生了:让我们一起重返故乡!

广西的作家们大多来自山清水秀、民风醇厚的乡村,或成长于人心乖戾却不失温暖的小镇。他们各有不同的出处,今天却都与自己的故乡隔离多时,但在他们的心中构筑着属于自己的故乡形象,正如他们所说:故乡就是生命的沃土,故乡就是生命中永远的一樽酒、一张躺椅、一处密所、一条退路、一世情缘、一堆坟土、一块墓碑……在他们的内心深处，故乡的意义不仅是具体的，更是形而上的。所以，故乡有时是一部书，有时是死死铭记着的一个人，故乡甚至可能还是你一生一世都挥之不去的一场梦魇。每一位作家身上都打有故乡的烙印，这是一种不可抹去的遗传密码。没有谁没有故乡，无论如何，故乡都是人们精神的乌托邦，是人们精神家园之所在。也许，为了追寻梦想，你一辈子都在背离故乡愈走愈远，但都会有一只无形的手牵着你，让你为故乡梦绕神牵，让你永远心存一个重返故乡的心愿。

《重返故乡》设定了一种不容虚情失实的情境。在这种情境中，叙述者的灵魂往往被放置在真实的天平上，丁点的浮动和颤抖读者都知道。正是在这种情境中，这些作家们给我的感觉是，真实生活中的他们，平民状态中的他们甚至处于生活底层的他们，比平时写小说、写诗歌、写散文、写评论的时候更像一位作家，也更在一个作家的状态，更值得我们尊重，更让人感到亲切。

从正式开辟此栏目至今，已有59位广西的文化名人参与写作，它的面世，被界内誉为一幅"广西文化的精神地图"，或者一部广西作家的精神还乡史。

作家们的重返是富于创意的，各有不同的形式，或亲临现场或在记忆中重回。不管是哪种形式，大家在故乡面前，似乎都会宽衣解带放下包袱，进入了较为放松的状态。也许正因为如此，这批散文达到了一种让人感到惊喜的艺术高度。与此同时，我们还有另一种收获：作家不是遗传来的，作品更不是遗传来的，但作家的禀赋和性格，他作品风格特质甚至可能达到的艺术高度，我们却可以在他最初的生活环境、情境中找到缘由并获取其中的奥秘。

东西的故乡是他的母亲，母亲在哪儿故乡就在哪儿，当他母亲回归尘土、跟老家重叠在一起真正成为完整的故乡的时候，他似乎才突然感到让他紧锁心门的震撼。凡一平的上岭，破屋烂瓦就镶嵌在风景优美的山水之中，他的故乡活像画家们最喜欢的水墨题材，他因11年不回这个老家，他大嫂含泪的"你是从天上掉下来的吗"的那句发问，直让所有人无语应答。鬼子进村，把记忆的碎片还给故乡，不再是一个清纯男孩的颂歌，而为故乡设一个在充满生机的世界重新赢回一点什么的赌局。黄佩华的驮娘江边有他的"寄树"，他的"寄树"赋予了他强大的树性生命，所以我们知道的黄佩华，的确有像树一样的耿直和任它风吹雨打的韧劲。石才夫记忆和审视故乡的角度最为独特，他是说话听声锣鼓听音，故乡宗族与人际间复杂的称谓不仅让他也让所有读者感同身受。这种来自故乡的响声穿越的不仅是过去，还有今天和明天。锦璐的《一个旁观者的自白》叙述了埋藏在她童年记忆中，属于父母的情感纠葛却作用于她成长的命运弧线，其故乡底色给人一种刻骨铭心之感。

容本镇之于他的故乡可以说是一身戎装，他对家乡深切的感恩之情让人动容。如果不是朱山坡的这篇散文，我们不可能知道朱山坡的故乡就是"朱山坡"，这山坡不是那山坡，他这坡上没有酸果果，他真是巧妙地制造了自己独特的叙述角度而让人寻味。写小说的李约热原本是吴家子弟，他祖父是背着他曾祖父的遗骨从广东来到都安的，故乡与他乡于他是重叠的，所以他对故乡的情感和崇拜也是重叠的。这种重影复调的艺术意蕴，我们并不难在他的小说作品中看到并感受到其中的艺术魅力。潘红日从小一起打陀螺的十几位伙伴，大多活不过40岁，4个病故，3个死于矿难，叫红日如何消受得起那罐盛情的蜂蜜？胡红一的故乡如他乡一样遥远，他的陈述及故事结构显得有点凌乱，但可读性相当强，凡人故事中有让人震惊的细节。

黄土路真是沿着一条长长的泥巴路走到文坛上来的，他那个站在树上为他摘黄皮果的父亲，其实更多的时候是为孩子们去打猎。沈伟东的故乡不在他的原乡，他的王石凹是座矿山，这座山牵扯了他一家数口的命运，王石凹总有一天是会枯竭的，但故乡给他的却是一座永远采之不尽的富矿。何述强的父亲自豪于一辈子没进过银行，他一辈子都不缺钱，活得不可谓不潇洒，但似乎他一辈子也都在等钱，父母两边家族也都为一个"钱"字所困，何家的命运就是活生生的一叠人生教材。蒙飞写出的，可能是更多人对故乡的一种同感，故乡是以父母兄弟的存在而存在的，他的如果"不在战场死去，就死在女人的怀里"的乡情告白，是他与故乡的一条情感丝带吗？

值得注意的是，潘琦、韦麒麟、彭匈、潘荣才、陈肖人、凌渡、蓝怀昌、宋安群、黄德昌、刘峰等一批中老作家，故乡之于他们似乎更为凝重。本属山村大户人家出身的彭匈，故乡的故事几乎像是一个文化沙龙，"文化"二字一生与他如影随形，所以他最终成为一位著名一方的文化学者加作家。李人凡见的是"鬼"，写的却是人，其故乡不再是一个实体而具有了形而上的历史意味，主题有趣而富有哲理。潘琦是差一点就跟母亲学会了种田，万一他学会了就没有后来的高官和作家潘琦了，他的故事陈述得意趣盎然。潘荣才是一位叙事高手，所以他一旦讲起自己的故事，就是如数家珍。陈肖人与家乡的约定诗意且凝重，他对故土深情的吟唱，典型地代表了这批老作家的记忆方式和情感方式。

比之这些前辈，较为年轻的还有张仁胜、常剑钧、常弼宇、潘大林、韦俊海等，他们的心态摆在那，智慧摆在那，神态也摆在那，秋风春叶、四时一季尚不知枯荣。他们老辣精深的目光一旦穿过他们的故乡，总显几分柔情，几分犀利，几分智慧。他们是一批让人佩服的实力型作家。

龙子仲的《故乡无处拾荒》，也许是最让我们这次重返故乡的队伍叹惋不已的一篇佳作。龙子仲是一位不知道自己故乡的游子，也许说浪子更为确切，所以他认为重返故乡寻找的，其实只是我们丢失的自己。他的重返，在所有人的方式中也就具有了特别的代表性。他在文章发表后不久便突然病逝，事先没有任何征兆。关于故乡的诠释，竟成了他的宿命之说。

数年下来，广西的作家们在重返故乡的路上大都毫无保留地坦白自己，白纸黑字地书写自己的供词。《重返故乡》这个命题，同题作文，本身也像是个擂台、舞台、讲台和审判台，作家们以散文的形式，写他自己的一段故事，一段生命旅程中最重要的灵魂密码和线索，把自己血缘中的精神现状和盘托出，告诉人们"我是谁？我从哪里来？"

其实《重返故乡》最考验作者的是他创作时的诚意，他必须有敢于直面当下的勇气，对于自己的精神故乡无须仰望，更不能俯视而显出作者当下的优越地位和身份。只有这样，才能够回到遥远的过去或反省或追问，否则，就只会写出或者衣锦还乡或者精神造假、粉饰情感的作品来。

阅读这批同题散文，可以看出，跟小说一样，叙事散文的价值有时得看你究竟提供了多少真实可靠的故事细节。从艺术角度看，这批散文总体呈现出的最有价值的是一种富于草根性的贴近生活原型的真实——首先是心态的真实，进而是艺术的真实，以至我们有理由将这批散文视为真正的原生态散文。这是这一专栏散文的始发点。

散文发展到今天，当我们不能不反思某种现实文学缺失的时候，就发现，原本最易持守的真实竟是如此艰难，而真实的审美价值意义是散文所特有的。真实的立场之于散文是传统的也是时尚的，是基础的也是先锋的，是旗语也是技巧。可以说，家乡的魅力，使作家们信守了这一真实的原则。

（载于2016年8月17日《广西日报》）

劳动的奖赏

在我的老家龙门，村子里最漂亮的一位姑娘嫁给了农活干得最棒的那位小伙子。小伙子名叫锡海，姑娘过门后就叫锡海媳妇。逢年过节回老家，我除了走亲戚，还有一个很重要的内容，就是去看锡海家的媳妇。

外婆说，这么俊俏的姑娘，在城里也是不多见的。好像我能推理判断的事就属这是第一件——劳动做得好，就会得到奖赏。

当然，奖赏还不止一位漂亮的媳妇那么简单，还不止五谷丰登，还不止鱼粮满仓……我们追溯到天地开合的源头，原始人类的劳动也不过和现在的蜜蜂、燕子一样，仅仅是为了生存，这样的劳动纯粹自然，往往更多地依靠体力依赖上苍。但是，即便是再原始不过的劳动，都可以派生出无限丰富的过程和细节、不可预料的结果以及充满了希冀的期待来。这些存在，埋藏了怎样的文学元素，孕育了怎样的艺术基因呢，只要稍稍有一点点天赋的哪位人类祖先，都可以催生文学的幼苗破土而出。文学就这样在劳动的母腹中酝酿并最终诞生。这是劳动派生出来的，尽管今天看来，无论这个结局是怎样的自然而然、顺理成章，我都以为这是劳动的奇迹，是对劳动的最高奖赏。从文学诞生至今，人类都在享受文学带来的快乐，甚至片刻不可离弃。

而文学给予我的惠泽更是最直接的和无穷的。

我读了四年中文专业之后，到一家纯文学的杂志社，当了一名文学编辑。我领的第一份工资大概是四十二元吧，一下子拿了这么多钱心里挺高兴的。母亲那年刚好退休，可她干了一辈子也不过拿了四十元多一点的退休金。仔细算起来，我每月的工资加上奖金比起母亲这位幼儿园老教师拿的还多些，自己当时就挺有成就感的。后来为了打牙祭和买时装，偶尔我也会写些文章换些小钱。最得意的当属那次出书工程吧。我怀了孩子，临产前的一个月，出版社的一位朋友找上门来，说要出一套"读典丛书"，下个月就得上市。要得这么急我有些踌躇，朋友却开导我说："这活儿对你来说不难，别推了，等书一出来，你产期也到了，孩子的奶粉钱也都齐了，说不定还能胎教呢。"女儿现在的语文成绩不错，是不是得益于我那时候的挑灯夜战呢。

这是一段很物质的很形而下的叙述，对于那些把文学奉为圣殿的人们来说，似乎有些不恭，有些残忍，但这是我的真实生活。我热爱我的工作，我从中受益并快乐无穷；我以此为生并须臾不可离弃。从某种意义上说，我也是一位农民，我的杂志就是我的稻田，在地里播种、除草、施肥，我乐此不疲，我又从这份劳动中支取牛奶和面包。为了让我的稻子长势更好，我常常修理我的农具，琢磨农事，并提醒自己，不要懒惰，不要不思进取，让自己勤快些更勤快些——母亲阅读是消遣，我阅读是劳动；女儿看电视是放松，我看电视是劳动；别人出游是旅行，我出游是采风——总是在别人看不到劳动的地方劳动，感受不到快乐的地方快乐，因为文学在生活里，在劳动中。

从起源学的角度上说，劳动是文学的母体，文学是从劳动中生发出来的。而文学一旦独立并日益走向成熟，文学和劳动的关系就不再是简单的依存关系，它们可以是共生的互生的，还可以互为逆转，因为文学本身就是劳动。为何选择这项劳动我曾有过这样的解释：文学的劳动与别的劳动在本质上似乎有许多的不同，从劳动的结果即劳动的报酬看，文学劳动对于我是最合适不过的，除了可以有一份固定的收入之外，最重要还是，在精神层面付出之后，我又会在这一层面得到意想不到的收获。因为它是一种最富理想的劳动，而理想是最接近形而上的神性的，文学恰恰是一种神性十足的东西。也因此，社会没有办法以一种有价的世俗尺度来衡量它的价值。文学是崇高的，它的崇高是因为它所创造的神性的光辉不仅可能拥有现在，而且会占据未来。在三百六十行的灿若星辰的劳动形式中，文学创作即使一时的满脸污垢，人们也不难感觉到它那耀眼的光辉。这种感觉害死过多少人啊！从古至今，从里到外，一代代的追随者为之殚精竭虑奋不顾身死而后已，而几乎所有的文学家死的时候大多都可能感觉到一种文学的满足。

对于劳动我有不同的理解，我想还不仅仅限于《现代汉语词典》上的"创造物质财富和精神财富"，我以为劳动就是付出，不管是体力上的还是精神上的付出，当然它们会因性质的不同又会得出不同的结果，得到不同的报酬，获得不同的奖赏，从这层意义上去划分劳动，或许会有许多不同的推断。

如此丰富的人类社会自然会演绎出这样精彩的劳动来：世界上最刺激的劳动是踢足球的劳动，最危险的劳动是军人的劳动，最人道的劳动是医生的劳动，最崇高的劳动是慈善家的劳动，最复杂的劳动是科学家的劳动，最富美感的劳动是舞蹈家的劳动，最实惠的劳动是厨师的劳动，最说不清个中滋味的可能又是最醉人的劳动应是商人的劳动——如果以上的推断大致都可成立的话，那么我就可以这么说了：最富理想的劳动是文学的劳动。

（载于2004年11月24日《广西日报》）

妆镜台随笔

生度鬼门关

尽管知道，谁都逃不过向死而生的存在，但我还是有一些迟疑，实在不敢这么红口白牙毫无禁忌地谈论生死。因为执着于生，所以怕死，所以怕鬼，也因此有了顾虑，有了回避。民间有许多相关的禁忌民俗，以为这样就可以拒死神于千里，以此安慰自己恐惧的内心。

但也有不怕"鬼"的。就像生活在离"鬼"最近的人们，那里的大人是这样告诉孩子的——只怕坏人，不怕鬼。

世上有这样的地方吗？那位写了《一个人的战争》《玻璃虫》《万物花开》的林白说，她生活了很多年的故乡就是。不信的话，查《辞海》的"鬼门关"词条就有：鬼门关，古关名，在今广西北流市西南。她住的那个小镇就在北流市里，"鬼门关"于她是一个温暖的记忆。

北流我是去过的，我与那里一大批写诗的作者成了朋友，我与他们还有过互相往来的交流。去年看了"北流市'漆诗歌沙龙'组织的'鬼门关诗会'在千古名关鬼门关隆重举行"的消息，才知道，自己在"鬼门关"上已经走了几个来回了。为此，居然有一种莫名的兴奋，我赶紧找来《辞海》，为这种奇异的感觉找注解。果然，如林白所述，说它"双峰对峙，中成关门"，古代是通往闷热潮湿、恶性疟疾流行之地的南方交通要冲，其因"南尤多瘴疠，去者罕得生还"而得名。我到北流也只限于城里，好好的一座城，哪儿也看不出这里居然曾经是万劫不复的通道。但我还是揣着这个疑问，在广告林立、人声鼎沸的北流街头闲逛。与我擦肩而过的都是些平凡祥和的居民，他们慈眉善目的，肯定不知道我多少带有些奇异的想法，否则他们肯定会说，这是哪跟哪呀！

这里曾是茶马古道陆路的源头，千年古道上，当年的马蹄印还深深地刻在青石板上；穿城而过的圭江古码头水潮依然，只是两岸已由荒野变田园，而田园之中，立起了现代城市的楼宇和厂房；铜石岭烟霭弥漫，两千年前的冶炼遗址和世界最大的铜鼓出土处余热依然；葛洪的二十二洞天勾漏洞游人极盛——这一片热土与"鬼门关"都不过咫尺之遥。而这令人生畏的"鬼门关"，早被一刀削下，成为南北一级公路最平整的一段，如今的"鬼门关"可以飞车而过。

自然，北流人太满意自己的居所了，才有今天这样的变化，所以北流才可以盛产荔枝红薯，盛产质地细腻的陶瓷，盛产一拨拨医治疑难杂症的民间名医和声名远播的城建工头。更有趣的是，这个传说中瘴气氤氲的小镇还盛产诗人，"北流诗歌现象"就令人瞩目，在先后不到三年的时间里，就有两次盛大的诗会在这里召开。生活在这块土地上的诗人们总会有无限的创意，他们常常能折腾出一些令世人惊叹、叫天下关注的事情来，去年的"鬼门关"诗会就让北流好好地热闹了一回。他们用诗集结了一批有血性有激情有才华有担当的朋友，先是徒步走"鬼门关"，然后在"鬼门"夜宴，接下去是一个比一个玩得心跳："夜拍鬼门""鬼门论诗""鬼门篝火""鬼门喊诗"，最后是"夜宿鬼门"。很想知道，当今这伙癫狂的诗人是否能与那些曾经的"精神贵族"相遇？这个被暮霭笼罩被夜色点染曾与"天涯海角"齐名的古关隘，有鬼魂出没吗？有魂灵游荡吗？倘若有一片磷光，有一束鬼火，你们是哪朝哪代的呢？要是唐朝的就好，是宋朝的就好。这些生前秉笔直书直言相谏的忠臣，被朝廷流放到此，一路的南下，潮湿闷热的天气、郁闷于胸的惆怅，把他们温润可感的梦想和幸福碾压成一抔黄土一只瓦瓮，他们无奈而无辜地留了下来，再也回不到自己梦牵魂绕的中原。然而这无数哭天抢地的悲怆，却成全了这遥远的古关，成全了这里的人文景象，因为他们留下的不仅仅是自己的白骨，他们还吟咏了无数"鬼门关"的诗篇。印象最深的是唐德宗时期被贬海南的大臣杨炎的《流崖州至鬼门关作》五言诗："一去一万里，千至千不还。崖州何处在，生度鬼门关。"他位居宰相，曾"威名重于一时"的一人之下万人之上的皇上的爱卿，此时却在"岭水争分路转迷"上遭遇"愁冲毒雾逢蛇草"，他的悲戚凄苦可想而知。李德裕在"生度鬼门关"之后死于谪所，同在这"千至千不还"的"鬼门关"之后，也有生还的幸运者。宋朝大文豪苏东坡被贬海南三年，在政治重获新生之后欣然吟出"养奋应知天理数，鬼门出后即为人"的诗句。明代的朱琳在重返故乡北出《出鬼门关》时写下了"北流仍在望，喜出鬼门关。自幸身无恙，从教鬓已斑。昔人多不返，今我独生还……"人的一生要走过很多的关口，人的一生要进出很多的门槛，而只有一道是最不可想象和最令人恐惧的，那就是鬼门关。然而死与生一样源远流长。它与生相伴，却君临生之上，它魔幻一般有着不可预测的变数，令人毛骨悚然、闻风而丧胆。北流因为潮湿闷热以及传说中可怕的瘴疠被物化为现实中的"鬼门"，不能想象的是，许多重犯在还没走到"鬼门"之前已死在了南下的路上。生命中，实的虚的近的远的大的小的精神的肉体的，有无数的鬼门等着，我们在羽化为烟之前要走过这些关口，生度鬼门是我们命定的不可删除的过程。死度鬼门没什么难的更没什么可怕的，难的是生度鬼门，生命也许会出现暂时的停顿和空白，但只要扛住了，你的激情便可再度燃烧，生命也可卷土重来。

那条当年的古道早已被飞驰而过的喧嚣与红尘淹没，连接这条千年古关的不再是崎岖的马道，而是一条笔直的二级公路，流线型的小车优雅地驶过昔日的关口，直抵人们的世俗生活。在这样日进千里的世界里，鬼门已是无迹可寻。

元曲有一段唱词："我与你踢倒鬼门关，打开这槐安路……"我把它送给所有阅读这篇文章的朋友，因为生命中有太多可以感叹的章节。

（载于2005年12月9日《广西日报》）

妆镜台随笔

站在散文这一边

　　因为编辑工作的关系，阅读诗歌来稿、品评诗歌作品成了我的职业我的饭碗，读诗、选诗、编诗、评诗，是我每天必需的功课和工作。就这样，我与诗歌纠缠了近二十年，回头一看，几十年下来自己只做了一件事，就是为诗人们没完没了地做嫁衣。稍有空隙我最是闲不住，在我力所能及的范围内捣鼓着为诗歌活动做些有意义的谋划。按道理，与诗歌如此无距离地贴身厮混，至少也能混出半个诗人的名头。也确实，兴致来时，我时常也写写诗，作品也算有些存货。但诗歌于我如金碧辉煌的高堂，每每要肃衣正冠进入大殿时，总觉得自己手上的活计太过粗糙寒碜，于是望而却步灰头土脸地打道回府。

　　可我在乎散文，喜欢读更喜欢琢磨，常常与密友一道对散文评头论足。

从小到大，我多少自带散漫的习性，而这种散漫与散文之散可谓是同姓一家亲。顺着这样的逻辑，就创作而言，我以为自己更适合散文而不是诗歌。为此，我替自己散文创作找到了最不容争辩的借口。另一方面，如果说我在文学上还稍稍有些许灵性的话，这灵性的趋光大致也是朝着散文的方向。私下里，归纳起来或许可以这样总结：在理论的思考上，诗歌的实绩大于散文；在文学的实践中，留在我私人抽屉里的，散文的篇什才是绝对的主角。

好的诗作，一定具有散文的特质；正如好的散文一定是具有诗的特质一样，它们是相互成就的。我认为：从某种意义上讲，诗歌是散文之母。反过来看，散文则是诗歌之母。但也许我会永远站在散文一边大声说："散文是诗歌之母。"伟大的印度圣哲泰戈尔，把诗写成散文，或把散文写成了诗，成了最伟大的诗圣。如果追究中国当代诗人为什么还没有出现圣者的话，在我眼里原因很简单，除了思想意识的差距，还有艺术技法上，没有把诗写成散文。当然，这仅限于诗歌与散文这两个文体之间可能的互相转换，两者可为对方加分并彼此成就，因为它们的中间地带有一个最自由、最开阔而不设限的文体——散文诗。因此，诗与散文之间的双向奔赴有了最大的可能。

而小说与散文却不可以此类推，小说的虚构与散文的真实是它们存在的理由和立世的尊严，虚构与真实是它们各自的命根。尤其是散文，倘若交出了真实的特性，形同交出了性命不可苟活没有区别。如果追究中国当代散文还存在什么不自觉的写作误区的话，那就是，许多写作者没有建立文体意识，不自觉地甚至是粗暴地拆除文体的界限，让小说的洪水弥漫甚至淹没了散文的良田，就是把散文写成了小说。结果是，写的小说不是小说，散文也不像散文。

当下散文问题很多，但"冗长"与"肥胖"一定是问题产生的普遍病症之一。大部分的散文写作者，很多时候当然也包括我在内，甚至一些优秀的散文家都不能免俗，都像着了魔似的，一个劲儿地往"冗长"里写，不计成本信马由缰地往"肥胖"里写。这跟贪食的吃货同时又是一位"躺平"的懒惰者类似，不自律不自觉地管理身材，只能脑满肠肥膀大腰圆。不自律的写作者也大抵如此，文字脂肪只能算垃圾。倘若把思想与情怀视为散文的骨血，做这样的比喻又成立的话，语词是散文的脸孔，那么结构对于散文来说就相当于身材。而如今，散文原本拥有的短小精悍的优势，堪比脸孔更重要更值得炫耀的"魔鬼身材"，被迷失被遗忘被边缘掉了。再加上没有节制的虚构和注水，散文就会被弄得不伦不类。我以为，散文就是散文，可长可短，该长时就长，但必得是以短小精悍简约优雅立意新颖为主。另外，在功能上，它又是最贴心的应用文，常常围绕着你过的日子，紧紧地附着在你的身边，为你记下一时一处一点一滴的喜怒哀乐和见地，它随手随笔随心随情。散文家应该是最天然的，不必用学科学名来册封的，只要你认真地活着工作着，再恭敬地拿起手中的笔记录下来，你就是个散文家了。

在文学的疆域里，都说散文是最没有边界的。但回到常识我们知道，一件事情、一段关系、一个社会现象，如若有问题有矛盾出现，恰恰就在于，它们的内部关系完全丧失了边界。我倒是觉得，没有边界的散文，不妨设立一些规矩一道隐秘的界限，让当下恣意横行的散文回归自己的赛道，一定要让散文从架子上走下来，回到情境、回到创意、回到精练、回到单纯、回到理想、回到心田、回到生活的原本，回到生活的真实和情感的真实。这样才会有心境的邂逅，心灵与心灵的相遇，这才有散文的阅读情境，这才叫有散文的纯粹性。

既是站在散文一边，就得搞清楚它的属性。

一直以来，我都想以我的方式，为当代散文找一个看得见摸得着又称手的便携式命名。目的不是要名留青史，我从来不敢也没有这么大的野心，纯粹只是为自己的方便，在创作时让自己有一个清晰的思路、一个说得明白的道理、一个能恒常坚持的原则。

某个夏季的黄昏，淤积了大半天的雨落了下来，心情也跟着天气由欲雨未雨的猜测来到了放下后的踏实。还有什么比忙碌了一天之后，傍晚的一场大雨将炎热的气温降下来更自在更惬意的呢。那个傍晚，为我提供了胡思乱想的悠闲心境。因为是夏天，很应景的，一边忙着做晚饭一边想着外婆的话：五行中木、火、金、水各主一季，春季是草木生长期，所以"木"气最旺，木所生的"火"次之。外婆对我说，你生于夏天，属火，跟草木有着天然的联系。我天生喜欢青葱翠绿之物，依着这个不成文的理，突然心血来潮，竟然给散文"算一卦"——结果，自然觉得，自己的生命状态与草木最是顺服的。恰巧，从传统命相学的角度看，我生肖属龙，五相属木，据说我是"木龙""佛灯火命"。这不过是我的文学游戏并非科学，但我以为，偶尔的游戏引入，也会增加文学的意味和趣意。在我的生命状态里，又常常喜欢把自己的本性投射到热爱的物件上——我以为散文有一种树性生命，或者称之为木性生命。所以，我看散文，它就是树，就是木，有根有茎有干有枝有叶有花有果，甚至还有寄生的根器以及树上的鸟窝嫁接的旁枝。于是，我继续大胆任性地编排。确定散文属木，我跟这一文体属相相同，于是我们建立了相怜相惜的关系。命中注定我要写散文了，可能也只有散文才写得好的。

找来一张白卡纸，我试图把这棵散文树画出来。如果那样，就会同时看到对应着的两张图，我的骨血、肌肉、五脏六腑，与散文树的茎、干、枝、叶、花、果几乎同构。散文的根脉是最为壮硕的。根是指它形式的血脉和传统——先秦、唐宋、"五四"这几个文化的轴心时代、奠基时代，永远是当代散文的艺术基石和文化之根；茎与主干是指它的主题思想或者主题意蕴——无干不立，茎弱不稳，即使是灌木，也必须得强调茎干的结实；而枝是它的叙述框架——树冠的大小是否协调、姿态是否优雅得体，这枝条编织的构架就得有善巧之心；叶是它的语言——要让一棵树长得丰盈绰约，这是一道繁琐的工序，写作者得有耐心，一字一句地码上去；花朵是它的色泽——这是一个多简单的道理，一树寡淡的绿叶自是比不上一树繁花的妖娆；果实是它最后的滋味——算是一篇文章留给读者品尝的味道了。至于树上飞来的蜂虫蝶鸟，好比是散文中的闲笔，有它不多，没它不少，但偏偏这才是艺术高手的绝技所在。

散文树最要紧的是它的木性，单从样貌上看，别以为它从根系到枝叶样样都是齐全的，树与树之间的品性高低良莠差距可是大有讲究。撇开文化内涵单看一块实实在在的木料，它在一位经验丰富的木匠那里，经师傅的目测手抚，做活时锯下一段木料刨下一块木花，他对这块料子的判断就心里有了底。不称心时他会撂下一句话，这料子木性大。什么意思？是指这木头变形力、扭曲力大，木材的稳定性差，做成了成品，遇到极端天气就会大裂大扭大胀大缩。按一般的常识，木质稀疏松软、结构粗糙的木材容易开裂；相反，木质密度大结构细腻的不易开裂变形。好木材自然源自好木种，贵比黄金的花梨木与应用广泛的松木、橡胶木身价可谓天差地别。

我选一株黄花梨的树苗,小心地护着它稀疏不多的根须,仔细地将它放到事先刨好的土坑里。一边填土、浇上定根水,一边在想,名贵树种的生长期与散文写作的准备期何其神似。

曾经有这样的说法:少年写诗,中年写小说,晚年经营散文。虽是老一辈的讲究,却也是有些许道理在里头的。散文是叙事抒情兼备的文体,从大概率讲,抒发的情感、议论的事情让有了些年岁的写作者谈起来,生活的厚度及思考的深度都会给文章增加无限的意味和启示。一位写作者经历生活的磨砺之后,那么多的人生体悟被压缩至内心深处,犹如历经百年的大树,无数的光阴被压缩至身体的年轮里而获得优良的质地。很多时候,散文与植物何其相似。

好散文的木性是细腻的,但也是刻骨的。它像是"罗马的金枝",像极了罗马角斗士历经残酷的砥砺和拼杀后,在生与死之间脱颖而出,最终摘取了场外的那棵树上象征着解放的树枝。它像是月宫上吴刚不停地砍伐着的那棵桂树的枝叶。写一种现实的神话,需有曲折和浪漫,需有可解、未解和不可解,这是好散文应该有的一种模糊性。它还像一根橄榄枝,象征希望、和平与平安。也许它还是一块老红木,表腐而内坚,愈老弥坚,千年而不化。安恬而老气,超然于时光之外,道佛仙踪。这都是散文最具底气的意蕴。

但也许对我来讲,我更注重的是当下女性真实的情感情境。妇女的解放运动,从古至今一直没有停止过。这是客观存在的一种现实。作为女性,我特别能理解社会底层女性的各种蒙昧、挣扎、妥协、无奈。作为人,男人也罢女人也罢,是需要学习的,学做男人和学做女人。但事实上并没有这样的一所大学。人们只能在痛苦的教训中学到一些东西。所以,我把世界著名的日本社会学家上野千鹤子的书当成散文来读,对她在女性学和性别领域的独到见解尤为赞同。在我的散文里，如《一只前世的小蚂蚁》《我父我亲》《如果你有一个女儿》等篇章，家长里短的描述中，这种苍凉的意境想必读者是可以感觉到的。这些枝枝叶叶，构成了我所写的散文的特点之一。

散文是传统性最强的文体之一，换言之，在当代文学文体的写作中，没有什么文体比散文更需要传统文化的影响了。当我们走到这一命题前面的时候，才可能省悟，我们以往的经验突然走进了一个死胡同。经验不得不转过身来，看看走在后面的先贤大师和思想家们。

数千年前，当散文发端的时候，我们的散文还年轻的时候，我们古老的国度是一个思想型的国度。所以，理论发达，理念先行于实践，思想先行于创作，思想的精彩大于作品的精彩。先秦诸子散文，畅快淋漓的不仅仅是潇洒的文学笔调，而首先是精妙的思想情怀，那种最迷人的光芒是永远居于形而之上的哲学理趣。曾几何时，我们以实践代替了思想，经验的大旗，被许多人时髦地从众地扛起甚至是被优秀的一群人扛起，许多有才华的作家也不能幸免。人们进入了一个误区，似乎只有经验之谈才能成为最可信的真理。所以，"创作谈"置换了理论；所以，不少人用一般的创作经验代替了系统的创作思想。

我还常常感慨我们的散文作家缺乏忧患精神，因此难谙前途和未来的歧路，难以走到真正能直面未知世界的前沿地带。因为这个地带最大的特点是如黑洞般吞噬一切经验，让经验完全失效。我们的文学我们的散文就是因为缺乏思想的前沿，所以不会产生像爱因斯坦的那道美丽的公式 $E=MC^2$ 那样的天姿绝色；也所以，我们的散文世界就难以有从牛顿时代走进爱因斯坦时代的那种断代的辉煌。如果我们谈散文的未来，那么，我们只有摒弃以往的经验，回到思想面前。

我不知道自己在日常的写作中是否贯彻了我的散文观，不论自觉地还是不自觉地，我相信我一定是在某种程度上贯彻了散文的理想。

就散文的写作而言，我不是高手也不是一个勤奋的人，但一定算是个思考着的、永远敬仰着伟大思想者的作者。我不知道散文会带着我在文学的道路上走多远，我猜，会是一辈子吧。

（载于2024年第3期《山西文学》）

后 记

编这部集子编到最后，才发觉应了"跟自己过不去"这句老话。

这种心理，平时就有，什么时候都有，什么事情都有。我最过不去的人，真的也许只有我自己。

此心情在写文章上，就更甚。写时就有，写完了也有，改完了发表了即使有人称赞了还是有。对着镜子骂人，自己骂自己，自己批判自己。好像我是自己的严父严母严师，好像我是自己最严格的上司上级，好像我是自己最严苛的买家。不行！还不行！还要补充修改、再补充修改。

写完了，就不敢再看；编完了，就不敢再翻。

现在，就这种感觉。

因为我太清楚自己了。所以，才不明白自己当时是怎么想的，又怎么会写成了这样。

最难的问题就留给读者：你这一关，能过得去吗？

文学艺术作品有一个规律：作家艺术家只能完成他的创作，却不能完成他的作品；作品的最后完成者是读者和观众。所以，历来有见仁见智之说。读者和观众才是最后的评判者。

自己跟自己过不去是符合这一铁律的，因为自己也是自己的读者和观众，是一个此一时彼一时的观众。

即便如此，出这部集子，我还是充满感激之情。感谢父母，感谢师友，感谢故乡，感谢生活，感谢命运。我有四位父母，生父生母养父养母。我可谓广西人氏，南宁户口。可谓的大新老家，府城孩子；二中学生，民院书生；文联干部，文学编辑。在我这条命运线上，有许多我想感激的人。不感激他们，我就会和自己过不去。

散文我写得不多，但也写了不少。此次为了编这部集子，我选掉了一批、枪毙了一批。此书今后遗世，但愿它不要承载过多的遗憾才是。

冯艳冰
2023年初夏